火锅之死

丰杰　著

SPM 南方出版传媒　广东人民出版社
·广州·

图书在版编目（CIP）数据

火锅之死 / 丰杰著. — 广州 : 广东人民出版社,2021.2
ISBN 978-7-218-14462-7

Ⅰ. ①火… Ⅱ. ①丰… Ⅲ. ①短篇小说—小说集—中国—当代 Ⅳ. ①I247.7

中国版本图书馆CIP数据核字(2020)第167768号

HUOGUO ZHI SI
火锅之死
丰杰 著

出 版 人：肖风华

策　　划：李　敏
责任编辑：李　敏　罗　丹　温玲玲
装帧设计：阮秋雁　刘焕文
责任技编：吴彦斌　周星奎

出版发行：广东人民出版社
地　　址：广州市海珠区新港西路204号2号楼（邮政编码：510300）
电　　话：（020）85716809（总编室）
传　　真：（020）83780199
网　　址：http://www.gdpph.com
印　　刷：广东鹏腾宇文化创新有限公司
开　　本：890mm×1240mm　1/32
印　　张：8　字　数：220千
版　　次：2021年2月第1版
印　　次：2021年2月第1次印刷
定　　价：48.00 元

如发现印装质量问题，影响阅读，请与出版社（020-85716849）联系调换。
售书热线：（020-85716826）

目录

contents

烟灰

送走浩浩荡荡的查房医生队伍，用棉球沾水擦拭了陈跃进的嘴角，又把引流管里渗出的茶色液体倒掉，陈愚终于腾出空来，跑到12楼胸外科电梯间的窗边，迫不及待点上了一支烟。

自从陈跃进ICU出来后，陈愚就自觉地把香烟的档次由“蓝芙”调到了“精白”——10块一包，劲大，焦油含量高，叼在嘴里，就像含了一个火电厂的烟囱。陈愚抽一口烟，就忍不住在心里把陈跃进骂一顿，抽一口，再骂一顿，若非陈跃进是他的父亲，陈愚估计连他的祖宗十八代都骂遍了。

陈愚叼着烟瞅着楼下，防盗窗外的湘雅医院正门，此刻正熙熙攘攘，如《清明上河图》一般热闹。看病的、复查的、挂号的、倒专家号的、回收药品器材的、有偿献血的、出租房子的，间或也有披麻戴孝跪在医院门口，或打着维权横幅在马路牙子上振臂高呼的，像一锅热气腾腾的海底捞火锅。

烟灰掸在防盗窗上，陈愚在想医院为什么要在12楼装防盗窗。是防人爬上来，还是防人跳下去？后面有人“哎”了一声，是个脆脆的女声。陈愚没在意，龇牙咧嘴地又吸了一口，再回头时一个穿天蓝色护士服的女孩已经怒气冲冲地站在自己眼前，瞪着黑加仑一般的双眼，风一般地拽掉了他正叼在嘴里的半根烟。

“病房不允许抽烟！”

“哦！对不起。”错愕之中，陈愚嘴里边道歉，边冒着烟。女护士没有理会，把那半个烟头狠狠地踩在脚下，然后头也不回地走了。

陈愚愣神的当口，电梯门“叮”的一声打开了，吴念慈提着一个保温饭盒，树叶一般飘到了他身边，轻声问道：“怎么样？”

“就那样。”陈愚脑子里还在重播刚才的画面，心不在焉地回了一句。扭过头看了看母亲那惴惴的眼神，他又补充了一句：“各项指标正常，昨晚睡得也还不错，就是麻药之后伤口有点疼，哼哼唧唧的。”

“哦，”吴念慈像个日本女人一般，颇有仪式感地点着头。陈愚抬眼望去，白头发正在慢慢占领她的脑袋。“你回去吧，好好休息一下。电饭煲里有红豆薏米粥，祛湿的。”

“嗯，我中午来替你。”

“不用了，我带了饭，”吴念慈晃了晃保温饭盒，“你去忙你的吧！晚上再过来。”

“好……”陈愚还想再说点什么，电梯来了。

又是一个阴雨天，五月的X城有点儿像陈跃进的脾气——时而狂躁时而抑郁，就是难得平和。陈愚走出住院部时，雨势渐渐大了，一个个病号或亲属把手中的CT袋子顶在头上跑了起来，样子很是仓皇，也有孑然一身慢悠悠走在细雨中的，姿态多少从容一些。陈愚有些恶毒地想，那些看上去不论风吹浪打胜似闲庭信步的，恐怕都是余生掰着指头过的人吧？

出了医院往左300米，便是蔡锷路。陈愚拐进路口一家“杨裕兴”米粉店，要了个牛肉扁粉。老板是熟识的，左手叉开五指抓了一大把米粉扔进汤锅里，然后用半米长的竹筷在里面搅了起来。陈愚刚刚坐定，老板娘便端着一大碗上来了。净白透亮的米粉泡在猪骨熬的汤里，上面摞着几片红烧牛肉，点缀着嫩绿鹅黄的芫荽，然后一边搁着鲜艳的剁椒，一边撒着脆爽的酸豆角。陈愚食欲大开，筷子一搅，刺溜刺溜地吃了起来，不到10分钟，筷子就再也打捞不上任何东西了。陈愚意犹未尽地端起碗，咂了口酸酸辣辣的汤，然后有些放肆地打了个饱嗝，心情一下变得大好。

再出门时，天也放了晴。陈愚往巷子里走上300米就到住处了。

当初租在这里的时候，考虑的可不是陈跃进住院方便的问题，主要是因为女友就在附近的交通广播电台上班。不过自从陈跃进和吴念慈带着一摞从县人民医院拍的X光片闯进这个一室一厅的小房间后，那个声音甜美、每到整点就通过FM98.8向全省人民问好的姑娘就如同被施了魔法一般消失不见了。

陈愚仰面躺在床上，回忆起那个姑娘的面容，竟然有些模糊了。分别久远么？其实不过两三周而已。而更早之前，陈愚记得他们还郑重其事地讨论了何时结婚，在哪儿买房，婚纱照拍什么价位的。四月的时候，陈愚给吴念慈打过一个电话，说交女朋友了——这个是固定的，准备近期带回来看看。

隔着电话，陈愚都能感觉到吴念慈的欣喜，陈跃进在旁边破天荒嘿嘿笑着，忽然间大煞风景地打了个嗝，然后像碰到了某个该死的开关，于是嗝一个接着一个。

“怎么搞的？”

“没事，最近你爸老打嗝，估计是胃胀气。”陈愚在电话里听陈跃进又在骂骂咧咧，意思是不该让吴念慈说。

“那去医院看看呐。”

“打个嗝去什么鬼医院？老子不去——”

陈愚一听，毫不犹豫地把电话挂了。他对这个声音失去了最起码的耐性。

再过两天，吴念慈又打电话过来，这次是偷偷的：“你爸吃饭老是噎着，吃完又打嗝，诊所的江医生开了一堆胃药都没啥用，不行你回来一趟吧！”

“那姓江的医生你也信？我得个痔疮，他能给我开一堆化痰止咳的药。”陈愚对着电话语气不好，“我回去有个屁用，我又不是医生。”

“你可以带他去看医生。”

“他能听我的？”

“难道他还听我的？”

陈愚顿了顿，整理了一下自己的嗓音，问道：“他最近还喝得凶吗？”

“不凶，最近打嗝胀气，都不敢喝了。”

陈愚冷笑了一下：“他也知道怕。”见吴念慈在电话旦叹气，陈愚又问道：“最近跟你吵得厉害吗？动手么？”

“没有，他不喝酒，怎么会打人。”

陈愚向总编请了两天假，回了趟家。罗城距X城不过百八十公里，陈愚到家的时候刚好饭点，一碟芽白菜一碟辣椒炒肉，两碗米饭两双筷子，跟过去最大的不同是，没有酒。陈跃进正艰难地吞着几粒白米饭，咽下去之后，一个嗝接一个嗝，打得他泪眼婆娑。

“下午去县里医院吧。”听到儿子的话，陈跃进老老实实点点头。

做完胃镜，陈跃进喘着粗气出来了。陈愚跑进去，医生摇摇头，说：“情况不大好，确诊要等病理切片。”

吴念慈拽过胃镜检查单，问陈愚：“疑似食管CA……CA是什么意思啊？”

“溃疡，”陈愚咽了口唾沫，看了看吴念慈，又看看陈跃进，“溃疡很严重，要住院，都是喝酒喝的。”

吴念慈嘟囔道：“让你喝那么凶，谁劝也劝不动，这下好，进医院了吧！”

陈跃进难得没有反驳，只是一脸的不以为然。

上午昏昏沉沉地睡了一觉，起来后把电饭煲里的红豆薏米粥吃完，然后潦潦草草把明天要上版的稿子写完给编辑发出去，再洗了澡换了衣服，陈愚抬起头看看表，4：40。外面开始有些热了，知了在香樟树上聒噪，几只野猫在冬青丛里鬼鬼祟祟盯着路人，街上的女孩子们迫不及待把能露的皮肉露了出来，挑担的商贩用X城老话吆喝着“冰凉粉”“麻辣豆腐”，载客的小电驴泥鳅一般在晚高峰的车流中游走；麻将室里的风扇吱吱呀呀转着，地上镶嵌着黄褐色的槟榔渣和烟头，洗牌声“霍落霍落”，昼夜不停地翻滚着落魄的老城拆迁户们了无生趣的人生。陈愚在路边摊上要了个蛋炒饭，打包带进医院。

陈跃进鼻孔上插着氧气导管，听见他进来，使劲抬了抬眼皮，又重重地阖上，如同关上一扇吱呀作响的老木门。

“怎么样？”

“还好。想吃东西，想喝水，喊疼。”

“食管都切了还想吃东西呢，他怎么不说想喝酒呢？”陈愚看了看吴念慈，终于意识道自己的刻薄，“你回去吧，好好休息。”

“我再陪陪他。”吴念慈抬头看了看吊瓶，喊道，“按铃，叫护士来换药。”

“九床，叫什么名字？”一身天蓝色的护士问道。隔着口罩，陈愚还是认出了她。深深的眼睑，黑加仑一般的眼珠，眉毛稀疏不加修饰，眉头皱着，带着一股不明所以的清高。

“陈跃进。”吴念慈回答道。

“这两瓶打完就可以了。”护士服瞟了陈愚一眼，又看看心电监测仪，叮嘱道，“情况还不错，注意不要挪动他，也不要压到导管。”

陈愚扫了扫她的胸部，匀称饱满，规格适中，左边镶着姓名牌“褚沙白”。

“好的，谢谢您！”吴念慈站起来，轻轻地鞠着躬。她永远是小心翼翼、唯唯诺诺，过去在陈跃进面前是，现在在医院面对哪怕才十八九岁的实习护士也是。在陈愚的印象里，只有在她的儿子和学生面前，她才是一个会笑、会唱、会瞪眼、会发脾气的人。

时至今日，陈愚能记起的第一桩事，是喝醉的陈跃进将一个捣衣槌掷在他头上，那本来是要打在吴念慈头上的，却阴差阳错地改变了航线，飞向三岁的陈愚。彼时吴念慈双手紧紧握着一把夹柴火的生铁锻打的火钳，盘踞在柴火灶的一角，像面对日本侵略者的女共产党员一般，脸上写满视死如归。嘹亮的哭声让陈跃进的酒彻底醒了，吴念慈也扔掉了自卫的武器，两人奋勇奔向头上被砸了一个大包的宝贝儿子。陈跃进步子大一点，率先抱住陈愚搂在怀里。他的脖子、胸腔都是红的，像被开水烫过一般，密集的粗硬的胡须从他发红的下巴里伸出来，扎在陈愚的脑门上；他的嘴唇泛着乌青，一股酸臭的酒糟味儿从里面泛出，让人既恐惧又厌恶。陈愚“哇”地哭得更大声了，吴念慈赶紧从陈跃进手里把儿子夺了过来。

往后，他对父亲的印象，就是晃悠悠的步子、满身的酒气、硬邦邦的蜇人的胡须，还有眼神飘忽、满是血丝的困兽一般的眼睛。吴念慈那时也远不是现在这般温顺，她怀着巨大的决心和勇气跟陈跃进斗争到底，用瘦小的身板抵御了拳头、巴掌和各种生活用具的攻击，绝不屈服。所以，陈愚还能记起的，便是家里的碗碟买了一批又一批，桌椅板凳也是如同经历过冷兵器战争一般缺胳膊断腿。有一次陈跃进发酒疯，一脚踹破了家里的水缸，满缸的水在小小的厨房里漫延开来，打湿了煮饭的柴火，一家人冷锅冷灶地度过了一天。陈跃进担心饿着陈愚，便骑车去很远的镇上南杂店买了一包北京方便面，就着暖壶里的开水泡了给他吃。那是陈愚第一次吃到方便面，觉得这才是世间珍馐，从此每次父母吵架，陈愚便巴不得陈跃进再来一脚，踹破水缸。

多年之后，陈愚回想起他们的婚姻史，其实不过是母亲的驯化史，更准确来说，是一个受过良好教育的乡村教师被一个野蛮粗糙的退伍军人及乡村电影放映员驯服的历史。陈跃进要起床，一定是吴念慈将牙膏挤好、将洗脸水打好；陈跃进要睡觉，一定是吴念慈将洗脚水端在他面前然后将擦脚布拿在手里；陈跃进要出门，吴念慈便晴天草帽雨天伞攥在手里在门口候着，陈跃进要进门，吴念慈便把茶泡好。陈愚看不下去，对母亲也是有些“哀其不幸怒其不争”，所以初中一毕业，他便坚决、果断地选择寄宿；高考后，填报的所有志愿都是离家超过一千公里的高校。

天色暗淡了下来，吴念慈絮絮叨叨交代一番，终于回去了。陈愚从包里掏出那本没看完的《刀锋》读了起来。不一会儿（也可能是过了很久），护士急匆匆跑了进来，拽掉了吊瓶上的针孔。

“家属怎么搞的？点滴打完了也不知道叫。有你这么照顾病人的吗？”又是褚沙白。

陈愚挠挠头，看着她一边处理陈跃进有些浮肿的手臂，一边皱着眉头批评自己：“抱歉抱歉！”

褚沙白扭过头，看了一眼陈愚倒扣在病床上的书，换了个语气：“哟，看毛姆呢。”

“随便看看。”

“随便你怎么看，”她黑加仑一般的眼珠飞快地往上斜了一下，“别耽误照顾病人就行。”

当晚，同房间的10床和11床都空出来了，陈愚总算睡了个踏实觉。第二天一早，两个病号同时进来，一个大概是肺癌，从进门那一刻开始咳嗽，不曾停歇，有时清咳，有时咳痰，霍落霍落的让人恨不得往他肺里伸进一根抽水泵。另一个是心脏有问题，三四十岁的样子，清瘦，戴着眼镜，一副修养良好的样子，见到陈愚，还友好地挥挥手。

“老师？”陈愚笑着招呼道。

“眼睛毒啊，”靠窗的11床笑道，“你呢？”

陈愚想说自己是记者，又担心惹麻烦，回道：“无业游民，或者你可以叫我自由职业者。”

那边呵呵笑了起来。他的太太，是个文文静静的女性，穿着青白碎花的长裙子，头发绾在脑后，利落清爽，只是眼圈有些浮肿。

“那是你老爷子？”

陈愚开着玩笑道：“算是吧。”

夫妻俩又笑了一下，陈愚听见陈跃进鼻孔里煞有介事地发出了一个音节：“哼！”

“你啥情况？”

“心梗，抢救过来了。准备做支架。”他的太太补充道，“半个月前就来了，一直没床位，现在好不容易住进来，手术还排在三天后。湘雅怎么这么多人！”

“嗯，现在经济不景气，独有医院生意好。”

10床又开始咳了起来，一阵接着一阵，像海水拍打礁石，没完没了。

值班医生来查房，褚沙白跟在后面，煞有介事地拿着小本记录着医生的讲话要点。肥肥胖胖的主治大夫说，今天拔除胃管和尿管，开始可以喝点水和米汤了。陈跃进点点头，表达谢意。褚沙白走的时候，扭头看了看陈愚手里的书，已经换成了《第二十二条军规》，她又瞟了一眼陈愚，走了。陈愚给吴念慈发了微信，让她熬一点稀米汤带过来。

“水。”陈跃进从喉咙深处发出声音。陈愚一开始没听到，等他喊第三遍的时候，语气已经是明显的愠怒。陈愚接了一杯温水，插了一根吸管，端到他面前。陈跃进那枯树皮一样的嘴唇叼住吸管就不松口，大口大口吸着，像一匹好不容易逃出沙漠的老马。

陈愚一把夺过杯子，吼道：“你慢点行不行！刚做完手术。”陈跃进瞪了他一眼，后面悲哀地意识到自己对他再无任何威胁。莫说儿子已经大了，哪怕他还在上小学，以现在的羸弱之躯，又能奈他几何？在陈愚的印象里，陈跃进是个说一不二的顽固存在，在家里的地位至高无上，就算在村里也是一霸。军人出身的他有一副好身手和一副爆脾气，村干部见了他都绕着走。如果说在陈跃进狭隘到让人嗤之以鼻的世界里还有一个人敢挑战他的权威，那便是他那像屋后的竹笋一样拔节生长的儿子。

11岁的时候，陈愚结束五年级的期末考试，从学校领了一张奖状回来了。陈跃进兴高采烈，又以此为契机把自己喝高了，然后满村子吆喝，逢人便说我“儿子考了第一名”，羞得陈愚恨不得跑回吴念慈的肚子里。疯疯癫癫在村里转完后，陈跃进带着另外两个醉鬼，东倒西歪地回来了，找陈愚要奖状。陈愚对这种行为既不屑又愤恨，于是当着他的面，哗啦啦地把奖状撕了个粉碎，然后一甩门进了自己的房间。陈跃进眼看着那张漂亮的奖状变成一堆碎屑撒在地上，表情从陶醉到尴尬再到愤怒。他吼着要陈愚开门，陈愚自然不开。他伸出粗粝的手掌，一遍又一遍地在门上拍着，还是没有动静。那扇他亲自用桐油刷过的木门结实牢靠，他就是把手掌拍肿也无济于事。

11岁的陈愚把自己想象成一个身处重重包围、弹尽粮绝的将军，死死地守着那扇门。但他知道，这座城池迟早会被攻陷。他惊恐、委屈、厌恶、憎恨，眼泪像被太阳烤化了的冰凌儿一样簌簌往下掉。

一声巨响，陈跃进用一把锄头凿开了那扇门，然后一脚彻底把门框踢落。他举着明晃晃的锄头冲到陈愚面前，陈愚闭上了眼，身体不由自主地打着摆子。吴念慈从外面跑来，死死抱着那把锄头，泪眼婆娑地哀求着这个眼珠泛红的男人。

一切归于平静。电视里播放起五星红旗和紫荆花旗在香港升起的场景——那天是1997年7月1日。那一天之后，陈跃进足足戒了两个月的酒，陈愚攒了零花钱在镇上的旧书摊买了一本《散打入门》，他迫不及待地想长大。

陈跃进拔了胃管和尿管，喝了米汤、牛奶和水，傍晚的时候，说想上厕所。陈愚从床下取出一个乳白色的塑料尿壶，掀开被子。陈跃进摇摇头，陈愚看看他，又把被子盖上。过了半小时，陈跃进换了个说法，要尿尿。陈愚拿起那个尿壶，掀开被子，扒下他的病号服，用壶嘴对准，说："尿吧。"他的阴毛枯黄，如同一簇寒风中的茅草。陈跃进巴巴地望着他，轻声细语乞求道："你帮我把被子盖上，这样我尿不出来。"陈愚看了看他，盖上了被子。过了一会儿，被子里传出淅淅沥沥的声音，陈愚取出尿壶，给他把裤子穿上，把被子盖上，然后去卫生间倒尿壶，出来的时候他听见陈跃进深深地叹了口气。

接近凌晨，在10床病人的咳嗽声中，困倦极了的陈愚终于趴在陈跃进的病床尾部睡着了。忽听一声长啸，陈愚从朦胧中扭过头，月光下11床的男人正鼓着双眼，面目狰狞，急促地喘着气，家属一边手忙脚乱地按着铃，一边大声呼叫着医生。褚沙白和另一个护士跑了进来，打开灯看了看心电监测仪上的波纹，又匆匆跑了出去。不一会儿，值班医生来了，陈愚认得，早上查房的时候走在最后面，应该还是个医学院的研究生。他一脸哭相，扭头问道："周老师在不在？"褚沙白摇摇头。另一个护士推来一台心脏除颤仪，三个人围着11床忙活起来。一声瘆人的长啸之后，陈愚听到了那个老师喘着粗气说出了一句让他此生难以忘记的话：医生，我还年轻，我不想死。救我。

陈愚感到周身寒彻，他颤抖着摸出烟和打火机，走向电梯口，一支接一支地抽起来。抽到第八支的时候，病区的门吱呀一声打开，一个担架伸了出来。床上的人头上盖着白布，两个护士推着担架，褚沙白扶着青白碎花长裙的女人，跌跌撞撞走向电梯。陈愚扔掉将要燃尽的烟头，哆哆嗦嗦地再掏出一支，而打火机怎么也打不着了。

抽到第11支烟的时候，电梯门打开，把陈跃进吓了一大跳。凌晨3：27，褚沙白左边耳朵挂着口罩，左手揉着太阳穴从电梯里出来，看见陈愚，有气无力地质问一句："还抽呢。"

"睡不着。"

褚沙白缓缓向陈愚走来，陈愚自觉把嘴里的烟拿出来，扔在地上，踩灭。

"给我一支。"

"啊？"陈愚顿了顿，反应过来，掏出一支烟。

褚沙白看了看烟盒，轻蔑地"嘁"了一声，但好歹也点上了。

"死了吗？"

"嗯。"褚沙白说，"大面积心梗，循环衰竭，呼吸衰竭，还有别的并发症。"

"在医院也救不好？"

"如果是白天，或许还有救。"

陈愚又掏出一支烟，点上。

"送太平间了吗？"

"嗯。"褚沙白叹了口气，"一个又一个抽屉啊！装着一个又一个消失的生命。"

陈愚不自主地有些颤抖。

"害怕了？"

"没有，"陈愚辩解道，"晚上还是有些凉。"

"害怕有什么丢人的吗？"褚沙白顿了顿，"如果说这一趟对你还有些积极意义的话，那就是让你珍惜余生。因为进了这里，命运就攥在魔鬼手里了。”

陈愚有些错愕地看着这个女孩。之前一直看的是眉眼，取下口罩后才算看清全貌。鼻子小巧，人中很长，嘴唇丰腴，带着微微向下的弧度，有些严肃的样子，目光又有些看淡尘世的疏离和不屑。

看陈愚在打量自己，褚沙白笑道：“你是干什么的？”

“你猜。”

“动笔杆子的。”

“答对了。”陈愚有些卖弄地点点头，补充道，“记者。”

褚沙白“扑哧”一下笑了出来。

“记者很可笑吗？”陈愚庆幸没说自己是“自由撰稿人”。

“没有没有，”褚沙白摇着手，“天天在电视里、手机里见着，今天算见了个活的。”

陈愚挠挠头，有些尴尬：“其实也不算严格意义上的，编辑让写点啥就写点啥。”

“没事，记者同志，”褚沙白又咯咯笑了起来，“我一听就忍不住想严肃一点，做好采访准备，哈哈哈哈……”

陈愚跟着笑了起来：“问你个问题。”

“嗯？”

“这为什么要装防盗窗？”

“明知故问嘛，防跳楼呗！”褚沙白把烟灰朝防盗窗下掸去，“不过没什么用，楼顶就没装。”

“为什么？”

“真想死的，你拦得住吗？”

陈愚陷入沉默。

“《刀锋》看完了吗？”

“看完了，”陈愚说，“毛姆写得真棒。”

“嗯。”

“你也喜欢看小说。”

“还行。”

“喜欢谁？”

褚沙白止住笑，正对着他，从她那微微噘着的、性感的嘴唇里吐出三个字“海明威”。

清早，那张床空了，肺癌患者也进了手术室，病房恢复了宁静。陈愚看看陈跃进，陈跃进也看着陈愚，他们像经历一场惨烈的冲锋之后幸存下来的战友，给了对方一个稍稍和解的眼神。值班医生来查房，不见了昨晚那个手足无措的实习生，也不见褚沙白。陈愚困极了，抽了一包烟的舌头如同一块柴火熏过的腊肉，吴念慈给他带的早餐一口都吃不下。护士长跑过来通知：先前交的10万已经用完，请抓紧续费，否则得停药出院。

陈愚对着护士长肥胖的背影骂了一句。吴念慈问：“钱够不够？”陈愚忙不迭说：“当然够。”陈跃进听了摇着头。缴费大厅像春运期间的火车站一样排着长队，陈愚一边排着队一边打着算盘。先前和莉萨看了一套河西的房子，地段一般，79平方米，118万，攒下的钱刚好凑个首付。陈跃进住进这里后，陈愚看着每天打下的计费单，就觉得有一条巨大的虫子，盘桓在属于自己的房子里，慢慢蚕食着房子。没房子，婚就结不成。想到这里，他便不由自主、心悦诚服地佩服起前女友的精明、远见和决断来。

续完费，陈愚迷迷糊糊跑回家，鞋子都没脱就睡了。起来后，泡了包方便面，打开电脑，他要给一个因工程质量问题官司缠身的建筑公司写一篇“民营企业抓基层党组织建设”的稿子，预付的稿费5000元已经通过微信转账过来了，在省报发表后还有酬谢。陈愚写完稿子，赶在下班前发给总编，好说歹说让他安排了版面；然后洗了澡，刮了胡子，换了身稍稍体面的衣服，又到楼下精挑细选买了包好烟，往医院赶去。

还没进病房门，就听见陈跃进训斥吴念慈的声音。

“你给他们说，不要给老子用那个狗屁进口药，老子就是要国产的！”

“人医生都说了，进口的效果好！”

“你晓得个什么！”陈跃进喘着粗气，“进口药有提成，国产的没有！你让他们换回来，不然老子明天就出院。”

陈愚推门进去：“你想出今天就可以出。”陈跃进气鼓鼓地看着他，不作声了。“医院就是个宰人的地方啊！你得了病有什么办法？！进来就得挨宰，你要不想来也可以不来。”陈愚说完，陈跃进又吼道：“你以为老子想进来！”吴念慈忙不迭拉住陈愚：“别跟你爸急。”陈跃进无比沮丧地说了一句：“早知道治这病要花这么多钱，我就是等死也不治了。”

“钱比命更重要吗？”陈愚看着吴念慈，有些吊儿郎当地说到，“10万块钱多大点事？天又塌不下来。”陈愚听见“扑哧”一声，扭头一看，褚沙白正端着托盘站在门口。

“你什么时候来的？”陈愚红着脸问道。

褚沙白没搭理他，喊道：“9床，换药了。”吴念慈的目光便追随着褚沙白的手，看着她给陈跃进换药，清洗开刀之后的伤口，固定包扎的棉条绷带；一切处理完毕，又将她的身影送出了病房门。

“妈，你干吗呢？”

“陈愚，”吴念慈回过神来质问道，“你那女朋友呢？”

“散了，”陈愚一脸的无所谓，“太难看。”

夜色渐深， 10床的肺癌患者去了ICU，11床换成了一个乳腺癌患者。这个女病人忧郁、愁苦，从进来就没说过一句话，或许在深深怜惜她那明天就要脱离身体的一边乳房吧。陈愚无聊地想，她要是知道那个病床的前主人此刻正躺在冰冷的太平间的抽屉里，会不会就不那么幽怨了呢?

陈跃进已经睡去了。陈愚看着他深深凹进去的脸颊，高耸的颧骨，镶在两腮的猪鬃一般坚硬灰白的胡须，不禁想起了他年轻时带着自己走村串巷放电影的场景。他穿着白衬衣、黑色凉皮鞋，梳着考究的小背头，骑着永久牌自行车，车后驮着长江牌放映机、扩音喇叭、汽油发电机；陈愚骑着凤凰女式自行车，车后驮着两部12毫米电影拷贝和一块电影银幕。他们一起穿过颠簸的乡村公路、泥泞的乡间小道、狭窄的田埂。去的时候，夕阳西下，炊烟袅袅，柴火饭的香味一阵阵吹来，人们都追着父子俩问“今晚放的什么片子”，陈跃进遇到小孩子们总是乐呵呵地回答“打仗抓坏人的片子”，遇到大人便停下来发支烟，遇到风骚一点的妇女还会调戏一两句，这个时候陈愚总是飞快地骑着车跑到前面去。回的时候总是深夜，寂静的乡间小道上只有他们自行车的声响和两支手电筒发出的光亮。

20世纪90年代的露天电影，还是个风靡乡村的时髦东西。谁家结婚、生孩子、盖房子、做寿……只要有喜事，都喜欢在自家门口放上一场电影。选一块晒谷子的大场坪，撑两根竹篙支起一块银幕布，挂上大喇叭，然后量上40步的距离，放上一张八仙桌，长江牌电影机就放在桌上，前面是12毫米电影拷贝，后面是空盘。一部电影一般有三卷拷贝，中间换拷贝的时候，便隆重介绍某某家乔迁或者新婚之喜，特奉送电影一场，以酬谢乡亲云云。场坪里人山人海，片子好看的时候连树杈子上和房顶上都是人。观众之外，有推着自行车卖甘蔗、卖冰棍、卖橘子汁的，也有青年男女趁机在里面牵手、掐腰、亲嘴、搞对象的，还有不同村子的小混混带着窑砖或者扳手、钢管进去茬架的。总之，每一场电影都是乡村大狂欢。

小时候的陈愚是喜欢跟陈跃进出去放电影的，但也要冒着巨大的风险。电影结束之后，东家会酬谢他们，恭恭敬敬奉上酬劳，一百到两百不等，再准备点夜宵什么的。每到这个时候，陈跃进便会大喝一场，喝多了的陈跃进的回家之路变得异常凶险。有那么一次，从东家出来已接近凌晨，月光大好，路边的灌木上都打了霜，看上去像一簇簇银白的头发。路很窄，左侧是收割过的稻田，右侧是一个干涸的池塘。陈愚推着车走在前面，忽听后面咣当一声，扭头一看，陈跃进和他的自行车已经掉进一米多深的池塘里了。幸亏冬天枯水，保住了他和他用来讨生活的放映机，可是10岁的陈愚无论如何也拉不动一个100多斤的醉鬼，以及绑着放映机的永久牌自行车。月光惨白冰凉，陈愚的下巴像安了小马达一般，不自觉地叩击着上颌，他带着哭腔呼喊着陈跃进，回应的只是带着酸臭酒糟味的沉重的喘息。在寂静的冬夜里，在瑟瑟寒风中，在前不着村后不着店的野塘边上，在从遥远的山坳里传来的执着的狗吠中，陈愚所能做的，只有等待——等待陈跃进清醒过来，把自己拯救出这片困境。

多年以后，从师大毕业的陈愚先后三次经历公司倒闭、一次投资同学的饭馆把攒了五年的辛苦钱赔光，起起伏伏吃了不少苦头。每当走到山穷水尽的时候，他总是想起少年时的那次经历，心想所有的困苦，所有的绝望在少年时已经体味过了，唯一能做的便是等待。

就像此时，陈愚心想，也只有等待，等待他痊愈，或者死去。

总编给力，那篇稿子隔天就见报了。陈愚发了条链接给建筑公司的党委书记。片刻之后，书记用语音发来一堆过年的话，他的口音听起来像用勺子剐擦着锅底，陈愚没等听完就把微信关了。过了一会儿，又来了一条信息，是大众点评端口发送的“徐记海鲜解放路店”，后面跟了一条酸腐不堪的文字：弟妙笔生花，救我司于水火，兄感激不尽，略备薄酒，聊表谢意，恳请拨冗赏光。陈愚不好回绝，于是回了两个字：几点。

跟吴念慈交接好，陈愚比约定的时间晚了20分钟赶到，书记顶着保龄球一般光亮的脑袋热烈地欢迎了他，并隆重介绍了桌上的某著名诗人、某文联主席、某文学院副院长、某报告文学会会长……听起来像参加某文艺座谈会。陈愚被安排在主位，右手边是书记，往右瞟去，若干根细长的头发从“保龄球”的左侧出发，不辞辛劳地越过球面顶端，趴在右侧，形成一条平滑的弧线，像戴在头上的几个括号；陈愚的左手边，是个尖脸高鼻梁的姑娘，吊带，香水熏得人打喷嚏，乳沟如时光隧道一般深不可测。

“茜茜，今天你的任务就是陪好我们的陈记者哈。”陈愚正打着哈哈，左边的胳膊已经被挽住了：“陈哥，久仰久仰，我敬你一个。”

诗人在桌上慷慨赋诗；主席挪开骨碟，在一堆鱼刺、虾壳和纸巾当中签赠着他新出的散文集；院长跟旁边的半老徐娘讲着老掉牙的黄段子；书记端着酒杯跟一个老板应承800万的工程转包项目……一条光洁的、凉飕飕的蟒蛇一般的大腿紧紧挨着陈愚，酒精和着香水的味道在血液里，陈愚感到自己的身体如同一条泡在水里的海参，慢慢膨胀了起来。茜茜在陈愚通红的耳根边吹着气，“陈哥，要不我们出去玩吧。”陈愚有些迷离地看着她，她的鼻梁和下巴尖在灯光下竟然呈现出匪夷所思的半透明状态。陈愚盯着她的时光隧道，吃吃笑道，“好啊。”

外面刚下过雨，湘江西面吹来的凉风让陈愚稍稍清醒，他打了个战栗。茜茜箍着他的胳膊，娇声问道：“陈哥，咱们去哪儿？”

“回家。”

“好啊！你家还是我家？”

“你回你家，我回我家。”

陈愚打开手机，朋友圈里第一条便是橘子洲放焰火的照片，上面一行文字：大部分的人活在这世上，都像一炷燃在风中的香，一生能安然燃尽，便是很有福气了；有些人不愿做一炷香，要做那夜空里绽放的烟花。

此时，橘子洲的周末焰火还没有燃尽，陈愚忙不迭站在江边拍了一张，给褚沙白发过去，问道：你是要做一炷香呢，还是要做烟花？

褚沙白没有回答，却发起了位置共享。很近，不到一公里的距离。沿江相向而行，地图上的两个点很快便重叠在一起。

褚沙白耸了耸鼻子：“酒味？”陈愚老老实实点头。

“还有女生的香水味。”

陈愚脸一红：“有吗？”

褚沙白瞟了他一眼。

“刚有人叫吃饭，旁边坐了个女孩，快把我熏死了。”

“喊。”“黑加仑”又往上翻了一下。

“今晚不用陪护吗？”

“有点事，让我妈替我了。”

褚沙白点点头，嘟囔道：“你也挺不容易的。”

陈愚摸了摸烟，才发现烟落在饭桌上了。

“你怎么出现在这里？”

“我家就在附近。”

陈愚往褚沙白身后看去，身后是高耸的临江商住楼，这是X城最贵的楼盘了。陈愚不禁仰头慨叹：“有钱人啊！”

褚沙白的嘴角微微上扬：“这算是父母留给我唯一的遗产吧。”

陈愚吃了一惊："他们不在了？"

"在，但各自组建了新的家庭，我和这套房子便是他们这段婚姻的两笔遗产。"褚沙白有些自嘲地笑了笑，"我或许连遗产都算不上，算累赘吧。"

陈愚拍拍她的肩膀。

褚沙白从牛仔裤的屁股兜里掏出一包细支的"兰州"，抽出一支点上，扭过头问："要不要？"陈愚诚实地点点头。

褚沙白说，我小的时候，爸爸是个泥瓦工，跟着村里人到了X城的建筑工地干活，后面慢慢承包了一些小工程，一个人忙不过来，就把我妈带出来了，把我留在家里……

褚沙白深深地吸了一口烟，又重重地吐了出来。吐了这口烟之后，陈愚感觉天色更加暗了。

"爷爷奶奶带着你？"

褚沙白摇摇头："爷爷从来没见过，奶奶带着我。九岁的时候，奶奶带着我去镇上，牵着我过马路的时候，被一辆拖拉机轧过去，当场就死了——我看着。后来，就把我交给我二伯。他是一个单身汉，一辈子没娶老婆。我就跟着他，一直生活到高中毕业。"

"爸妈不回来么？"

"忙。只有过年才回来。我所能感觉到的，是他们一年比一年有钱，开始是骑着摩托车回，后面是小车，后面是好几辆车。对乡下亲戚出手也阔，年年给村子里发红包，一年比一年大。对我更不必说，上高中给我办了一张卡，后面有五个0，就是不接我去城里。后面我才知道，我分别有一个弟弟和一个妹妹。"

"二伯对你好么？"

褚沙白又抽了一口烟，烟头的燃点从中部迅速往后挪到了尾部。"我12岁月经初潮，什么都不知道。只知道早上醒来床上一摊血，把我二伯吓哭了——一个中年男人竟然吓哭了。后面是隔壁的婶婶帮我在内裤里垫了草纸，至于卫生巾，那都是后来在学校女厕所里跟别的女孩子才学会用的。”

褚沙白从容地用拇指和食指掐住烟头，将燃尽的烟头弹向浑浊的湘江。“你呢？说说你跟9床……”褚沙白抱歉地看了看他，更正道，“说说你跟你爸的故事。”

陈愚轻轻叹了口气：“没啥好说的。”

“我怎么觉得你们之间很……复杂呢。”

陈愚看了看她，咽了口唾沫，说：“以为你跟别人不一样，原来也是个八卦爱好者。”

“所有的父子关系似乎都不太好。’褚沙白看了看不远处的橘子洲，“动物界也是这样，你看那《狂野周末》里，小狮子长大了，就得跟老狮子争领地和母狮子，这是自然规律。”

陈愚有些悲伤地笑了笑：“既然这样，老狮子何不在小狮子还没长大的时候把它咬死呢。”

陈跃进术后恢复还算不错，一周之后导管拆除了。他尽管虚弱，但下床走动、上厕所是没问题的。恢复力气之后，陈跃进第一件事就是恢复对吴念慈的霸权，一会儿嫌弃粥太咸了，一会儿抱怨她老看手机，一会儿发脾气说尽给他用进口药。吴念慈一如既往地顺从，就像他没有得癌症，就像他依然健壮如牛一样。陈愚心里有个歹毒的念头，过去陈跃进身板好，吴念慈自然只有挨打的份，而此刻，似乎只要她愿意，哪怕把他掐死在病床上都不存在什么技术上的难题。吴念慈何故还如此怕他呢？陈愚想起那个为人熟知的动物实验，让笼子里的猴子去抓带电的香蕉，被电击过几次后，猴子只要看到香蕉就瑟瑟发抖，再也不敢触碰了。把自己的母亲比作猴子，大抵只有陈愚这样的不肖子能干得出来吧。

吴念慈没有生气，亦没有过多地辩解，只是说，在乡下，一个女人无须面朝黄土背朝天，肩膀上四两重的担子都不用挑，已经是很大的尊严了。“你爸这一点，周围是哪个男人都做不到的。”

“所以你就心甘情愿被他打么？”

“你小的时候打过，不过那时我也死犟，后面就没怎么打了。”

“后面你就服服帖帖了嘛！”

吴念慈叹了口气，看着这个浑身是刺的儿子，眼神里全是悲悯：“你爸那个脾气，你想让他心平气和跟你讲道理那是不可能的。没办法，天性使然。你说他为什么这么年轻就得了这个病，我看他这多半是被自己气的。”吴念慈又叹了一口气，“他对我怎样就不说了，这辈子落在他手里我也认了。但他对你怎么样，难道你心里没数吗？小时候，哪怕是一颗糖、一个苹果，他都要装兜里带回来给你吃；上大学，为了给你买个手机，他把门口两棵桂花树刨了卖钱；你毕业，说要托人找工作，得送点土特产，他钻了一个月的树林子捡了几百斤山茶籽榨好油托人给你拎过去……”

“好了！”陈愚暴躁地打断她，“我欠他的，现在还，多少钱都给他治。”

护士长扭着她那地球仪一般的屁股跑来通知两件事：一是钱又不够了，得抓紧续费；二是明天给病人做钡餐，检查食管切除后吻合情况，今天开始停食，晚上灌肠洗肠。灌肠是褚沙白做的，她和陈愚扶着陈跃进趴在手术台上，扒下他的病号裤，然后用一大瓶液体通过导管从陈跃进的肛门灌进去，不一会儿陈跃进的肚子便咕噜咕噜地响了起来。趁着陈跃进去卫生间排便的空当，陈愚跟褚沙白对视了一眼。她的眼窝深陷，眼神里泛着无法掩饰的疲惫和同情。陈愚转过身，把她额前一绺头发往耳朵后面拢了拢，然后轻轻地搂住了她。褚沙白疲惫地哼了一声，在他耳边说道："抱歉我没法抱你，因为我手上沾着你爸的宿便。"说完兀自大笑起来，陈愚也跟着大笑起来。

卫生间里传来抽水马桶的声音，随后门打开了。陈跃进神色庄严，一步一步地从卫生间里挪了出来，陈愚和褚沙白止住笑，一左一右地架着他挪向病床。

结果很快出来了，食管切除段吻合口平滑、健康，说明手术是成功的。陈愚借了台车，把陈跃进和吴念慈送回老家休养两周，等待下一步的放化疗。车开到家门口的时候，坪地上繁茂的荒草已经钻过水泥地缝，围墙上也长满墨绿的狗尾草。陈愚下车，看着这幢屹立了25年的老楼房，以及它剥落的墙皮和风雨洗礼后渐渐腐朽的木质门窗，努力回忆着它成为村里第一栋楼房时的辉煌、气派，以及带给陈愚他们的荣耀。那是他们家的高光时刻。村里第一台摩托车、第一台彩电、第一台电冰箱、第一台电话……这一切皆是因为陈跃进找到了一个在农村致富的绝佳路子——放电影。20世纪90年代后期，家家户户通了电，买了电视机，后面出现了VCD、DVD，5元就能买到全套的周星驰电影光盘。没有人愿意再风餐露宿地搬着小马扎去场坪上看电影了，陈跃进的事业像一个漂亮的热带水果，很快便走向腐败。

时至今日，陈愚依然记得他陪陈跃进放最后一部电影的情景。那是千禧年的寒假，东家是一对新人，有钱，三层的新楼房，九台轿车接亲，婚宴上竟然有陈愚从没见过的大龙虾。"陈家班"到了之后，忙不迭挂好幕布、展开放映设备，匆匆忙忙吃过晚饭便在放映机前候着。一直以来，都是等到观众来得差不多了才开始，可是那天没有，天已经完全黑了下来，场坪上一个观众都没有。帅气的新郎跑出来，不耐烦地喊了一句："师傅别等了，开始吧。"陈跃进赶紧笑着点头，一束光打在幕布上，电影开始了，是周润发和杨紫琼的《卧虎藏龙》。一个老头凑过来了，陈跃进连忙掏出兜里的香烟，并让出长条凳招呼他坐下，老头接过烟，没有坐，盯着银幕看了一刻钟，走了。陈愚看见陈跃进有些落寞、沮丧，他也有些不忍。周润发穿着长袍，风度翩翩地游走在竹林上方，章子怡一脸的桀骜，真美啊！陈愚想，然而谁在意呢？张灯结彩的新房里，青年男女们正在闹洞房，男的把头埋进女的胸脯里，从乳沟中叼出一颗花生，引来阵阵喝彩；另一个厢房里，正在放着卡拉OK，有人模仿着刘德华的调调在唱《一千个伤心的理由》，声音盖过了外面的电影喇叭。

陈跃进端坐在放映机前，把声音又往上推了推，然而都是徒劳。天空飘起了雪花，他把陈愚推到屋檐下，自己仍端坐在放映机前。伴着凄美的音乐，章子怡从武当山的悬崖上纵身一跃、东家跑出来，站在屋檐下哆哆嗦嗦说：“师傅别放了，一个人都没有。” 陈跃进满脸堆笑点着头，依旧把第二部电影拷贝装上了。

雪越下越大，陈跃进顶着一脑袋雪花端坐在放映机前，陈愚好歹从东家借来一把伞递给他。伞很小，他把伞撑上，先挡住放映机，然后把头伸进放映机上方，把身子暴露在雪中。放映机上方是一束随着镜头变幻的五彩斑斓的光，照着陈跃进，让他的脸也变成了五彩斑斓的，尽管陈跃进一脸的庄严肃穆，但看上去总带着一股滑稽的味道。陈愚回到屋檐下，感觉寒气渐渐从脚踝爬到了大腿。洞房里的游戏变成了叼苹果，气氛越来越高亢；卡拉OK也换成了任贤齐的《伤心太平洋》，过往的人像看笑话一般打量着他们父子，停顿一两分钟，然后匆匆离去。东家又跑出来说：“师傅别放了，多少钱我给你就是。”陈跃进这才扭过头，把电影的声音调得很小，谦卑地说：“贵府新婚大喜，请我们过来凑热闹，也是天寒，没什么人看，但无论如何要有始有终，这才是好彩头啊。”东家便不再说什么，发根烟走了。

电影放完的时候，雪已经没过脚踝了。陈跃进招呼陈愚匆匆忙忙关掉放映机，卸下湿漉漉、冷冰冰、沉甸甸的幕布，装上单车。东家跑出来，并没有留他们进去坐坐，吃点夜宵或喝杯茶，而是道了一声辛苦，递过两百块钱，陈跃进双手哆哆嗦嗦地接过，道了声谢，便逃似的离开了。

那是陈跃进放完电影后第一次没有喝酒——当然也是最后一次。在那之后，陈跃进便把放映机收了起来，卷起裤腿重新收拾起荒了若干年的田地。除此之外，他养猪贩卖农药、化肥、猪饲料，当起了收缴电费兼维护线路的电工，做农村信用社的代办员，虽身兼数职却一无所成——连酒都从十多元一瓶的“邵阳大曲”换成了三五元一斤的谷酒。

褚沙白发来信息：晚上电影《烈日灼心》，得空？陈愚安顿好陈跃进便往回跑，赶到万达影城的时候电影已经开场了。褚沙白也不急不恼，笑吟吟地挽着陈愚进去了。她的身上有一股香味，陈愚分辨不出是香水还是洗发水的味道，闻着闻着便有些恍惚，原本逻辑紊乱的电影情节愈发模糊起来。

褚沙白说：“伊警官是GAY，对吧？”陈愚点点头，攥住了她的手。

褚沙白又说：“小尾巴的年龄存疑，对吧？”陈愚点点头，侧过脸凝视片刻，在她的右脸颊轻轻啄了一口。

褚沙白又说：“故事有点混乱，不是吗？”陈愚诚实地说：“我的脑子也有点混乱。”褚沙白扑哧一声笑了出来。

盛夏夜的X城是热闹的。坡子街的紫苏虾尾和姜辣鸡爪堪称一绝，褚沙白要了一个三升的酒炮，兴高采烈地喝着，一杯又一杯。陈愚心猿意马地陪着，喝下的泡沫多于啤酒。他们在油迹斑驳的马路边的小桌上，在从烧烤摊吹来的滚滚烟尘中，在一群敞怀赤背的酒徒包围下，热烈地谈论着王二与陈清扬，薛松与小红线，《情人》开篇让人心醉的告白，《没有人给他写信的上校》里的“大便”结尾，《无耻之徒》里乱伦却欢乐的一家子，《金瓶梅》中西门庆的变童与晚明的“男风”……他们的声调越来越高，语速越来越快，随后戛然而止。褚沙白托着腮，歪着头看着陈愚，眼神如这夏夜的凉风一般柔软。陈愚从酒炮里接下最后两杯啤酒，一杯交到她手里，一杯自己拿着，褚沙白与他碰了碰杯，说：“敬这美妙的夏夜，干了。”陈愚似乎有些明白，陈跃进为什么那么爱喝酒了。

褚沙白说，“我要回家了。”随手拦了一辆车。陈愚拉住她，褚沙白笑着摇摇头，转过身轻轻抱了抱他，拍着他的肩膀说：“早点休息吧。”

报社安排的采访是在一家落户X城的新能源汽车公司，活动间隙，陈愚给吴念慈打电话，问，他怎么样?

吴念慈说：“身体状况还好，吃东西也能吃点，叔叔伯伯送了两只土鸡，每天熬点汤出来再煮粥给他，也能吃点。就是情绪不好，老念叨。”

“念叨啥？”

“说得这个病花了太多钱，耽误你买房结婚了。”

陈愚对着电话夸张地“哼”了一声。

“你爸生病后最大的愿望便是看着你成家。”

“他愿望还挺多的。”

吴念慈对着电话问：“你现在怎么样？”

“什么怎么样？”

“你这孩子，”吴念慈嗔道，“找女朋友没有啊？”

陈愚想回一句 “就这个处境找谁啊”，话到嘴边又改过来了：

"着什么急啊！"

吴念慈又说："我看那个小护士挺好的。就那个小褚。"

陈愚终于忍不住笑了："妈，你是想儿媳妇想疯了吧。"

夏天已如强弩之末，褚沙白每天跟陈愚见面，吃吃饭、喝喝酒、聊聊天、散散步，经常牵手，偶尔接吻，决不上床。她住在沿江的高档小区里，两居室，有个精致的开放式厨房，还有整整一面墙的书架，从客厅里往左一扭头，便能看到橘子洲和岳麓山。他和前女友商量买房的时候，看的都是三环外的地方，这个位置、这个楼盘是从没考虑过的。想到这里，陈愚的手脚就有些局促了。

"会切菜么？"

陈愚老老实实地摇摇头。褚沙白跟着摇摇头，问道："剥大蒜总会吧？"

"嗯。"

褚沙白系上一条浅蓝色围裙，往木质长条餐桌上扔了两个大蒜，吩咐道："剥完。"陈愚坐在长条餐桌上，一边剥着大蒜，一遍看着她忙碌的背影。洗菜、切肉、给鲈鱼打上花刀抹上盐，米饭在煲里发出香味，鸡蛋在碗里搅拌发出清脆的声音……那一瞬间，陈愚对婚姻产生了强烈的渴望。就是她了，陈愚暗暗发誓。

"你干吗呢？"褚沙白问道，"蒜剥完了吗？"

"呃，完了。"

"完了拿过来啊，笨蛋！"褚沙白笑道，"傻看着我干吗？"

"你长得好看嘛。"陈愚从后面搂住她，把脸凑过去。

"走开，"褚沙白别过头说，似乎意识到过于冷淡，补充道，"锅要煳了。"

陈愚放开她，有些悻悻："你怎么连围裙也是蓝色？在医院穿得还不够吗？”

褚沙白把肉放进锅里翻炒着，头也不回：“在我看来，蓝色是最干净的颜色。我讨厌肮脏。”

饭菜很快上桌：辣椒炒肉、剁椒蒸鱼、香椿煎蛋饼、蒜蓉空心菜，她解下围裙，拎出两个高脚杯，打开一瓶“奔富”葡萄酒，笑着问道：“喝这个行不行？这可是我舍不得喝的哦。”“都行。”陈愚苦笑道，“反正我喝不过你。”

菜很好吃，酒也味道很正，褚沙白穿着黑色的吊带睡裙，满脸兴高采烈地跟他碰着杯，逼他夸自己厨艺好，刚才的不愉快似乎早被那台欧式抽油烟机抽走了。陈愚盯着她光洁的手臂，修长的脖子，以及脖子以下白皙、平滑的曲线，脑子里只有一个念想：我要她，我要和她上床。

一瓶酒喝完了，她问道：“还喝吗？”他的脸上脖子上都泛出血色，眼睛里跳动着火苗：“喝。”褚沙白思忖片刻，道：“算了，别喝了。”

陈愚站起来，怒气冲冲地绕过长条桌，一把扯过她搂在怀里，他的下面胀鼓鼓的，粗暴地顶着她。

“陈愚你喝多了。”褚沙白一脸的平静。陈愚没理她，把嘴唇凑过去，被褚沙白一手挡开，陈愚一手搂着她，腾出另一只手来攥着褚沙白，继续把脸凑过去。手机响了，是吴念慈打来的。

吴念慈在电话里絮絮叨叨，先讲陈跃进的状况，然后讲家里有谁过来看他，再讲村子里谁结婚、谁过生日、谁去世，要随多少份子钱，云云。等挂了电话，卧室的门早已反锁了。

褚沙白在里面说：“你喝多了，早点回去，记得关门。”

陈愚赌气晾了她一周。一周后，褚沙白果然发来信息，让他去医院。陈愚赶到的时候，她递给他一张本周的放疗预约单，还有一把车钥匙。陈愚掂起钥匙上的蒙奇奇，故作夸张地说：“宝马哦！”褚沙白依旧是笑了笑：“借你开回去接他们吧。”

坐在酒红色宝马X1里面的陈跃进和吴念慈多少有些不自在，褚沙白放在车里的香水让陈跃进打了个响亮的喷嚏。透过后视镜，陈愚看见他的脸比刚做完手术时要饱满一些，血色也充盈一些。吴念慈一手搀着他，一手紧紧攥着湘雅医院的CT袋子，神情有些亢奋，说：“你这是借的谁的车？”

“朋友的。”

“妹子的吧？”

“嗯，就那个护士，小褚。”

后视镜里，陈跃进和吴念慈对视了一眼，露出了久违的笑容。

陈跃进过去是有一辆摩托车的，五羊本田太子款，圆形头灯，车身颜色跟这台宝马一样，150排量，骑上去极拉风，这是电影繁荣时代他给自己的奖赏。骑车之前，陈跃进都要换上衬衣西裤皮鞋，把为数不多的几根头发梳得熨熨帖帖，再戴上墨镜，很是讲究；每次从外面回来，总是用毛巾沾着洗衣粉水把车身、轮毂、发动机散热片等角角落落擦得纤尘不染，并且决不让吴念慈代劳。陈愚上高中后，陈跃进便开得少了，吴念慈说他嫌汽油太贵，若非进城接送儿子，轻易是不动的。陈愚高三快开学的时候，提出要在校外租房，以便晚上学习。陈跃进问，大概多少钱，陈愚想了想，报了个四千。一学期最少两千，还只能租到离学校远一点的地方。陈跃进没说话，骑着他心爱的五羊本田出去了，深夜才回，依旧是醉醺醺，泥巴浆住了裤腿。吴念慈慌张地问：“你的车呢？”陈跃进醉眼迷离看看她，又看看比自己还高半个脑袋的儿子，没说话，从裤兜里掏出厚厚一沓钱，朝他们晃了晃，然后塞在陈愚手里，紧接着便吐了一地。

双手扶着方向盘，脚尖点着油门小心翼翼加速，陈愚有些悲观地想，那个坐在摩托车上意气风发的陈跃进，怕是永别了。

放射科在13楼，就在之前做手术的胸外科上一层。与12层那热烈的、残忍的、带着血腥味的气息不同，这层更加安静肃穆，似乎也更加阴森恐怖。病房里到处都是头发掉光、羸弱不堪、丧失活力的病人，他们不哀号、不抗拒、不申诉，如一堆枯枝败叶，在风雨飘摇中迎接命运对自己的审判。

这一层的护士看上去也更加阴郁，脚底无声，形如鬼魅，陈跃进刚被安排好床位，一个骨瘦如柴的护士飘过来，用只有这个床位能听到的声音说，先去交钱。

“交多少？”陈跃进和吴念慈异口同声。

“先交10万，用完再说。”

陈跃进放下刚搽上床头的双脚，一边找鞋子一边用斩钉截铁的声音回答道：“我不治了！”

护士愣了一下，很快便恢复了神色，她依旧用只有这个床位能听到的声音说：“那你们一家抓紧做决定，这边的床位很紧张，放疗和化疗排队都要好久，你们不做要尽快给别人腾出床位来。”陈愚愤愤道：“住都住进来了还商量个什么。不就是交钱嘛，我现在就下去。”

护士飘走了。陈愚也准备下去，陈跃进一把拽住他的手，几乎是乞求：“我真的不想治了，行不行？”

陈愚有些气恼：“手术都做了，放化疗不做，不是前功尽弃么！”

“做了也不见得管用啊！”陈跃进擦了一把眼泪，“我也听说了，像我这种食管癌晚期的，存活率不到两成。”

“哪怕是零点一成，也得治！”陈愚一脸的豪迈，“钱的事情你别操心，缺不了这一二十万。”

褚沙白推门进来，穿的也是护士服，双手却拎着一个硕大的果篮。陈跃进他们愣住了。

“陈愚，你也不接一下！”褚沙白恼道。陈愚这才反应过来，接下沉甸甸的果篮。刚才还满脸乌云的陈跃进和吴念慈立马绽出慌慌张张的笑容来。

放疗几次过后，陈跃进恶心、呕吐、食欲不振，看上去形销骨立，像个风烛残年的老人。他大口大口喘着气，朝嘴里不停地灌水，而他的身体如同沙漠一般，无论怎么灌溉都无法变为绿洲了。陈愚和吴念慈都有一种不祥的感觉，陈跃进的灵魂正在一点一点挣扎着离开他的躯壳。

他年轻的时候身体多棒啊！陈愚是见过他的黑白军装照的：头顶着五角星，脸上全是英武帅气，左胸别着军功章——在南疆的战场上，他可是杀过人、立过功的；复员之后喜欢打篮球，一米六五的个子可以双手抓环，带着乡篮球队打遍全县，那件冠军背心穿烂了都不肯扔。30年过去了，那个结实、饱满、充满力量和野性的身体，如今干瘪成一枚吊在冬天里的瓜瓤，颤颤巍巍，似乎只要一阵寒风，便能将他吹落。

陈跃进喘着粗气问：“你跟小褚关系定下来没有？”陈愚给他掖着被角，摇摇头。

“她是不是嫌弃你的家庭，嫌你有这么个老子？”

陈愚不耐烦道：“你操心那么多事干吗？把病养好才是正事。”

陈跃进攥着陈愚的手，郑重其事道：“你跟她结婚，我的病就能好一半。我保证。”

陈愚只轻轻一拽，就挣脱了他的手，说：“你拿自己的病跟我讨价还价呢？我的婚姻是我的事，不用你操心。”

陈跃进的一口气泄了，眼神也跟着暗了下来。陈愚有些不忍心，宽慰道：“我们目前发展不错，只是时间问题，放心吧。等你病好了我就跟她求婚。”

吴念慈送来了鸡汤，陈愚正一口一口喂着他的时候，电话响起，是总编打来的。陈愚按了免提。

“小陈，赶紧到报社来一下。”

“总编，我在医院，这会儿恐怕赶不过去。”

“那我电话跟你说，你得有个思想准备。”总编顿了顿，陈愚端着碗，擎着勺子，想取消免提已经来不及了，“你上次写的民营企业抓党建的那个建筑公司，他们的党委书记因为行贿被‘双规’了。进去之后东咬西咬，扯到你这篇稿子，说请你吃了饭，先后分两次给你打了1万的酬劳。还说……”

陈愚瞟了一眼，陈跃进的脸色已经变得铁青。陈愚放下碗，拿起电话，问：“还说什么？”

“给你找了个有偿陪侍。”

“他妈的！”陈愚破口骂道。一个护士从门外探过头来，陈愚长吁一口气，对着电话诚诚恳恳说道：“这个真没有！”

“有没有你跟我说没用，这篇稿子是你发的，总是跑不掉的。小陈，我也知道你现在处境困难，你收这钱是为了救你爸，我理解，但是报社党委还是决定——开除你。”

怪就怪病房里太安静，“开除你”三个字虽然是从听筒里传出来，却在房间里来回打着转转。陈跃进的额头上青筋暴起，胸口剧烈起伏着，似乎在酝酿着一顿劈头盖脸的训斥，吴念慈端起碗想再喂一口汤，却被他一掌打翻了。

褚沙白晚班。吴念慈回去了，陈愚守在陈跃进身旁，一直到他发出轻微的鼾声，才跑下12楼。

“你怎么了？气色这么差。”褚沙白伸手要摸摸他的额头，被他猛地一把扯进自己的怀里。陈愚气呼呼地吻她，她没有反抗，陈愚解开她的护士服左侧的扣子，她没有反抗，陈愚的左手越过她的紧身T恤和文胸，狠狠捏着她的乳房，她从牙根倒吸了一口凉气，却依旧没有反抗。陈愚的手离开她的胸部，向下伸去，被她攥住。陈愚像一头被红布耍弄的公牛，把她抵在12楼的窗台上，义无反顾向下探去。

“啪”，陈愚先是听到一声脆响，然后从左边脸颊感觉到一丝疼痛。他有些错愕地看着她，继而苦笑道：“觉得我配不上，对吗？”

褚沙白摇摇头，泪水蔓延在脸上。

“我知道的，意料之中。”陈愚叹了一口气，“无房无车，家里有个癌症患者，最近还丢了工作。”

褚沙白伸出手，轻轻抚摸陈愚脸上那几道深深的皱纹。陈愚扭过脸去，眼睛里也是噙满泪水。

褚沙白颓然坐在地上，从裤兜里掏出一包“兰州”，哆哆嗦嗦打了四次火，点上。

“陈愚，我不能和你做爱，也不能和你结婚。陈愚，还记得我跟你讲过，我跟我二伯在一起生活，对吗？陈愚，我没有告诉你的是，他在我14岁的时候，就强奸了我。他也是个酒鬼，一次喝醉了回来，我刚好洗完澡，衣服还没来得及穿……他酒醒后特别后悔，要用菜刀割腕，被我制止了。我觉得他并非十恶不赦，他是个好人。我只是觉得那件事情太恶心。陈愚，我后面尝试过交往男朋友，都不行，忍不住反胃。我想我身体的这一部分机能或许永远丧失了。对不起！”

褚沙白蜷着身体，把头埋在双肘下剧烈地抽泣着。似乎过了漫长的一个世纪，她停止哭泣，抬起头，伸出一只手，说：“你能拽我一把么？”

陈愚把她从地上拽起来，轻轻搂住她，拍着她的肩膀，重复地说：“都过去了。”

褚沙白点点头。

时近凌晨，夜色被城市的光芒冲散，又被高高低低的楼宇剪开，显得支离破碎。初秋的X城凉意渐深，陈愚的身体也渐渐冷却了下来。褚沙白偎在他的怀里，轻轻地颤抖着，像极了陈愚小时候养过的一只小花猫。时间嚓嚓嚓嚓从她的抽泣中划过，陈愚的双腿有些麻木了，身上也有些瑟瑟的凉意。右眼皮跳了跳，他有些担心陈跃进，可是褚沙白似乎睡着了。

一个黑影从12楼的窗口划过，几秒之后，从楼下传来一声“噗——”，像一个西瓜砸在地上，声音不大却在寂静的夜里显得格外清晰。陈愚愣了一下，甩开褚沙白跌跌撞撞跑上楼去。陈跃进的病床上，被子叠得方方正正，一枚黄铜的军功章和一把零钱压在枕头下面。陈愚喊了一声 “爸”，病房里没有人回应。这一声如此陌生，陈愚甚至都忘了上一次这么称呼是在他多大的时候。陈愚走出病房又大喊了一声 “爸”，还是没有人回应。陈愚终于意识到，永远不会有人回应了。

吴念慈说：“你爸喝酒这么多年，跟人吹牛皮谈得最多的还是你，说你是家族里第一个大学生，就凭这一点，他依旧是村里的大拇指。”

吴念慈说：“你毕业之带回去的酒，他一瓶都没喝，搁柜子里，逢人就说，这是我儿子给我买的。”

吴念慈说：“你爸手术之后回去都那个样子了，还想着去捡一些柴火，准备给你办喜事用。”

吴念慈说：“你爸说了，小褚那个姑娘真不错。”

陈愚止住吴念慈的唠叨，问道：“你看我这求职简历上的照片行不行？”吴念慈颤巍巍站起来，走到电脑面前，眯起眼睛瞅了半天，答非所问地说：“像你爸，陈跃进。”

皆空

一

我走了。

肖婷翻过身，似乎有些吃力地够到床头柜上的心相印纸盒，“嘶嘶”地抽出两张抽纸，最后一遍擦拭了身上残存的体液；随后从枕头下面摸索出那条薄如蝉翼的黑色底裤，伸出两腿套上；再翻过身像趴在小船上玩水一般从地上捞起那条同样是黑色的丝袜，套上；然后坐起来，反手系上胸罩的袢扣。她的身材保持得不错，乳房还没有松弛变形，皮肤也紧致有光泽，唯一的缺憾可能是腹部那道20多厘米宽的疤——这是四年前剖腹产留下的。如同从前线回来的战斗英雄一样，这一道伤疤是她身为女人特殊的勋章。她优雅而迅速地穿上白色的丝质衬衣，黑色的毛料短裙和小西装，还有大约7厘米高的高跟鞋，最后拉开酒红色FURLA糖果包的拉链，取出小化妆盒补了一下妆。

她扭过头来，朝着陈墨的颧骨最高处轻轻啄了一下，把那刚抹上去的香奈儿唇膏在他的腮边留下一点点，如同一个调皮小女孩的小恶作剧。

“我走了。”她说道，像是打招呼，又像是道别，还像是请示工作。

“嗯，”陈墨调动脸上的肌肉冲她微笑道，“开车慢点。”

“知道了——天气真好！”她轻轻拍了拍他的脸蛋，算是最后的告别，随后干净利索地起身，出门，关门。

“咔”的一声，门被她带上了，随后是“哒——哒——哒——哒——”的高跟鞋叩击地面的声音。“哒哒”声渐行渐远，如同某种气味，慢慢释放在下午五点的空气里。

对于十月上旬的北京来说，五点并不算太晚。学生还没放学，白领还没下班，交通也不算太拥堵，地铁里甚至可以找到一两个座位。

澄澈的阳光长驱直入，透过玻璃窗照到床上，给陈墨赤裸的稍显困倦的身体镀上了一层光。

天气真好！诚哉斯言。在北京，冬天和夏天都漫长而实在，不管是炎热还是凛冽，都是真枪实弹且不留情面的。春天像短暂的停火谈判阶段，虽然温度大抵可以接受，但来自西伯利亚的寒风裹挟着鄂尔多斯高原刚刚解冻的沙土打在人脸上、灌进人嘴里的感觉并不好受。秋天如少女的童贞，宝贵而短暂，如果刚好赶上一两场东南风吹散郁积在首都上空的雾霾，那就近乎奢侈了。

而这种天气在长沙，便显得稀松平常。那座城市，大抵只有医院才能见到口罩，遑论暖气片和加湿器了。陈墨在长沙待了八年都不觉得好，当时心心念念的，只有首都北京；高中毕业报考三个志愿，前两个都贡献给北京的二流大学了，保险起见，第三个填了湖南大学，总算是没有落榜；大学毕业拿着如同注水猪肉一般不实在的简历上北京兜了一圈，总算是被北京的广告公司看上了，但岗位分配的时候，还是分到了位于长沙的分公司。彼时陈墨就像超级玛丽一般不停蹦跶，蹦来蹦去还是没有蹦出长沙。等到自认为尘埃落定的时候，公司总部突然一纸调令，让他到了北京。

人真是贱骨头。陈墨在心底骂了一句，随手拿起电视遥控，打开了电视。下午五点大约是一天中电视节目最为无聊的时候：综艺节目庸俗矫情，电视剧除了抗日就是婆媳斗争，新闻全是纠纷调解、明星劈腿还有以各种堂而皇之的名义发动的战争和冲突。陈墨调了一个又一个台，最后在少儿频道停住了，电视里面在教小朋友画画。

陈墨哑然失笑。

二

陈墨还是“小朋友”的时候，也学过一段时间画画。那时香港还没有回归祖国的怀抱，克林顿还没有弄脏莱温斯基的裙子，陈少进所在的国营酱油厂也还没有倒闭。在陈墨家乡永康镇的大马路上，拖拉机和三轮柴油动力车（因为柴油动力噪音大，故永康人又称之“叭叭车”）是主要交通工具，摩托车的意义等同于今天的奥迪、宝马。销售科科长陈少进便有一辆摩托车。

陈墨小学毕业的那个暑假，陈少进心血来潮把他扔在后座上，骑着南方雅马哈摩托车到了县文化宫。彼时“素质教育”的口号甚嚣尘上，一时间奥数班、舞蹈班、钢琴班、书法班、电脑班等名目繁多的培训班像孙老师种的韭菜一般在县城里破土而出。作为永康镇最早穿西装打领带、骑摩托车的人物，陈少进自然要赶这个时髦。

“崽，喜欢哪个班？爸给你报！”

陈墨措手不及，他本来上午还约着李翱翔、林安平还有袁婧他们去偷橘子的，谁承想一下让他爸拉到这儿来了，还要报什么培训班！这可是他升初中前的最后一个暑假！

“我不报！”陈墨有些慌了，“我还要跟翱鳖他们耍呢。”

陈少进有些恨铁不成钢地指着他：“耍什么耍？跟几个乡里伢子能耍出什么名堂来？你以后要考大学、坐办公室的！”

陈墨再要说“我不报”的时候，陈少进已经伸出右手，将食指和中指勾起来，做好了敲他脑壳的架势。识时务者为俊杰，陈墨马上改口说：“美术吧。”

陈墨就是这样被陈少进拽进了“新苗少儿美术学校”的大门。从此，在李翱翔他们上树偷桃、下河摸鱼，在永康镇玩得不亦乐乎的时候，陈墨却要攥着铅笔、扶着画板，画石膏球体、柱体、椎体，画苹果、香蕉、茶壶、瓦罐、玻璃瓶子。

由于惦记着黄瓜、西红柿，惦记着鱼塘、鸟窝，惦记着乡下的小伙伴们，小学刚毕业没几天的陈墨对衬布上的石膏一点兴趣都没有，对披头散发的素描老师讲的明暗调子、透视关系一点兴趣都没有，对身边张牙舞爪、娇生惯养的城里小孩一点兴趣都没有。整整一天过去了，陈墨的纸上只有6B铅笔画的一个黑不溜秋的方框框。交作业的时间到了，长头发老师把他的作品扔到地上，并且给了一个言简意赅且形象生动的评语 “鬼画桃符”。老师的评价引起了周围同学的哄笑，其中一个穿着无比时髦的皇家马德里球服的小孩指着陈墨的白衬衣蓝裤子（这在永康算是比较时髦的打扮了）振臂一呼：“乡里鳖！”然后响者云集，其他的孩子高喊着“乡里鳖、乡里鳖……”欢呼雀跃地放学回去了。

在永康镇和永康中学，陈墨都是当之无愧的孩子王，爸爸陈少进是著名乡镇企业的销售科科长，妈妈孙老师是永康中学的副校长，陈墨成绩优异，接人待物也颇有教养，是镇上的母亲们批评教育孩子时最爱用的范例，“你看看人家陈墨……”他何时受过这种委屈？竟然被人叫“乡里鳖”！陈墨的眼眶里满是不争气的泪水，似乎只要稍微晃一下便溢出来了。这时一个着白底蓝襟校服的女孩默默蹲下，捡起被别人踩了好几脚的他的“处女作”，用面纸拂去上面的鞋印，还给陈墨，细声细气地告诉他：“你可以画好的。”

女孩说的是普通话！

在陈墨的印象中，这是第一次有人在课堂之外跟他说普通话。话说回来，即使课堂上，陈墨接受的也是永康话的教育。陈墨的语文老师吴兰芳唯一一次使用普通话教学，是在一次教育局组织的巡回检查上。陈墨还记得那次吴老师带着同学们朗诵的课文开头是这样的：“群（春）天来了，发（花）儿开了……”总之听得坐在陈墨旁边的教育局大胖子直皱眉头。

听到普通话，陈墨一下子愣住了。他面红耳赤，舌头像含了绿豆冰棍一般僵住，这使他看上去更加印证了县城里孩子送他的那个绰号——“乡里鳖”。他像个被逼急了的哑巴一样，干瞪着眼，惊诧、欣喜又沮丧地望着那个女孩。陈墨一眼就看见了女孩校服短袖上印的“城南中学”四个纯蓝字迹。这四个字迹像亚马逊雨林里扇动翅膀的蝴蝶，引发了他少年时代情感的大海啸。

女孩在城里孩子的哄笑声中留了下来，就着夏日五点的阳光告诉他素描的基本技法——陈墨早就注意到这里面只有她的画最好看，里面的石膏啊苹果啊都像要从纸上凸出来一样（后来他才知道那叫立体感），长头发老师讲的让人发懵的明暗调子透视关系在她嘴里蹦出来，一个一个字都那么生动，那么有意思，以至于他都快喜欢上画画这玩意儿了。

“好啦！今天就这样了，妈妈还等我放学呢。”女孩一边用普通话说道，一边收拾文具盒。这让求知欲正浓的陈墨措手不及：“等一下子嘛，我想重画一幅。”陈墨顾不上普通话、永康话了，他急切地挽留着。女孩笑着说：“明天吧，这些石膏又没长腿，跑不掉的。”陈墨被她那句不算幽默的说笑话逗得呵呵傻笑。

“再见哦！”女孩转头向他挥挥手，一蹦一跳地小跑出了画室。陈墨莫名感动起来，长这么大，这似乎是第一次有人跟他挥手说再见。在乡下、在他生活的镇上，“再见”就跟吊带衫、超短裙一样，只有电视里和广播里才有，虽然他爸是闻名十里八乡的销售科科长，他妈是温文尔雅的中学老师，虽然他是个考试从来不拿第二的好学生，但那句六月青桃一般脆生生的“再见”还是让他半天没反应过来。等他想起课本里说的别人道“再见”时自己也要回“再见”时，女孩已经不见了。陈墨红着脸翻出女孩刚交上去的作业，左下角用铅笔工整标注：7月13日，小月，4课时。小月，真好听！“小月，小月”，他呼唤一般把名字小声但深沉地念了两遍，又做贼似的把作业摞好，溜出了教室。

等陈墨出来的时候，少进同志已经靠着他那辆很牛气的南方雅马哈在树荫下歇了半小时了。见儿子出来，少进脸上露出晚霞一般灿烂的笑容，他近乎巴结地看着儿子，问道：“怎么样？现在会画了吗？”陈墨听到这句，先前的委屈甚至是屈辱又被重新唤起，他噘着嘴略带怨恨地看着自己的老爸，半天憋出一句：“爸，给我买套球服！”

“球服？”少进迷茫地看着他。只一秒钟，陈少进便发现了儿子眼里残存的泪水，他没有多问，只是爽快地应道：“好！上车，爸给你买球服!”

第二天，陈墨再来上课的时候，穿的是雪白上衣、天蓝短裤的申花队球服，脚上蹬的也是崭新带钉的双星牌球鞋，球鞋以上膝盖以下是一双白色的厚棉袜，上面还画着红蓝相间的道道。这一身行头，看上去似乎不是来学画的，而是马上就要上场参加全国足球联赛！陈墨的这身“装备”让昨天喊他“乡里鳖”的孩子们面面相觑，惊羡不已。他满脸骄傲地把小塑料凳拉到小月旁边，夹好画板上的白纸开始按照昨天她教的方法构图、抠形、扑调子，一招一式有板有眼，让长头发老师很是惊诧。

下课的时候，陈墨为了表示感谢，慷慨地掏出两块钱买了两个脆皮甜筒。在小孩子们咂巴一袋子两毛钱的橘子汁冰砖都觉得幸福无比的时代，脆皮甜筒的诱惑简直太大了，孩子们的视线一直追随着甜筒，看着陈墨满心欢喜地将其中一个送到小月面前。

“给你！”

女孩愣愣地看着他，身子下意识地往后退了退，似乎陈墨手中捏的不是清凉的还滴着奶油的甜筒，而是一个烫手的山芋，甚至是一个拉了环的手榴弹！

“给，请你吃的。”陈墨的声音因为慌乱而变得生硬起来。

“我不……我不要，我不吃！”女孩的声音由迟疑到坚定。她有些气鼓鼓地转过头去，端起画板认真地改起了刚刚放下的画稿。

陈墨遭遇了比昨天更大的尴尬。他一手捏着一个将要化掉的甜筒，任凭奶油一点一点地滴到自己的手指上。很多双眼睛盯着他，虎视眈眈，如同狮群碰上了掉队的斑马。

“谁要吃？”没人说话。

“谁要吃？不要钱的。”他强调道。话刚落音，左手的甜筒已经被昨天喊他喊得最凶的小孩抢走，剩下的那只被他手疾眼快地放到嘴里。否则，在他手里的就只有两张包装纸了。

不知是申花队服的缘故还是别的什么原因，从第二天开始，长头发老师就开始特别照顾陈墨。陈墨看得出，老师帮他改画的时间最长，跟他讲的话也最多。可是从这天开始，那个叫小月的姑娘再也不和他说话了，几天之后，小月竟然没过来上课——再也没过来了。

12岁的陈墨，心里的某种情愫安静、却欣欣向荣地生长着，像六月雨刚浇过一般，长势喜人，压都压不住。他没有跟任何人讲，包括他最好的兄弟李翱翔、林安平。他们不懂、更不关心这些乱七八糟的事情，在他们眼里，最伟大的事业莫过于塘坝里的鱼虾、园子里的橘子和瓜地里的西瓜。他们为之奋斗着，被大人逮到了打烂屁股都乐此不疲。

三

作为陈墨的顶头上司，肖婷既随和又苛刻，既大方又小气，即所谓：对待客户像春天般的温暖，对待单子像夏天一样火热，对待谈判如同秋风扫落叶，对待员工像冬天一般严厉。肖婷30岁左右，清瘦，干练，瞪羚一般警惕且充满活力。她喜欢化烟熏妆，涂深色口红，用的香水也是高贵而浓烈的，有一股欲望的味道。

刚到北京的时候，陈墨被分配在肖婷带领的创意一组。初来乍到的陈墨人如其名，不善与人交流。一方面是个性原因，另一方面，陈墨在长沙浸淫多年，已经是一口标准的“长沙普通话”，来北京后即使刻意纠正，听起来依旧是“形迹可疑”，不免引起同事们的调笑。跟同事们话少，跟肖婷话就更少了。只有在面对客户的时候，这个女人才会露出如花的笑靥，如同只有见到太阳才会仰起花盘的向日葵，其余时间自然是刚柔相济、不怒自威。创意一组四男一女，四个爷们硬是被这个女组长管得服服帖帖，连敢调戏经理老婆的周大胖子都嘴巴上了拉链，陈墨自然更不敢造次，每天准时打卡上班，保质保量完成各项任务，像极了18年前的那个三好学生陈墨。

第一次深入接触发生在跟客户吃饭的餐桌上。那大概是陈墨第一次被肖婷带着陪客户吃饭。对方是公司的大客户，设计部就他们的广告需求在三个组征集创意，结果陈墨代表一组拿到了这个单子。那顿饭是订单交付之后客户为创意组举行的答谢宴。

按说在这种场合肖婷应该是长袖善舞、如鱼得水，但那天她因为感冒服用了头孢类药物，不能喝酒。肖婷冲陈墨耳语一番，陈墨便拎着装满白酒的红酒杯义无反顾地上阵了。可惜上半场还没结束（顶多只能算常规赛第一节），陈墨便不省人事了。

醒来的时候陈墨被周遭吓了一跳：白顶白墙白光灯，右手边还有两张床——白床单白被子，倒是枕头上印了几个呈扇形排列的天蓝色字迹——北京市中关村医院，底下还有个红十字。陈墨抬起头，悬挂在头顶的葡萄糖溶液正不急不慢地一滴一滴落下，沿着细长而通透的导管流向静脉。恍惚之间，陈墨觉得头顶悬挂的不是葡萄糖，而是悄然流逝的生命。

陈墨努力晃了晃自己如同煮糊的面条的脑袋，试图弄清那个不知被谁按下的暂停键在哪里。最后的印象是跟那个满脑肥肠的王总用高脚杯喝了一个大的，然后把杯子砸到了桌上，然后……然后就不记得了。

房间里充斥着酒精混合食物在胃里发酵过的气味，还有医院必备的84消毒液的气味，这些气味混合在一起，再配上冰冷的白色，让人感觉像遭遇了生化危机一般。陈墨在床头摸到了自己的上衣，钱包、手机和手表都还在。手表指针指向了1：40，陈墨像是确认一般，又看了看手机——确实是1：40。界面上除了时间和日期显示之外，没有一个电话，没有一条短信，微信和QQ也没有留言，甚至连一向不胜其烦的10086也没有发来哪怕是无关痛痒的信息。

“我要是死在这里，估计也没人管。”陈墨闪过这个念头，不觉悲从中来。孤独像墨汁一般从窗外倾泻进来，渐渐铺满地面，淹没床脚，打湿被子，随后灌进鼻孔、嘴巴，抵达气管、肺泡和血液，然后没过头顶……

陈墨在无边无际的孤独中感到了绝望和恐惧，他将静脉注射的流速开到最大，药物不再一滴一滴，而是一股一股不间断地灌进自己的静脉，陈墨感到了这种沁入血液的冰冷。

无论如何，一个人待在医院的感觉太恐怖了。

点滴打完，陈墨自作主张拔掉针管，逃出了病房……

第二天一早（准确说来是当天早上），陈墨像往常一般起床、洗漱、买早餐、挤地铁，尽管脸色依然苍白，眼窝深陷得厉害，但他还是装作没事一样上班。肖婷看见他，神色有些惊诧，但终究没说什么——整整一天，包括往后她都没有再提那件事情，仿佛那个晚上发生的一切，被某个软件从他们的记忆库中强行删除了一般。

只是往后，陈墨再也不跟公司的人喝酒了——无论是同事聚餐还是再被肖婷拉着陪客户吃饭。尽管不喝酒，尽管普通话依然蹩脚，陈墨多少跟同事们熟络了一点，偶尔也会跟着出去吃吃饭唱唱歌，周末甚至会约出去打一场篮球、爬一趟香山。陈墨知道，这种关系疏离又脆弱，需要酒肉来维持，跟长沙那帮知根知底的难兄难弟比起来，实在是不能同日而语。但陈墨更深切地体味了孤独的滋味，那种如同毒药一般侵入你的中枢神经，逼迫你窒息的感觉实在是太痛苦、太恐怖了。一句话，陈墨需要朋友，不管是生死的还是酒肉的，不管是真诚的还是虚伪的，哪怕是只能跟你结伴下班挤地铁、给你讲黄段子。

陈墨醉酒之后的第四个月，肖婷升任设计部经理。原经理跳槽，肖婷凭借出色的能力和骄人的业绩毫无悬念继任经理。创意一组集体表示了祝贺之外，也顺道给周大胖送了祝福——无论从年龄还是资历，周大胖升任创意一组组长是实至名归。

周大胖向来如滑膛炮一般的嘴巴这次变得矜持了："还没确定呢，八字没一撇。"可是他那几乎咧到了太阳穴的大嘴早已出卖了他。

剧情有点狗血，公司新任命的创意一组组长不是周大胖，是陈墨。这不仅让同事们大跌眼镜，连陈墨都显得措手不及。尽管业务能力跟周大胖难分伯仲，但他毕竟刚过来不到半年，别说比周大胖，就是比小字辈的罗季都要晚两个月。但既然"黄袍加身"，那就当仁不让吧，陈墨想。

下班后，陈墨给肖婷发了一条信息：谢谢肖经理栽培。发送之前，陈墨踟蹰一番，改为：谢谢肖姐栽培。

肖婷的回信很快：说声谢谢就够了？还附上了一个笑脸表情。

陈墨有些忐忑，回了条消息：那就请肖姐吃饭，肯赏光否？

肖婷的回复很爽快：好。

陈墨请她吃的是一家叫"将太无二"的日本料理。肖婷过来的时候，身上是一条水洗蓝牛仔裤和一件驼色圆领针织衫，脸上没有脂粉的痕迹，睫毛显然刷过，但眼影是浅的，唇膏也是亮色的，少了一分冷艳，多了三分清纯。这一身着装，让陈墨刹那间有些恍惚。

“怎么？不认识了？”

“呃……”陈墨回过神来，“被惊艳了。”

肖婷飞了一个媚眼，抿嘴笑了笑，笑得有点风情：“这也能被惊艳？”

“主要是跟你平时的风格不同，一下子没回过神来。”

“还不是为了跟你的着装搭一点，”肖婷噘了噘嘴，有些嗔怪的意味，“我可不希望被人误会为阿姨带着小侄子吃饭。”

“哪有！”陈墨恭维道，“现在咱们走出去，大家肯定认为是叔叔带着小侄女逛街。”

肖婷扑哧一声笑了出来：“你占我便宜。”说完却兀自脸红起来。陈墨心中的野兽缓缓苏醒，打了一个很长的哈欠。

四

12岁的少年陈墨，在他人生之旅的第一个岔路口，做出了第一个重大的决定：不去镇上的永康中学上初中，而选择了距他家十几里之遥的城南中学，理由是那边的教学质量好一些。陈墨的决定让父亲少进和母亲孙老师惊喜不已，特别是自己就在永康中学教初三语文的孙老师。她深知在永康要考一个重点高中，比自己再生一个娃娃还要难，而县一中的大门，似乎专为城南中学的毕业生而开一样，让无数家长趋之若鹜。少进夫妇为儿子的懂事和上进大为感动，他们哪里知道这小子之所以做出这么重大的抉择，只是因为一件印着“城南中学”白底蓝襟的校服!

为了这件不平凡的校服，陈墨付出了不论晴雨每天早起晚归骑车近10公里的代价，付出了告别他那桃园结义的两个兄弟的代价，付出了袁婧不再替他完成家庭作业的代价。陈墨义无反顾，骑着他爸给他买的“凤凰”牌自行车在一条鹅卵石和煤渣铺就的路上风雨兼程了一年。

12岁的陈墨终于穿上了那件曾像旗帜一样召唤他的“城南中学”校服，可是再也没有见过那个叫小月的女孩。陈墨固执地认为穿着那件校服的，就一定在这个学校里念书。他无数次地打量身边走过的女孩，甚至每天像门卫一样蹲守在校门口，瞪大眼睛搜索着那个姑娘，直到校门关闭，他才骑着那辆“凤凰”，摸黑驶向那条通往永康镇的煤渣卵石路。

少年陈墨，第一次有一个女孩子闯进他的梦里，轻轻地，带着甜甜的笑容，穿着跟他一样的校服，身上还有一股淡淡的玛丽牌水粉颜料的味道。“这些石膏又没长腿，跑不掉的”，女孩子的话就像复读机一样在他耳边反复播放着，陈墨就对着她一个劲地傻笑，笑着笑着一阵微弱的电流穿过全身，在他身上的某个点上释放了出去。陈墨醒来，他惊恐地发现自己的小裤头已经湿了。他拉了拉系在床头的灯绳，红着脸褪下裤头看了看，上面黏黏糊糊地沾了一些鼻涕样的东西，还带着淡淡的腥味儿。陈墨惊慌失措，全身上下检视了一遍，确认没有别的问题才把那条弄脏的裤子脱下来，塞进了五斗柜的抽屉里，换了一条内裤，天还没亮就去上学了。

林安平和李翱翔对陈墨舍近求远的举动表示不解和愤懑，尽管如此，他们还是会在每个周末聚在一起。升入初中的他们对塘坝里的鱼、树上的枣、地里的西瓜不再感兴趣，成长让他们的话题由物质转为精神或者情感。袁婧在的时候他们还会道貌岸然地畅谈一下人生理想，譬如林安平想开一家南杂店，里面有吃不完的兰花豆和猫耳朵（油炸食品）；李翱翔想去少林寺，练得一身本事然后痛揍他们村长和会计；袁婧想当班车售票员，身上挎着个小皮包，手里攥着把花花绿绿的车票，开车的时候可以把半个身子伸出窗外，然后高喊“湘南湘南，三块三块”；而陈墨的梦想则是去北京。那一年电视里放了一部叫《北京的夏天》的连续剧，女一号是曹颖。电视里的北京繁华而整洁，有很多小汽车，天是蓝的，悠扬的鸽哨响彻天空，夹着书本的女大学生轻快地走在校园里，脸上洋溢着青春的笑容，男学生骑着自行车，背后挂着吉他或坐着身穿长裙子白袜子的姑娘……

等到袁婧不在的时候，三个少年立马会眉飞色舞地讨论哪个班的姑娘最漂亮，哪个班的女孩最风骚，哪个女孩子发育太快，哪个女孩子已经开始戴胸罩，亢奋之至。他们还会对这些女孩做一些并无效力的分配。

“他妈的！最近这下面老是涨得难受，硬邦邦的把裤子顶起来了。”李翱翔一脸恼火，他在三个当中的年纪和个头都是最小的，他完全可以想象自己的“症状”在两个老兄身上同样存在。

“傻鳖，你那是性欲来啦！”最年长的林安平以过来人的身份教育道，他的声音说尖不尖说浑不浑，听上去跟切割铝合金一样。他转过头来向着陈墨，陈墨看见他的嘴巴周围已经长出了一圈细细的茸毛，喉咙那里也拱起了一块。陈墨上厕所的时候注意到，林安平那里已经像猪鬃一般稀稀疏疏长了一片，看上去狰狞而丑陋。

“墨子，你呢？你性欲来了没有？”

“啊？”陈墨有些张皇，“来个鬼哦！我没有啊！”话没说完陈墨脸先红了起来。

“那你还没发育！”李翱翔和林安平异口同声。

“嘿嘿，你们先发吧。”陈墨有些尴尬地笑着，他永远对别人留着一点秘密——哪怕是自己最好的朋友。他没有告诉他们去城南上学的原因，也没有告诉他们梦遗的事情，也没有告诉他们他和袁婧的小秘密。

每天从城南中学放学回来，他都要骑车经过袁婧家门口的小裁缝店，而袁婧这个时候一定会出现在他的视野——有时候是在裁缝店码满布匹的玻璃柜台上守着，有时候是在她家二楼的阳台上趴着写作业。陈墨经过的时候，一定是骑着单车目不斜视，而袁婧一定也会把脸别过去，不看马路。他们都在尽最大的努力调动眼睛的余光瞟对方，却吝啬于正眼瞧一瞧。唉，天知道十二三岁的少男少女心里在想什么。

这种欲盖弥彰的行为一直持续到寒假前的一个傍晚。陈墨因为出黑板报弄得有点晚，回去的时候天都黑了。他骑着单车跌跌撞撞摸向永康镇，这时路上已经看不大清了，陈墨只能凭着直觉往前骑行。走了将近一半的时候，路上有一个萤火虫大小的光亮，跟陈墨相向而行。陈墨像遭遇风暴的水手见到灯塔一般，刹那间充满了激情和勇气。他使劲蹬着单车，慢慢靠近那光亮。

那是一支手电筒，一支攥在袁婧手里的手电筒。她已经离开裁缝店快五公里了。陈墨停下单车，问道："你怎么来了？"袁婧把电筒塞在他手里，没有回答他，只是盯着自己的脚背细声说道："以后放学早点回。"

陈墨想了想说："上车吧，你打手电我骑车。"

袁婧想了想，点点头，取下陈墨单车后面的书包，从一侧踮着脚坐了上去，右手牵着陈墨的衣襟，然后将左臂伸平，打亮了手电。马路是鹅卵石的，被卡车轧过之后坑坑洼洼的，陈墨的单车在上面骑得晃晃悠悠如同醉汉。"抓紧！"在过一个坎的时候袁婧没有坐稳差点颠了下去，陈墨急吼吼地喊着。于是袁婧也顾不上扭捏，一只手箍住了陈墨的腰。

直到到了裁缝店，袁婧才红着脸开口说了一句话：“手电明天放学还给我。”陈墨点了点头，一只手骑单车一只手打手电，慢慢地骑地回去了。

“聊么子（什么）？”袁婧在四个人一起的时候像换了个人一般，大方且无所顾忌。她甩着膀子从远处走来，一把粗壮的头发扎在脑后，走起路来甩来甩去，像林安平他们家那头水牛的青尾巴。她的印着“还珠格格”头像的T恤衫被她那结实饱满的身体填得几乎没有了空隙。

“啊！冒（没）……冒么子。”李翱翔一见袁婧就结巴，这几乎成了他的顽疾。

“冒么子你紧张么子？”袁婧拽住李翱翔的胳膊，愈发好奇。李翱翔被袁婧这么一抓，立马变得服帖。尽管这小子是他们三人中最嚣张的一个，但在袁婧面前，他永远像根盐浸过的黄瓜，软得没有了骨头。

“我们在……在说……发……发育，”李翱翔几乎语无伦次了，他愣头愣脑地来了一句，“婧子，你发育了没有？”

“发育你个脑壳！你这个流氓！”袁婧迅速瞟了陈墨一眼，然后照着李翱翔的脑袋一阵狂拍，停下来的时候脸都红透了。

而三个少年，早已十分默契地把目光投向了袁婧的胸脯，那里已然像遭遇了春雷的竹林，春笋即将破土而出，长势喜人。

在三个少年咄咄逼人的目光威胁下，袁婧恼羞成怒地转过了身子，留下了一个羞涩的后背。

“还是在永康读书好！”陈墨冷不丁一句感慨适时地打破了尴尬。寻找小月的无果让这个少年对人生第一个重大决定后悔不已。

“那你还过去？”他们三个异口同声，其中袁婧的声音最响亮，也最急切。

“回来吧，墨子。”

陈墨点点头。

和去上城南上学一样，少年陈墨最后不去城南的理由同样冠冕堂皇：路途过于遥远，每天骑车上学和放学要耽误不下一个小时，如果能把这一个小时拿来背单词或者画几何图，学习必将会更上一层楼。少进夫妇再一次为儿子的高屋建瓴、深谋远虑振奋不已，事实上，他们也觉得儿子小小年纪这样来回奔波太辛苦了。于是陈墨又回到永康，在他妈妈所教的中学开始了他的初二生活，而那个叫小月的小女孩，则不定期造访在少年的梦境。

五

那天晚上肖婷没有回去。

就像起床之后要刷牙，刷牙之后要洗脸一样，一切都按部就班、水到渠成。陈墨请她吃完那家日料，肖婷又提出喝杯咖啡。在一家叫“COSTA”的咖啡馆，肖婷一边用小勺搅着她的卡布奇诺，一边絮叨着她的大学逸事。陈墨则捧着一杯美式咖啡一直在听，偶尔配合地发出一两声听起来自然的笑声——他是个很好的倾听者。肖婷说完，气氛便会陷入短暂的沉默，然后肖婷继续说，陈墨继续听，继续配合地发笑和思考。

“你知道吧……”肖婷忽然一下顿住，话头戛然而止，像没播完的电视剧突然插播一段广告，“你很像我大学的第一个男朋友。”

“看来你眼光不错。”陈墨边调笑边分析这句话的深意，像从体态丰腴者的手臂上寻找可以打针的静脉血管一般。

肖婷没有接茬，自顾自说道：“他也是个内敛的人。”说完兀自叹了一口气。

“然后呢？”

“然后被我后来的男朋友挖了墙脚。”

“如果真是像我的话，结局倒是可以预料。”

这一句倒是搭上了肖婷的笑点：“你也被挖过？”

“没机会，”陈墨严肃地说，“我一般是站在墙脚，苦等墙塌了砸死我那种。”

肖婷扑哧一下笑了出来。她顺势捶了一下陈墨的胳膊，捶得举重若轻，让陈墨刹那间有了一种云端漫步的感觉。

“他追的你？”

“我追的他，”肖婷笑着说，“他是个入世的佛教徒。”

“佛教徒？”

“对啊！”肖婷的目光松散迷离，落在桌上的某处，像呓语一般低声说道，“迷死了他那种看淡一切的眼神。”

“那你还跟别人好？”

“道不同嘛，人家是佛教徒，我可是彻彻底底的物质女。”肖婷坦白地笑道，“我可不想青灯黄卷地过一辈子，我希望过一种精致的生活。”

“精致的生活……”陈墨重复了她的话，想了想，问道，“所以你后面找了个有钱的？”

“倒也没有，后面那个家伙也是个穷鬼。说出来你别笑，”肖婷说，“我跟他在一起，只是想看看佛教徒的反应。”

陈墨听得兴趣盎然：“然后呢？”

“然后他发了一首徐志摩的《偶然》给我，就是‘我是天空里的一片云’那首。”

“你记得也好，最好你忘掉，在这交会时互放的光亮。”

“对对对对，就那个！”肖婷说，“把我气得……”

“不是凡夫俗子所能体会。”

“奇葩。”过了一会儿，陈墨以为要转下一个话题了，没想到肖婷又说，“我还就挺喜欢那奇葩的。”

陈墨住在北五环外的一个事业单位的半地下室里。所谓半地下室，是指在差不多房顶的位置开了点窗，如果擦干净玻璃的话，偶尔能看见走动的脚步和移动的太阳，夏天运气好的话，甚至能看见经过的女士的裙底。陈墨并无特殊癖好，更没有趴在窗台看裙底的习惯。但只要躺在床上，就有可能撞见，这甚至可以说是没有办法的事情。

话说虽然是半地下室，但比起全地下室来还是要“精贵”很多。像他那十来平方米的小间，月租要1200元，而同样大小的地下室，就只要800元。多出来的400元，算是包月看裙底吧，陈墨揶揄自己的陋室：裙底观光仓。

肖婷费尽周折，总算是把陈墨送到了。

“如果不嫌寒舍简陋，就进来坐坐吧。”陈墨客套一番，他有把肖婷弄到床上去的冲动，也觉得肖婷不会拒绝，但目前他还是不大情愿别人去他的“裙底观光仓”。没想到肖婷爽快地答应了，陈墨甚至觉得她就等着他的这句话。

陈墨有些尴尬，但既然话已经说出口了，也没有办法。他领着肖婷从门洞里进去，下了半层楼梯，然后掏出钥匙拧开了宿舍门。

电灯打开，两只硕大的老鼠在啃着陈墨昨天买的法棍大面包，面包原本有十只老鼠那么大，现在只剩三分之一不到了。老鼠见了光夺路而逃，一只窜上了排气扇，另一只更嚣张，从肖婷的脚边溜走了。

整栋楼都听见肖婷的尖叫。陈墨闭上眼睛，搂着扑上来吊着他脖子双脚悬空的肖婷。她的身体在瑟瑟发抖。

陈墨轻抚着肖婷的背，在她耳边轻声说：“好了好了，都跑了都跑了。”

大概过了一分钟，肖婷的眼睛才睁开，瞳孔里面的惊恐逐渐褪去，但眼角依旧有点潮——她刚才确实被吓到了。

陈墨有些歉疚，也有些怜惜，他突然地，却又像水到渠成一般吻了吻她的眼窝，重复道：“都走了。”

肖婷仰起头，凝视了他数秒，然后把她涂了水晶色口红的双唇盖在陈墨嘟囔着“都走了”的嘴上。

他们的舌头在两张嘴咬合的密闭空间里纠缠了一会儿。肖婷推开他，长舒了一口气，说：“你知道我和佛教徒分开的真正原因么？”

“嗯？”陈墨喘着粗气应付着，集中精力解开了肖婷的牛仔裤拉链。

“因为……他不跟我做爱。”

“唔……那我跟他还是不一样。”陈墨稍稍用力。

六

永康镇和20世纪90年代的大多数乡镇一样，又小又破，东边打个喷嚏，能溅到西边人的脸上，南门炒个辣椒，北门能呛出眼泪。镇子上的人们每天守着自己岌岌可危的店面，终日无所事事地寻找着消遣。香樟树下的麻将桌就着坑坑洼洼的树蔸摆得四平八稳，一块两块的散钱在这家兜里那家手里来回倒腾，最后变得比茅坑里的厕纸还要脏；农资站前，扑克在化肥袋上甩得风生水起，青年满哥（小伙子）

们无论阴晴都戴着墨镜叼着烟，把头发梳得三七分，即使这样，陈墨也认为他们比周润发相差了十万八千里。至于瘸子家的棋摊杂货店的酒局、涝溪桥的钓台总是各有各的市场，各有各的人气，直到傍晚炊烟袅袅，柴火饭的锅巴味儿浸透镇子的时候，随着哪家大嗓门的堂客（女人）一句“剁脑壳的，回来呷饭得”，扎堆的人群才三三两两地散去，露出小镇原本凋敝邋遢的真容。

永康中学坐落在镇子北边的小山坡上，屋顶的瓦片青的青灰的灰，像块施肥不均匀的庄稼地。墙面没有粉刷，还保留着红砖堆砌的原貌，细细观察还能发现几乎每一块能用手够得着的砖头都保留着学生们的“真迹”——有铅笔的、有小刀的、有钉子的、有蜡笔的……内容无外乎谁谁谁喜欢谁谁谁，谁谁谁是个傻鳖等。学校后面是一块土坪，因为安了篮球架，这里一度成为男孩子们的天堂，只是球在地上一拍一层灰，打比赛的时候更是尘土飞扬连球都看不清，比起城南中学的灯光水泥球场差远了！

见过“大世面”的陈墨从城南转学回永康的时候，多少还是有些不适应。特别是上厕所的时候，里面蚊蝇肆虐、蛆虫横行、臭水满地，让人无处下脚，而且便坑的下面就是粪池，一不小心自己投下的“炸弹”就要溅自己一屁股脏水，这让没有斗争经验的陈墨饱受其苦。

尽管如此，“永康三雄”的重逢还是让陈墨激动不已，用李翱翔的话说，永康又是他们的天下了。遗憾的是自己和他们俩不在一个班：初二有甲乙两个班，林安平和李翱翔在乙班，陈墨却分到了袁婧待的甲班。进班的时候每一张座位都有两个人，唯独袁婧那张空出一半。她红着脸从那张空余的桌斗里清理出自己平素扔下的垃圾，欲盖弥彰地将凳子往外拉了拉，别过脸去。

陈墨饶有兴趣地看着她像被热水烫过的脖子，笑着问道：“你何解（怎么）脸红成这样子？”

袁婧忙捂住脸，说：“哪有？乱讲！”

在往后的将近两年内，不管座位怎么调换，袁婧不是坐在陈墨旁边就是坐在他后面，总之是触手可及的距离。

袁婧和陈墨在一起，与其说是同学朋友，还不如说袁婧是陈墨的一个小跟班。陈墨打篮球，袁婧在旁边看衣服；陈墨办板报，袁婧在旁边打格子。每天早上，袁婧总是先于陈墨到校，“顺便”帮他接好开水；晚上放学的时候，袁婧又会自觉收拾好陈墨的作业本，拿回去替他完成在他看来纯粹是浪费时间的作业；赶上陈墨值日打扫卫生，袁婧也会找这样那样的借口在教室磨上一阵子。

林安平和李翱翔见袁婧整天黏着陈墨，也是颇有微词。特别是李翱翔，平时见了袁婧都是畏畏缩缩的，紧张得不得了。他对袁婧那点心思，比癞子头上的虱子还明显。李翱翔冲着陈墨酸溜溜地说：“墨子，你说这妹子是不是喜欢你？”

陈墨心里一惊，还是故作糊涂地问：“谁啊？”

“还有谁？袁婧呗！”林安平道。

“怎么可能！袁婧是我妹！”陈墨自己都不知道什么时候袁婧变成自己妹了。

“我们是你兄弟，她又是你妹妹，那她也是我们妹了！”有关袁婧的便宜，李翱翔从来都是不占白不占。陈墨看出来了，这小子对袁婧有点歪主意。

“好啊，要不我们四个人结拜一下？”林安平说道，“我们还没正式结拜过呢。”

“要得要得，像电视里那样！”

黄昏，四个少年跪在永康中学后面的小土坡上，面对着碎蛋黄一般黏稠稀散的夕阳，神色凝重地将三根香火举上头顶：“日月为鉴，天地以昭，林安平、李翱翔、陈墨、袁婧四人义结金兰，不求同年同月同日生……”誓词是陈墨起草的，不知道是剽窃了《射雕英雄传》还是哪本武侠小说里面的。李翱翔怕记不住，还在手上抄了一遍，没想到起誓的时候手里捏着香，一个字都没法看，只能在里面插科打诨、滥竽充数。

拜完了天地，剩下的项目就是喝血酒了，陈墨从书包里掏出一瓶从家里偷的“邵阳大曲”，用袁婧的白底蓝边搪瓷饭盒装上（本来用李翱翔的，无奈里面还粘着前天的莴笋叶），然后四个少年陷入了困顿。

“电视里面好像是要滴血吧？”林安平忐忑道。

“哎呀！意思一下就行了吧？”李翱翔一听到“血”字立马把头缩进去，被袁婧瞪了一下又立马伸出来。

“不行，一定要喝血酒，要把自己的血滴酒里喝下去才作数。”陈墨回忆起书中郭靖和完颜康拜把子的场景，只是后来那两人的结局就经不起陈墨的推敲了。

“好吧！放血！”李翱翔看见袁婧正定定地看着自己，一股豪气从脚趾里升起，他雄赳赳地撸起袖子，似乎为了这份友谊割脉自尽都在所不惜一般。

“用不着这么咋呼吧？”袁婧有些惊恐。

“不至于！婧子。”陈墨看着她，其实自己心里也毛毛的，“有小刀什么的没有？缝衣针也可以。”

“有！”陈墨的召唤让袁婧备受鼓舞，她忙不迭从文具盒里翻出一把还没用过的铅笔刀，刀锋还泛着瓦蓝的金属光泽，让人有点不寒而栗。陈墨将瓶子里的最后几滴酒淋在刀锋上算是消毒。

“谁先来？”听到这话，先前还豪情万丈的李翱翔立马把袖子放下去，眼睛死死盯着老大林安平。

“我来！”林安平到底是老大，他拿着小刀无比豪迈地在自己的食指戳了一下，血渗了出来，渐渐凝成一滴落进了搪瓷碗里，绽开来像一朵妖艳的花。

“到我了。”李翱翔终于拿起小刀，却半天下不去，“我……我下不去手——墨子你帮我一把！”

“那我割啦！”

“要杀要剐随你的便！”都怕成这样了他还嘴硬，弄得旁边几个想笑又不好意思。怪不得林安平说过要赶上抗日，第一个汉奸就是李翱翔。

“咦，你轻点！”刀子刚触到手指头李翱翔就跳起来，举起那根了不起的手指就插进酒里泡着，搅来搅去直到整只黑乎乎的手洗白了才拿出来。

“到你了，老三。”林安平摇头看了看不争气的老二，催促道。

“嗯。”陈墨做出镇定得表情，伸出右手的食指，却半天不敢下刀。

“哈哈，老三你也不敢，我来帮你吧！”李翱翔总算找到了平衡，笑得甚是幸灾乐祸。

“我自己来。”李翱翔话没说完，陈墨已经咬牙把刀削过去了。

“呀！”三人同时惊叫起来，陈墨刚才一下，把指尖连着指甲都削下一块来！

“接着接着，别浪费！”陈墨把手指垂在搪瓷碗上，鲜血一滴一滴从上面飞快落下来，转瞬间染红了一碗酒。

“你个傻子!”林安平骂骂咧咧地捏着他的手指高举在头顶，让血流得慢一点。

袁婧几乎是哭着拔下自己的几根头发，细细地缠在他的手指上，总算把血止住了。

“还来不来？”平静下来后，李翱翔像个做错事的孩子支支吾吾地问道。

“来来来！别浪费！”此时陈墨的表现相当神勇，指尖的疼痛早已不在话下了，“婧子你就算了吧，女孩子不兴这个。”

袁婧没理他，兀自拿刀尖扎了一下自己，不多不少刚好一滴血落进碗里……

拜了把子后，袁婧更加名正言顺地黏着陈墨，李翱翔也更加明目张胆地贴着袁婧，只有林安平独善其身，用稍微年长的目光关注着自己的三个弟妹。

母亲在学校教书，父亲又是永康镇有头有脸的人物，加之自己学习还不错，回来后的陈墨可谓天时地利人和，占尽了学校的风光。初中时代正是情窦初开的时候，女孩子们送给陈墨的明信片光是袁婧就截下厚厚一沓，还有通过甲班两位老兄捎来甚至亲自交到陈墨手上的，上面内容清一色都很健康，无外乎是“友谊长存笑口常开”“学习进步天天开心”之类的，最前卫的也莫过于“勿忘我”“长相思”等等。署名一般就比较隐晦，有的是单字一个“雨”“芳”什么的，有的就是拼音缩写“LS”“ZQ”，还有签花体字或狂草什么的。阅读这些并猜测作者让陈墨的课余生活比一般人丰富，忙不过来的时候他还会叫上两个兄弟帮他分析一番。

陈墨的待遇让林安平、李翱翔艳羡不已，他们一边帮陈墨整理着明信片，一边咒骂着不给他们送的女生，还学着学校的考勤登记弄了一个表，谁谁谁代号什么、送了多少张等等，一目了然。对于长得漂亮的、送得比较勤的，他俩还积极撺掇陈墨回一两张，对此袁婧总是愤愤不平。

“唉，你说你到底喜欢哪个？”老大林安平对此纯属好奇，“易娜？谢莹？还是田思雨？”

“就是，这几个都不错，你赶紧挑一个得了！”李翱翔巴不得陈墨有一个喜欢的，这样袁婧就“归他”了。这算盘打得就跟小学二年级的算术题一样简单明了。

对此陈墨只是笑笑。

七

陈墨其实是有一个女朋友的。

刘霞——名字和长相一样乏善可陈。她在长沙一家大型综合商场的珠宝首饰柜台做销售，喜欢《快乐大本营》和臭豆腐，热衷于和菜贩子斗智斗勇，生平最爱是逛金满地（长沙著名廉价服装卖场）和打麻将，毕生梦想是有一天能碰到一个高富帅，买下她站的柜台里所有的钻戒，然后给她戴满手指和脚趾。

当然，这个高富帅不是陈墨，用刘霞的话说，陈墨只是一只备胎。可能是寻找高富帅的道路有些崎岖坎坷，陈墨这只备胎被当作主要轱辘使唤了好几年。就像一支野心勃勃的球队打比赛，结果主力一直缺席，替补勉为其难地在场上跑来跑去。

刘霞跟陈墨一样大，二十七八岁的样子。但男的二十七八岁跟女的二十七八岁意义不太一样。两人认识刘霞的时候他们都才二十三四岁，那时她还是个喜欢“以纯”和“美特斯邦威”的小姑娘，浑身上下有一种叫作“青春”的东西往外冒着泡泡，穿什么都活力四射。四年下来，陈墨还是老样子，刘霞却有了细微的变化，就像一把买回家来放了几天的玫瑰，依然开得艳，仔细一看却多少有些衰败迹象了。

刘霞说“我们结婚吧”的时候，陈墨正叠在她的身上奋力冲刺，听到“结婚”，便惊慌失措地从她身上跌了下来。随后任凭刘霞软磨硬泡，陈墨刀枪入库马放南山，再也无法弯弓射箭策马扬鞭了。

“你瞧瞧你瞧瞧，一个‘结婚’给你吓阳痿了。”刘霞既愤懑又鄙夷，更多的或许还有快意未酬的空虚和失落。

“你不是声称非高富帅不嫁吗？”陈墨摘下皱巴巴的套子，用纸巾包着扔进垃圾桶，他得想办法把这个话题岔开。跟二十八岁的女孩谈婚论嫁绝对不是一件浪漫的事。那种氛围，倒更像是商业谈判。你的价码如何，对手的底牌是什么，这桩买卖到底是赚了还是亏了，会不会存在这一笔黄了有可能得再来一锤子的风险……

刘霞显然依旧对自己估价过高，她说：“当然！高富帅是我的择偶标准，但毕竟跟你相处这么久了，还是得给你一个机会，至于把不把握就是你的事了。”刘霞千好万好，就是嘴硬，不说两句噎死人的话似乎就会把自己憋死。

“我说你相亲的那些个男士就没有你看得上的？”陈墨明知故问。刘霞骑驴找马，一边跟陈墨相处一边四处相亲，结果不是对方看不上她，就是条件还不如陈墨。她相亲这事一般都企图瞒住陈墨，但结果每次都泄了密。不过陈墨也不介意，不急不恼，安之若素地当备胎。他想，若真是有一天她找到了肯给她买钻戒的高富帅，只怕自己也会庸俗并畅快地说一声：祝你们幸福。

刘霞显然有些恼怒，说了一句“关你屁事”，然后就火急火燎地穿上衣服摔门走了，把陈墨一个人留在出租屋。

之后不久，陈墨就来了北京。跟刘霞依旧保持大约每天一次的联系，但彼此对“结婚”一事绝口不提。刘霞依旧以大约每周一次的频率参加相亲，顺便改善改善伙食（综合商场提供的盒饭实在是糟糕）。她还注册了某相亲网站的会员。陈墨登过那个网站，查看了她的资料。一开始“理想中的他”一栏填的是：五官端正，身高178厘米以上，30岁左右，未婚，长沙户口且有房，志趣高雅，爱好广泛，工作单位以政府部门或事业单位尤佳。三个月之后，这一栏便更改为：35岁以下，未婚或短婚无子女，长沙户口，有房。

刚来北京的时候，陈墨脑子里经常闪过刘霞娇小泼辣的脸庞和她洁白匀称的裸体，晚上偶尔也会梦到她，代价就是睡到半夜爬起来换裤头。跟肖婷在一起后，这种状况大为缓解。肖婷以“绩效优奖”为名帮陈墨在公司附近的魏公村租了套一居室。房子坐北朝南，卧室带阳台，厨房和卫生间像耳朵一样挂在两侧。这20来平方米，月租3500元，算起来是陈墨月薪的三分之二。

一开始陈墨感恩戴德，真心觉得这肖经理体恤下属，自己一定要努力工作，回报领导的栽培。后面才算是恍然大悟。肖婷拉着他去买了带粉色图案的床单、被套和蓬松柔软的枕头（陈墨是习惯了硬枕头的），买了玫瑰和天蓝两种颜色的塑料拖鞋和棉拖鞋，买了炒锅、饭煲、菜刀、砧板、碗碟筷勺、油盐酱醋……甚至还买了两个高脚杯。

肖婷每周五下午过来。这个时候公司各小组召开小组会，讨论本周的工作进展和下一周的工作计划，然后由组长汇总并发电子邮件给部门经理。换句话说，陈墨在召集开会的时候，他们的肖经理正在他的房间里收拾屋子、下厨做饭。等陈墨下班的时候，房间里焕然一新，阳台上晾着陈墨的内衣裤、袜子和毛巾，淡淡的油烟味从厨房里飘出来，满屋子全是世俗幸福的味道。

“吃饭喽！”肖婷系着围裙端着一盘小炒肉出来。围裙并不长，两条穿着丝袜的小腿从围裙下面伸出来，像两根筷子撩起陈墨的欲望。

“看什么看！”肖婷嗔怪道，“还不快点帮我把围裙解下来。”

陈墨像一只老谋深算的蜘蛛，走到肖婷后面，解开了系在背后的围裙，顺带把手伸进她的衬衣里。她的胸部大约比刘霞小一号，但紧致圆润，如同上好的紫砂壶盖。

“先吃饭。”肖婷的呼吸骤然沉重。

陈墨把头伸进肖婷的颈窝，像寻找猎物一般嗅来嗅去：“先吃你……”

肖婷从喉咙深处发出吞咽的声音，像是从一口深井里投入一粒石子那样发出沉闷的声响……

两人似乎在彼此身上耗尽最后的卡路里。肖婷吃力地从床头爬起，按亮了手机：18：57。“呀！我得走了！”肖婷匆匆忙忙地捞起扔在床上和地上的衣服，一件一件套在身上。“自己吃饭哦。”肖婷有些抱歉地看着陈墨，小心说道。

“嗯，知道了。”七点前回去，这是肖婷制定的规则。她的女儿周五晚上在爷爷奶奶家里吃完晚饭，七点半左右要被她接回家过周末。

肖婷如同下班打卡一般，在他颧骨上吻了一下，随后离开了。陈墨撑起身体靠在床头，望着小折叠桌上的食物发愣。小炒肉的辣椒已经失去了翠绿的颜色；红烧鲫鱼的鱼背上撒的葱花和芫荽也蔫了，如同菜市收摊后扫进垃圾堆的残渣；油麦菜变得枯黄，像一把营养不良的头发摞在瓷碟上；西红柿蛋汤上覆了一层油膜，让人彻底失去了食欲；还有两双筷子两个碗，一瓶打开的红酒静立在桌子一角，软木塞子斜斜地摆在旁边，像一枚大号的来复枪弹壳。

陈墨打开电视，新闻联播里那个大脑袋的播音员正在报道领导人会见的热烈场景。陈墨突然想，当播音员不再面对亿万观众，当元首不再面对政要高官，当明星不再面对粉丝，当教授不再面对学生，当首长不再面对士兵……当他们只身一人独处一室的时候，会不会感到孤独、不安、恐惧甚至绝望？当他们不再直面镜头、镁光灯或者话筒的时候，他们能否听见从心底发出的呻吟、哀叹或者抽泣？他们会不会做梦？会不会从梦中惊醒？

“各位观众，今天的新闻联播播送完了，感谢您的收看。”陈墨跟着他们复述道：“再见。”在两位播音员收拾新闻稿（陈墨不知道为什么新闻联播一定要播这一段）时，陈墨关掉电视，穿上外套出门了。

天气转凉了，白天还看不出来，一到晚上感觉就比较明显。外面霓虹灯初上，远处的建筑像晨勃的阳具一般直插天空，“民族食品街”的霓虹灯熠熠生辉。饭馆的生意爆满，玻璃橱窗里的食客在喝酒划拳，门外丰乳肥臀的姑娘们在刷着手机，眼巴巴地等着属于自己的号；理发店的小男生穿着窄腿低腰的小裤子和打了铆钉的短靴，装扮得比阿姆斯特丹的女郎还要风情；天桥下炒板栗的大哥和报刊亭的胖姑娘眉来眼去，真不知道这些栗子为姑娘的体形做了多少贡献；公交站台上人满为患，一对背着书包的青年男女在“特4”的站牌下舌吻；天桥上有劣质的丝袜、鞋垫和手机壳，贴膜的小伙似乎从来没开过张；对面的艺校门口，美女们花枝招展鱼贯而出，她们预示着文艺事业的希望……

陈墨把外套的拉链拉到下巴，一双手插进衣兜，独自一人在街上游荡。他的周围车水马龙人流不息，四处嘈杂且热烈，一派大都市繁华的气息。浸淫其中，陈墨却感受到某种安静，这种安静像网兜、绳索、铁丝缠绕的笼子，死死地将他箍住，任凭他挣扎也无济于事。他明白，周遭的热闹和喧嚣，跟他半毛钱的关系都没有。在这高高低低的分贝中，只有自己的心跳和喘息是跟他有关的。他是如此地渴望耳边响起跟自己相关的声音，男的、女的、好听的、刺耳的、赞美的、批评的、恭维的、咒骂的，甚至是交通协管员对他喊不要闯红灯……

什么都好，就是不要安静！

陈墨拨通了刘霞的电话，响了足足45秒，一直到“对不起，您拨的电话暂时无人接听”才挂掉。过了两分钟，陈墨再打过去，响了两下那边直接挂掉了。或许正在跟谁相亲吧？陈墨苦笑一声，又打了长沙同学的电话，通倒是通了，不过对方不是在搓麻将就是在KTV，或者在洗脚城跟女技师们调笑。对方吼着嗓子问啥事，陈墨支支吾吾不知如何应对，索性把电话挂了。

陈墨的最后一个电话打给了肖婷，电话那头传来孩子与男人的嬉闹声。

“什么事？”肖婷的声音显得很平静。

“没什么，就是……”

“陈经理，工作上的事情我们回公司再谈好么？现在是休息时间。”

“妈妈妈妈，”陈墨听见天籁一般的童声，“爸爸说他是灰太狼，那你是什么呀？”

电话里响起了忙音。

陈墨回到住处的时候已经累得不成样子。他把桌上的饭菜全部倒进大号的垃圾袋，将那瓶跑味儿了的王朝干红咕嘟咕嘟喝了三分之二，然后没脱衣服鞋子就趴在床上睡了。

那晚，陈墨又梦见了那个穿着白底蓝字城南中学校服的女孩，她甜甜糯糯地笑着，说：“这些石膏又没长腿，跑不掉的。”

八

少年陈墨在他过完13岁生日之后，个头猛地往上蹿，有时候他甚至都能听见自己的骨头拔节的声音。除此之外，生物课本上讲的

“男性第二性征”也在他身上逐项体现，先是内裤变得越来越小，像地里的塑料薄膜盖不住下面茁壮的菜苗一般；然后是喉咙鼓出来一个小包，声音从胸腔里发出来，经过这个小包，就变得沉闷且嘶哑；再就是嘴巴周围欣欣向荣地长出了一圈黑色的茸毛，至于后来洗澡发现腋下也长出浓密的腋毛时，他已经不再大呼小叫惊慌失措。

1998年深秋的一个黄昏，四个少年列成一排走在放学的路上——老大林安平和老二李翱翔走在两边，中间是陈墨和袁婧。林安平照例瞻前顾后察看往来的车辆，李翱翔照例无聊地踢着路边的石子，陈墨照例见了谁都打声招呼，袁婧照例隔他半步的距离悄悄地跟着。如果不出意外，李翱翔照例是第一个赶回家吃晚饭的，可是那天路上的一个插曲，让他在外面待了足足三个月。

镇上第一桌台球摆起来的时候，来自各个乡村的小青年、小混混朝圣一般纷至沓来。他们头顶金发，项挂镀银粗链子，上身赤裸，手臂上纹着“忍”或者狼头，牛仔裤的裤腰很低，一定要露出肚脐眼下面的一撮毛才算时髦。彼时《古惑仔》风靡大江南北，这里也一度成为永康镇的“旺角”。学生们大多绕道而行，不敢冲撞了这帮“陈浩南”的崇拜者。

当陈墨他们雄赳赳气昂昂步调一致地经过“旺角”时，一个满头金毛的家伙叼着烟冲着袁婧喊了一句：‘妹子，跟哥哥去耍好不好？”

“耍你妈个鳖！”李翱翔梗着脖子来了一句。

金毛愣了一下，问道：“哎，这是哪里冒出来的细鳖！这么横？”

“回去问你娘吧！你算老几？！”李翱翔回应道，这无疑是捅了马蜂窝。

“小崽子没有教育好啊！给他上上课。”一群人呼啦围过来。

林安平赶紧喊：“快跑！”可是已经来不及了。陈墨第一次碰到这事，还没缓过神来，就被围住了。慌里慌张间，只看到惹事的李翱翔冲出了包围圈，溜到了街对面的猪肉铺子里。这孙子，嘴巴硬，爱惹事，真出事了溜得比谁都快。

林安平首先挨了一记耳光，陈墨也被台球杆扑了一闷棍，回头一看，袁婧正被两个人扭着胳膊，哭着喊着挣扎着。金毛说：“妹子，跟我去耍要不要得？”说着就要去捏袁婧的脸蛋。

没人留意李翱翔冲了过来，也没人注意他手里拎了一把30厘米长的杀猪刀。等到大家反应过来的时候，金毛已经躺在地上抽搐，李翱翔愣愣地站在原地，手里的刀还在滴血。袁婧一声尖叫惊醒了所有人。混混们扔掉台球杆作鸟兽散，留下他们四个大眼瞪小眼。

四个少年在镇上的派出所度过了懂事以来最难熬的一夜。陈少进、杨裁缝还有林安平的妈妈把他们领出来的时候，唯独李翱翔的奶奶没有带回自己的孙子。他们把李翱翔送到了别的地方，从此杳无音讯。有人说他被送到县里的派出所，有人说他去了一个叫“白泥湖”的监狱，还有人说他去了长沙的少年劳教所。陈墨问陈少进，陈少进也摇头，不过陈少进告诉他，金毛抢救过来了，他只是被豁开了肚子刺穿了肠道，并没有伤到脾脏等重要器官。结论就是：刚满14岁的少年李翱翔劳教三个月就可以回来了。

果不其然，在老师组织期末复习的时候，李翱翔拎着书包走进了久违的教室，不论老师如何强调纪律，他那泛青的光头还是吸引了所有人的目光。

下课的时候，四个少年终于又聚在一起，眼泪汪汪的都带着劫后余生的庆幸和激动。特别是袁婧，整个人都哭得稀里哗啦，举起拳头一个劲地捶打着李翱翔的后背：“你怎么就那样哈（蠢），你怎么就那样哈（蠢）？”

李翱翔依旧磕磕巴巴：“我就是……听不得别人……骂你，别……别人骂你比打我嘴巴还难受。”袁婧愈发凶猛地哭起来，干脆扑在李翱翔的肩膀上一发不可收拾，看得陈墨心里一阵酸涩。

四人的团聚引起了路人的侧目。几个初三的家伙走过他们身边的时候叨咕了几句，陈墨还没来得及听清楚他们嚼什么舌根，就见李翱翔拔地而起，指着那几个大他们一届的学长的鼻子吼道：“你们几个杂种说什么？有种大点声！”那凶神恶煞的样子不但把那几个学生吓了一跳，就连陈墨他们三个都怔了——在陈墨的印象中，李翱翔除了嘴硬一点外，本性并不凶悍，出事之前最神勇的经历，莫过于周末放假的时候用一颗鹅卵石砸了他们班主任杨立辉办公室的玻璃。

那边几个初三的学生被唬得愣了一下，很快又缓过神来——毕竟人家四五个都是就要毕业的学生，无论块头还是人数都占绝对优势。

“就说你呢，光脑壳，怎么样？牢里挨打还不够？”说话的人小名叫豺狗，也是永康中学的一号“人物”，因在讲台上把化学老师蒋灿伟打趴下而一战成名。

李翱翔笑着走过去，悠然地在腰际摸索了一下，掏出个铜质的手柄，拇指不知在哪个机关上一按，“啪”地从手柄里伸出一道白刃，在冬天的太阳下闪着寒光！

在场所有的人都屏住呼吸，只有李翱翔悠然自得地笑着：“兄弟你说得对，在里面挨得不够，兄弟你帮帮忙呗。”

“小子！别以为拿把刀子有什么了不起，有种丢了这东西我们单挑！”豺狗眼睛死死盯着那道白刃嘴硬道。

“那好！就陪你耍一耍。”李翱翔又按了一下机关，那白刃“嗖”的一下弹回到手柄里。他把刀子插回腰际，撸起了袖子。

“算了算了，翔哥我们错了，你大人大量啊……”旁边的一个家伙拉着豺狗赶紧回撤，一边撤一边赔着不是。

“豺狗，我等着你啊，哈哈……”李翱翔站在原地笑得很夸张。这笑声，如同从陈墨的头顶倾泻而下的凉水，让他感觉到骨头发紧……

“墨子，我感觉老二变了。”李翱翔不在的时候，林安平小声叨咕着。

“你没听说人家初三的都给他取外号叫‘翱一刀’吗？”陈墨叹了一口气，说，“我爸不让我跟他一起玩，非要给我转学。”劳教回来后，李翱翔变成了名噪一时的“翱一刀”，传说他在牢里拜了师，学了武，只身打遍永康镇，连城南街上的“一哥”都感慨“后生可畏”；传说他腰上随时别着一把二十几厘米长的弹簧刀，连上厕所都不取下来；传说他已经认了一帮小弟，星星之火已有燎原之势……陈少进听了后，第一时间给儿子联系了新的学校。“你还是回城南读书吧！”陈少进的语气不容置喙，“以后别来回跑了，在那边寄宿。我和你妈周末就去看你。”

陈墨告诉他们这个消息的时候，迎来了李翱翔的一阵冷笑：“我说墨子，你爸是怕我影响你吧？”

“哪有！”林安平替陈墨辩解道，“墨子跟我们不一样，他爸妈还指望着他考一中呢。”

“嗯，墨子你要好好学习，将来肯定比我们强。”李翱翔真诚地说，“去了那边别怕，有谁欺负你的话，给我捎个信。我罩着你！”

袁婧低着头没说话，她已经正式成了李翱翔的女朋友。

林安平提议道：“我们一起去照个相吧？”大家纷纷说好。在镇上的彩虹照相馆，四个人拍了一张六吋的过塑照片。队形依旧是林安平和李翱翔站在两边，陈墨和袁婧在中间。几个人的发型各具特色：

林安平是自来卷，像一堆撕碎的芹菜丝；陈墨是小平头，一根一根向上立着；李翱翔的头发最前面一撮染成了栗色；袁婧两个马尾巴傻愣愣地支着。四个人各怀心事却强颜欢笑，表情里凝结着14岁不该有的沉重和失落。

他们没有意识到，这是他们最后的相聚。

九

周一的时候，肖婷把陈墨叫到办公室，将工作上的问题交代一番以后，陈墨准备告辞出门。

“等一下，”肖婷不自在地瞟了一眼外面，员工们正按照她的部署有条不紊地开展工作，“周五晚上的电话，有事吗？”

“没事，”陈墨笑了笑，学着她的样子朝外面瞅了瞅，“出门的时候以为没带钥匙，准备打电话找你取。后面又在裤兜里找到了。”

“你看看你，你看看你！”肖婷嗔笑道，“多大个人了，也不知道照顾自己。”

陈墨打着哈哈：“那我先出去了。”

“晚上我去你那里。”

“今天？”陈墨有些吃惊。

“嗯。”

“呃，抱歉！”陈墨编了个谎，“晚上有个朋友来北京。六点的火车，我可能要稍微提前一点下班去接他了。”

这下轮到肖婷愣住了，不过她很快回过神来：“哦！你先忙，忙完了我再去找你。”

“要不，就算了吧。”陈墨支支吾吾，“再说，你定的……不是周五么？”

“不方便？”肖婷挑了挑眉头，“女的？长沙女友过来了？”

“没有！”陈墨说，“男的，大学同学。来北京参加一个什么环境监测治理的大会。”

“哦，”肖婷长嘘一口气，“那行，你先忙吧。”

“嗯，”陈墨正了正身体，微微颔首，“再见，肖经理。”

刹那间，肖婷的脸上有些愕然。

下午，陈墨果然提前了十来分钟下班。他无所事事，在中关村晃了一圈，去“鼎好”看了看新款的笔记本和手机，然后到沃尔玛采购了一堆食品和生活用品，到了差不多七点才晃悠着回了宿舍。

门开了。肖婷笑盈盈地站在门口，手里还拎着一双他的拖鞋：“回来啦！”

陈墨有些恍惚。

“吃了没有？”肖婷很聪明，没有问他有没有接到人。

“没呢。”陈墨必须如实相告了。

“那最好了，”肖婷接过他手里的大号购物袋，说，“快洗手吃饭吧。”

“唔。”陈墨应了一声。

“喝点？”肖婷晃了晃手里的卡斯特干红。

“你不开车？”

肖婷摇了摇头，用眼神指引着陈墨——一个小号的拉杆箱立在床头柜旁。

陈墨愕然：“啥意思？”

肖婷做出与她年龄不大相称的卖萌表情：“我无家可归了。”

那一天之后，肖婷搬进了陈墨的宿舍。每天下班，肖婷开车回宿舍，陈墨则选择步行，等陈墨到家的时候，肖婷的饭也快好了。肖婷爱做饭，菜烧得也不错。吃饭的时候，28岁的陈墨能感觉到家的温暖。这种感觉在陈少进和孙老师离婚之后就不曾有过，在刘霞那里也没有找到。刘霞的厨艺跟她的衣着品位差不多——喜好混搭，不伦不类，动不动就做出番茄炒肉、鸡肉炖排骨之类的菜式来。陈墨心想，要是肖婷突然跟他说“咱们结婚吧”，只怕他想都不用想就会答应下来。哪怕她还有一个四岁的孩子，哪怕她腹部有一道疤痕，哪怕她比他还大。事实上，除了那个奶声奶气喊她“妈妈”的孩子和据说像他的学佛的前男友，陈墨对工作之外的肖婷所知甚少。

有那么一次，陈墨和肖婷正在床上厮杀。电话响起，肖婷只看了一眼便像被什么蜇了一口似的推开正在她身上使劲的陈墨，翻身下床，迅速披好睡衣，接起了电话。

电话那头在喊“妈妈”，肖婷的回应温柔而慈爱。陈墨赤身裸体，突然感觉到莫名的羞愧。他拉过一条薄毯，搭在自己的身上。他看着那穿着睡衣站在阳台上打电话的袅袅婷婷的背影，突然想起那件印着“城南中学”白底蓝襟的校服。

接完电话，肖婷方才意识到刚才对他有些怠慢。她笑着解释道：“女儿的电话。”

“唔，”陈墨点点头，“她现在在哪儿？”

“新加坡。”

陈墨小心翼翼地问道：“那……你呢？”

肖婷扭过头，对着窗外的北京叹了一口气：“再说吧。”

接到陈少进去世的消息，陈墨愣了一下。

电话是从老家永康镇打过来的，陌生号码，如果他不说自己是林安平，陈墨无论如何都不会相信这个消息。而即使来电者说自己是林安平，陈墨一时间也无法把听筒中这个嘶哑苍老的声音与他曾经的“安哥”绑在一起。

“心肌梗塞死的，抢救不过来。”

“唔。”

“走之前，一直在喊你的名字。”

陈墨叹了一口气算是回答。

“家里面我先帮着张罗，要不要做道场？”

“做吧。”陈墨面无表情，“按照家里的风俗来。”

“要不要请乐队？”

“乐队？”

“是啊，”电话那头似乎吸了一口烟，“现在讲排场一点的，都是三天四晚的道场，再请两个晚上的乐队，热闹热闹。”

“那就请吧！”

“你什么时候回？”

“明天晚上能到家。”陈墨说，“那就万事先拜托安哥了。”

“莫讲客气，”电话那头笑笑，“我们是兄弟嘛。”

陈墨向公司请了半个月假。请假的时候，老总用信封包了5000块钱，说是公司的一点心意，并握着他的手，说了一堆“节哀顺变”之类的话。陈墨心里并无哀伤，但此情此景，你若还一脸轻松愉快，似乎又要担负不孝骂名，所以他干脆凝神屏息，做出忧伤表情，沉痛地道了谢。

10年没回永康镇，陈墨原以为这里会像《新闻联播》里说的一样，发生“翻天覆地”的大变化。事实上，除了供销社改成了“飓风”网吧，农资站变成了“难忘今宵”KTV，桥头南杂店变成了综合超市之外，其他的和10年前如出一辙。倒是因为车多人多，那条小时候看起来无比宽敞的马路如今显得既逼仄又破败，刷着“剑桥幼儿园”大字的面包车高唱着“我在马路边……”飞驰而过。在扬起的尘土中，陈墨海市蜃楼般看到四个少年列成一排走在放学的路上——林安平留着芹菜丝头照例瞻前顾后察看着往来的车辆，李翱翔染了一撮毛照例无聊地踢着路边的石子，陈墨留着板寸照例见了谁都打声招呼，袁婧绑着两个大辫子照例在隔他半步的距离悄悄地跟着。

国营永康酱油厂像一个风烛残年的老鳏夫，白衫青裤黑布鞋，畏畏缩缩蜷在镇子的一角晒太阳。没有人记得它曾是永康镇乃至湘南县的骄傲，没有人记得那套油脂味浓烈的水蓝色劳动布工作服曾是地位和荣耀的象征，没有人记得在“厂里”上班曾是无数农村户口青年毕生的梦想。如果人们对它还有回忆的话，大抵只记得最后一任厂长陈少进和他那狐狸一样骚情的女会计搞垮了酱油厂。会计勾引了陈少进，逼他离了婚，伙同他变卖了所有值钱的资产，然后像符咒一样消失在永康镇。

末代厂长陈少进独自一人守着这几间破厂房，从生到死，现在连灵堂都搭在这里。

林安平用松枝和白帐子搭了一个青白相间的大拱门，门顶上写着一个斗大的“奠”，右边白纸黑字竖排写着“树欲静而风不止”，左边则是“子欲养而亲不待”。陈少进穿着临时买来的寿服，躺在租来的冰棺里，显得单薄而佝偻。陈少进向来怕冷，冰棺里的温度比冰箱的冷藏室还低，也不知道他介不介意。

陈墨一直盯着这个曾经在永康镇叱咤风云、无比疼爱自己的人的尸体看，一直看到双目酸涩，眼泪簌簌往下落。旁边的人说：“人死不能复生，别太难过了。”

陈墨说：“没有，我只是眼睛累了而已。”

晚上，林安平请的道士做起了道场，七八个面色青灰、穿着拖鞋背心的年轻人套上油迹斑斑的道袍，吹着唢呐，敲着小铜锣，摇着拨浪鼓，舞着伏魔剑在灵堂里有一搭没一搭地念叨着经文。陈墨则穿着大约是从乡镇卫生院借来的白大褂，用白布裹着头，根据他们的指令有一搭没一搭地朝冰棺里的陈少进磕着头。

孙老师来了，带着她十来岁的小女儿。她说："给你陈伯伯磕头。"小女孩就乖乖地跪在蒲团上，煞有介事地磕着头。陈墨看着这个同母异父的妹妹，情不自禁笑了笑。孙老师又说："嘉怡，叫哥哥。"

小女孩脆生生地叫了一声："哥哥。"

"哎。"陈墨应了一声，他看见孙老师像鱼泡一样鼓着的眼眶又淌出了泪水。

"她来了没有？"

陈墨知道孙老师指的是那个女会计。

"没，没见。"

"那个婊子！"教语文的孙老师朝灵堂门口啐了一口痰，拽着她的女儿愤愤地走了。

第二天，音乐队到了，乐队的领头竟然是袁婧。

陈墨的表情很是惊诧："你怎么会干这个？"

"没文化嘛，只能干点这种下三滥，哪像你们读书人赚大钱。"袁婧的话有些尖刻，这也只能怨陈墨自己不会讲话。

"不是……"陈墨辩解道，"我不是这个意思。"

"好啦，没事啦！"袁婧笑了笑，"好多年没见你了，听说你混得不错嘛！到北京去了？"

"是啊，在那边混口饭吃。"

“调子莫这样低，又不找你借钱。”

陈墨的脑袋像中了病毒一般卡住了。倒是林安平解了围：“以前我们四个，可是只有墨子会读书啊！我们几个都是只能拿锄头的角色。”

“是啊，”袁婧扯着一边的嘴角笑着说，“还好及早跟我们划清了界限。”

陈墨有些尴尬，问道：“对了，翱鳌（李翱翔）呢？”

袁婧的身体抖了一下，低下头看着远处说：“鬼知道是死是活。”

林安平四下里瞄了一圈，把原本很低的嗓门压得更低，说：“杀了人，跑了，还没抓到。”

陈墨愣住了。

“早些年为征地，捅了一个当官的，捅了七刀。当时走到哪里，电线杆子上都贴着他的照片。”

“好了，我过去了。”袁婧明显不耐烦，“你们既然花了钱请班子，我们就得卖力干活，是吧？”袁婧叉着细腰，风摆杨柳一般走了。

“看见那个瘦猴了吧？穿花格子衬衫的那个。”林安平指着正在搭舞台的那个梳背头的小个子说，“那就是袁婧老公。”

“她没跟翱鳌在一起？”

“没，”林安平从耳朵上取下一根被压扁的“白沙”，点上火，“原本是喊着要结婚的，翱鳌跑路，是死是活也不知道，她等了两年。家里的老娘生了病，缺钱用，她就跟这个瘦猴在一起了，这瘦猴有钱……”

后面的陈墨也没怎么听进去，因为音乐队已经开唱了。灵堂前的舞台上，袁婧活力四射，俨然《中国梦想秀》的决赛选手，从《甜蜜蜜》到《最炫民族风》，从杨钰莹到尚雯婕，从经典到流行，从民族到美声，简直就是个超大容量的MP3。而他那瘦猴老公，则卖力搞笑讨好，逗得下面一帮村夫野老开怀大笑。灵堂里的道士们，心不在焉做了一会儿法事，也脱了袍子去看演出了。陈墨一个人坐在灵堂里，陈少进的黑白照片摆在案几上。陈墨痴痴地望着照片里的陈少进，照片里的陈少进痴痴地望着果盘里的几个苹果橘子。LED做成的“电子香烛”既不用担心燃尽又不用担心被风刮灭。它们映照着陈少进的眼神，苍凉又落寞。

肖婷发来信息：节哀顺变。

陈墨的电话回过去，没接，再打，还是没接，到了晚上，再打过去，那边响起10086冰冷的回复：对不起，您拨打的电话已关机。

陈墨浑浑噩噩待了三天，听从林安平的安排，按照乡下的风俗总算是把陈少进安葬了。算账的时候，林安平说，礼金与开支相抵，还结余七八千。陈墨问，账簿呢？林安平支支吾吾，说账簿太潦草了，还有些开支没有入账。陈墨顿了顿，说：“你留着吧。你也辛苦苦了。”林安平咧着嘴，不住地说：“哎呀！那怎么行，那怎么好意思！”

陈墨忍不住叹了一口气。

“对了，袁婧的乐队班子，原本是两千一场，两场四千。她只收了两千，还有两千，她说算是一点心意。”

“知道了。”

十

回到北京正是早上，陈墨赶到公司，周大胖先恭贺了他荣升部门经理。“以后我们就要跟着陈经理干了！陈经理指哪儿我们就打哪儿，是不是啊！”同事们闹哄哄地附和着。陈墨打着哈哈说：“哥儿几个先别急着调戏我，肖经理呢？”

“辞职啦！你不知道？”周大胖的笑容饱含深意，“你怎么可能不知道？”

陈墨再一次拨打肖婷的号码，号码已经由关机变为停机了。陈墨回到宿舍，房间收拾得纤尘不染，床头的哈士奇抱枕已经失踪了，床底一红一蓝两双拖鞋只剩了一双，衣柜里除了寥寥几件陈墨的衣服，只剩一堆空衣架，卫生间还散发着肖婷的沙宣洗发水的香味，但她的香水、口红、爽肤水、面膜、乳液、化妆棉、护垫、卫生巾……统统都不见了。冰箱里有四分之一个榴莲，似乎这是她唯一遗漏的东西。陈墨不吃榴莲。陈墨说吃榴莲是自虐，肖婷便大笑着用刚吃过榴莲的嘴唇对准陈墨一顿强吻……

陈墨明知是徒劳，却还是再次拨打了肖婷的电话，结果依然。陈墨的眼睛有些潮湿，他走到阳台，一幅简略的水粉静物画贴在阳台的玻璃上，陈墨走近一看，画的右边留了一行空，肖婷的字迹十分娟秀，竖版，小楷：

我走了，不要想我。

落款是“小月”——或者是一个写散了的“肖”。而无论是18年后的“肖”还是18年前的“小月”，对于陈墨都已经不重要了。

陈墨像在水里憋了很久一般，伸长脖子，长长地吁了一口气。他无所事事，随手按下电视遥控。节目依然无聊，陈墨调了一个又一个台，最后在湖南卫视停住了，节目是《我们约会吧》，吸引陈墨的不是节目，是刘霞熟悉的身影（她的名字已经改成刘景兮）。陈墨看着她一个人为男嘉宾亮着灯到站最后，却被男嘉宾彬彬有礼地拒绝。第二场，她依旧顽强地亮着灯，像一个信念坚定的女战士。

陈墨关掉电视，套上肖婷给他买的那件灰色耐克套头衫出了门。

晚上七点的中关村像一个熟过了的西瓜，红艳艳的瓜瓤散发着甜腻腻的腐败的气味。人行道的地砖上顽固地粘贴着“发票、证书”和电话号码，电线杆上是凄美的“重金求子”的故事配以香艳的图片，隐蔽的角落里喷绘的是“枪支迷药”或者“同性交友”。但这些并不影响这座城市成为诗人、歌手、画家、商贩、传销者、农民工、保姆等等这些人梦想的磁铁。陈墨勾着头、笼着手信步走上巨大的天桥，看着桥下的汽车如同退潮之后的螃蟹艰难地挪动着颜色各异的躯壳，人行道上的工蚁一般的人们表情冷漠，迈着机械的步伐向前赶着，等待他们的或许是一个结实的拥抱、一顿可口的饭菜、一声清脆的“爸爸”，或许是一个仅能容身的出租房、一碗路边的炒粉、一把超市打折的青菜、一台孤独地立在桌面的电脑。陈墨望着被犬齿一般锋利的高楼分割出来的北京夜空，它整夜整夜绽放着橘红色的光芒，这光芒如同咖啡因，不断地刺激在这个城市里打拼逐梦的人们，让他们饱含热情又心力憔悴地奔波着。陈墨想起永康镇的夜色，那是如同柴火烧过的锅底一般的颜色，它单调、黏稠又纯正，却让人感到安稳和踏实。

“哥们，办证么？”一个声音打断了陈墨关于宇宙与人生的思考，“身份证、暂住证、毕业证、学位证、驾驶证、结婚证、离婚证、准生证通通都可以，保证能用，不能用退钱。”陈墨抱歉地看着那一口喋喋不休的龅牙，走开了。城管下班后，天桥成了五花八门的市场，卖手机壳的、卖发卡丝袜的、卖耳机充电宝的、卖通厕所的通条的、卖仿真古玩的、卖假冒藏药的、卖劣质银饰的、卖盗版书籍的。

“哥们，买书么？”盗版书摊前，一个胳膊上纹了麒麟的家伙问道。

陈墨正想摇头，突然在一堆《知音》和《家庭医生》之间看到了那本单薄的《般若波罗蜜心经》，陈墨问：“这个多少钱？”

“18。”

陈墨转身要走。

“12。”

陈墨看了一眼，还是走。

“八块！再不能少了。”

陈墨没有回头，继续朝前走。

“六块！不买拉倒。”

陈墨笑盈盈地回过头，掏出一个钢镚和五块零钱，拿走了那本黄色封皮的小册子。他倚靠在天桥一侧的栏杆上，借着高压钠灯的黄色光线，在汹涌的人流和车流中，在几乎能触摸到的污浊空气中，在天桥左右川流的无声的白眼和讥诮中，虔诚地吟读起那本新买的《般若波罗蜜心经》，如同一个12岁的好学的少年。

底牌

0DAY

下达“点火”口令的同时，雷达上的警报响起。“赶紧撤收！”中校安雷声嘶力竭地吼道。下士林旭仰起头，指着远处的天边，高喊道：“太阳掉下来了。”中校抬眼看着那团白光越来越大，越来越刺眼，他张开嘴想骂一句娘，可是已经来不及了。那团白光砸向地面，上尉林安邦、军士长冯福清、下士林旭、上等兵易子梦全都化作了一团雾气，消失在阳光里，那台10轴的东风发射车也消失不见了，破碎的钢渣离散在数百米外，点燃了这片森林。安雷感到自己飞了起来。那是一种类似于悬浮在太空、与重力加速度无关的飞翔。他飘浮在失火的阵地上空，既感觉不到疼痛，也感觉不到灼热，导弹起飞的轰鸣已经渐渐听不见了。这个时候，一级发动机应该要关机脱落了，作为一款具有超高机动性能的滑翔导弹，只要打出去了，后面的事儿大可不必操心——他的任务顺利完成了。

-7DAY

早在一个月前，包括安雷在内的几乎所有人都还认为仗根本打不起来——谁会相信因为一船转基因牛肉就会开战呢？不过战争的由头往往是荒诞的，1969年洪都拉斯因为踢输了一场足球赛和萨瓦多尔开战；要开战，总得找个由头。

但这个由头还是有点牵强、有点太不严肃，不管是政府还是军队都没有做好准备。尽管他们部队的口号是“随时能战、战之必胜”，可上面下达作战命令的时候，他们中的大多数还认为这不过是一场逼真的演习。夜间出动、小股敌特袭扰、道桥被毁、作战阵地无法启封、发射目标更换……这些科目他们已经滚瓜烂熟，就像安雷看过30多遍的《大话西游》一般，紫霞仙子什么时候哭，至尊宝什么时候呲毛他早已了然于胸。直到医疗组抬回10多具无头的尸体，安雷和官兵们才确信：战争真的来临了。

安雷去看了，其中一具是一营营长李志豪的。他跟自己是大学同学，毕业后又分在同一个单位，福建人，圆脸，浅眼窝，塌鼻梁，脸部轮廓极不分明，却尘根粗壮，惊为天人，去澡堂洗澡的时候，腰间如吊了根丝瓜，引得别的学员纷纷前来观摩。后来上导弹专业课，专业老师是个博学又严肃的老头儿，他指着一枚起竖的东21丁，冲学员们问道，你们看这像什么，学员们的目光不约而同投向李志豪的腰间。从此在学校，李志豪就不叫李志豪，改名东21丁了。

天渐渐热了起来，尸体开始散发出一股臭味。安雷记得李志豪是有点讲究的，上大学时就用一种叫GF的很贵的洗面奶；每周三、周六做面膜；出去拉练时，背囊里总是放着一包一次性内裤和一包卫生巾（作鞋垫）。在学校时李志豪疯狂爱上一个叫郑希怡的广播站的姑娘，于是每天往广播站投一首他自认为很天才的情诗，结果总是石沉大海。他干脆托人弄到姑娘的电话，每天直接把他那荷尔蒙味道弥漫的诗歌编成短信发给她。终于有一天姑娘约他见面，他洗头刮胡子，把皮鞋擦得铮亮，把军装熨得裤缝可以切水果，早早地等候在图书馆前。姑娘没来，两个纠察来了："你就是李志豪？"

李志豪错愕地点着头。然后那天从下午一直到晚上，他就蹲在学院警卫连门口，高声朗诵着内务条令和纪律条令，一直到队长把他领回去。晚点名的时候，队长语重心长地说："要夹紧自己的尾巴，管住自己的鸡巴。郑副院长的闺女你们也敢调戏？我看你们是不想毕业了！"

经此一役，李志豪对爱情的追逐彻底偃旗息鼓，毕业之后多少人给他介绍对象都被他婉拒了，至今还是单身一人。同批分过来的同学战友一聚会就纷纷感慨："可惜了那枚东21丁。"

安雷是通过迷彩服上跟他一样的中校军衔，从十几具尸首中认出他的。此时，无论他是圆脸还是方脸，是深眼窝还是凸眼珠，鼻梁是塌的还是笔挺的，英俊与否，都没有任何意义了。他身上那枚“东21丁”和给他配属的那枚代号东36的最新型导弹，也都在一场出乎意料的战争中哑火了。在此之前，这些面部特征作为数据被敌方掌握，并被输入无人机蜂群系统中。那种无人机极歹毒，能人脸识别，哪怕是在闹市中，也能精准找到目标，然后在目标头顶上引爆，炸药的当量刚好够掀翻天灵盖儿，连迷彩服都不会撕破。这玩意儿给部队带来了极大的震撼，参谋长干脆率先戴起了凯夫拉头盔，全然不顾他那油光水滑、一丝不乱的四六分发型。

后面才知道，他们并不是唯一的一支遭袭的部队，沿海有两个导弹旅，几乎同时遭遇对方高超音速巡航导弹的攻击，基本丧失了战斗力，刚刚建好的数十个导弹发射井，被高空隐身无人轰炸机定点清除。海空军就更糟糕了，沿海的机场几乎无一幸免，最新型的航母被堵在港口击沉。

挨了顿胖揍之后政府才反应过来，宣布国家进入紧急状态，退役的士兵重新征召入伍，医院被征用，铁路和民航开始军管，通信和重工企业进驻军代表，各大城市的游行也开始了……部队转移进洞库前，安雷给家里打了个视频电话。太太褚老师正在张罗晚饭：煎牛排、炸薯条、煮通心粉、拌香蕉苹果沙拉……安雷对这些东西向来嗤之以鼻，作为一个湖南人，他认为世界上最好吃的只有辣椒炒肉，并且坚持认为没有米饭，“一顿饭”的说法就是伪命题。褚老师忙着煎芦笋和胡萝卜、给牛排摆盘（她是个活得很有仪式感的女人），于是手机被安心抢过去了。安心说学校现在只上半天课，下午组织游行，积极参加的学生学校会给奖励，否则期末考评就会不合格，说完她在视频里振臂高呼“天下兴亡，匹夫有责”“打倒霸权主义”。安雷有些无奈地告诉她，你们还是学生，当务之急还是读书，天下兴亡的事情就交给他们这些匹夫吧，安心愤怒地骂了一声“庸俗、迂腐！”然后断然把视频关了。也不知道现在小学生的词汇量怎么就如此丰富了。安雷想再拨过去，他想告诉太太，他的同学李志豪死了，他们也即将出征，但来不及了，值班室的电话丁零零响起，要出发了。

0DAY

见到自己的那块欧米茄手表后，安雷终于意识到他的肉体已经不复存在了。那是12年前他和褚老师的定情信物，碟飞系列，男女各一块。那真是一款性能卓越的手表啊，他工作、训练、吃饭、睡觉、洗澡、游泳甚至和褚老师做爱都戴着它。它轻盈、精准、忠诚、低调，就像他身体的一部分，从不分离。而此刻，它并没有在它一直环绕的左手手腕，正挂在一截被炸得焦枯的油松枝上，表盘上的指针凝固在4：25——那是安雷和他的战友的死亡时间。

安雷已经死了。当他意识到这一点，他开始感到恐惧和悲伤，他想此刻眼泪应该是应景的，可是他没有眼泪，眼泪是物质层面的东西，物质层面的东西已经不属于他了——他是一缕尚未安息的灵魂。

救护车“呜哇呜哇”地开过来，卫生队队长姜仁喜带着几个卫生员过来了。这是个胖乎乎的、戴着圆框眼镜的小个子，医大毕业，和安雷他们同一届。姜仁喜在他们这一批里是最清闲的一个，谁感冒了就给发氨咖黄敏和感冒清，谁拉肚子了就给发盐酸小檗碱片，谁受伤了就给涂点龙胆紫药水，谁要开假条就收一包黄芙蓉王，其余的一律开转诊单送基地医院；手术只会做包皮环切，自诩从参谋长到新兵，旅里超过半数人的口径规格他都了如指掌。为此参谋长很不高兴，亲自抓了一个月的卫生队早操和体能训练，把他练得胆汁都吐了出来。

姜仁喜神色张皇地带着几个卫生员从车上溜下来，在距烧焦的发射车200米的范围内搜索了一番，拣到了一截烧焦的手臂，三只作战靴（有一只是安雷的），还有安雷的那块欧米茄手表，装在了殓尸袋里——这是刚刚赶制出来的棉口袋，几天前李志豪他们牺牲的时候，部队竟然找不到一个殓尸袋，最后用十几条白床单缝了缝才算把他们给装起来。

救护车"呜哇呜哇"地重新发动起来，安雷尾随他们进了车里，姜队长的腿不停地抖着，但仍旧在给几个魂不守舍的年轻人壮着胆："你们别怕，《日内瓦公约》知道不，医护人员是受保护的，所以，我们最安全。"

"队长，死了多少人？"一个小伙子问道。

"算上他们，113人。"队长叹了口气，"好歹他们这个波次打出去了，也算没白死。"

安雷想问："其余那些人怎么死的？"但他发不出声音，既没有人看到他也没有人听到他。他觉得有些好玩，尝试着在每个人的面前晃来晃去，又穿过车顶往上升，俯瞰青山城郭——无碍。他有些惊喜，这让他想起《逍遥游》，"抟扶摇羊角而上者九万里，绝云气，负青天"，这是真正的自由啊。怪不得有人说死是解脱呢。

正得意着，他听到一阵抽泣声，姜仁喜竟突然哭了起来。几个队员面面相觑，抚着他的圆滚滚的后背问他怎么了。

"我们一批分过来的七个人，死了仨了。"

那一年，汶川地震刚平息，奥运会还没开始，安雷、李志豪，还有姜仁喜他们从不同学校毕业的七个人被打包分配到了这个导弹旅。从省会坐了一夜的绿皮火车和三个小时的县际中巴后，七个傻愣愣的学员和七个脏兮兮的迷彩背囊被卸载在一座木头搭建的车站里。接他们的是一个戴眼镜的干部科干事，他嚼着槟榔似乎颇费力气地抬眼看了看几个灰头土脸的学员，挨个问道：

“你叫啥名字？”

“报告，我叫姜仁喜。”

“什么专业的？”

“军医大临床医学的。”

“去卫生队吧……你呢？”

“报告，我叫李志豪。”

“什么专业的？”

“工程大学导弹发射与测控。”

“你去发射一营……你呢？”

“报告，我叫安雷。”安雷索性把后面那个问题一并回答了，“我和李志豪是同学，学导弹测试与控制的。”

“好！那去阵地管理营吧。”

安雷张了张嘴，不知道是干事说错了还是自己听错了，他学的导弹发射与测控，应该去发射营才对，但干事似乎没有给他申辩的机会，他把头转向下一个：“你呢？”

“报告，我叫徐灿，是政治学院毕业的，专业是政治经济学。”

“好！你去财务科吧！”

“报告！”那个叫徐灿的小个子惊慌失措，“我学的是马克思主义政治经济学，跟财务没关系！”

干事的眼睛瞪到前所未有的尺寸，痛斥道：“就你知道马克思主义吗？你说说政治经济学跟这支部队有什么关系？革命战士是块砖，哪里需要哪里搬！这是命令。”

就这样，还有个国防科大计算机专业的去了修理营，一个交通学院舟桥专业的好歹去了汽车连，剩下一个女生，干事连专业都没问就安排在干部科档案室给他打下手——她叫郑希怡。

-4DAY

迷迷糊糊中，感觉有人在拽着自己的胳膊，是李志豪。他声音急促：“老安老安，你快给我找找！”安雷问：“找啥啊？”李志豪说：“找我的头啊！”安雷扭头一看，他那佩戴着和自己一样军衔的脖子上，已经没有了头，只有血管、气管和椎盘组成的不整齐断面，血还在汩汩渗着……安雷一下从梦中惊醒，他从60厘米的折叠铺中坐了起来，擦了一把汗，借着应急灯的微光看了看手上的欧米茄：2：15。他花了半分钟时间才想清楚这是凌晨而不是下午。进了洞库之后，白天和黑夜的判定只能靠地下指挥所的24小时制北斗原子钟，据说这玩意儿的误差是上万年1秒。对于一个基层指挥员来说，这误差跟他什么关系没有，他只需要知道几日几时几分他带着队伍把车开出去，几时几分把导弹打出去就行了，甚至连打不打得准都跟他没关系——坐标和航迹是别人算的，目标也是早就测绘好的，他需要保证的只是操作规程没错，口令没错，动作没错。而怎么把导弹打出去，过去简单得跟怎么把饭吃进嘴里一般，现在成了一个大问题。这不仅仅是个技术问题，还是一个战术问题，甚至是战略问题。李志豪他们那一拨次两枚导弹，大摇大摆出去，原本是想敲掉人家两个雷达，以昭示我军威、国威，没承想还没出手就被人干倒了，竟然还是无人机爆头，手段之凶悍出乎意料。看来战争不是你想不打就不打，后面恐怕只能丢掉幻想硬着头皮上了。

洞库全封闭了，通风效果不尽人意，里面的含氧量只有外面的70%，剩下的30%似乎被士兵们的汗味、脚丫子味和泡面火腿肠压缩干粮味填充了，待久了人会变得恶心和迟钝。安雷闷着头摸着坑道墙壁往前挪，光亮渐渐变大。指挥所里依旧亮着灯，屏幕被分割成十多块，上面分别是我方战损、敌方战损（几乎空白）、敌情研判、主要目标点位等。一块屏幕上播报着新闻：敌通过电磁武器摧毁我沿海部分城市电力和通信系统，目前正在组织抢修；受敌网络攻击，几大银行系统陷入瘫痪，目前市场只接受纸币，部分银行因兑付困难导致市民恐慌；超市出现哄抢和踩踏……

父母在农村，倒是一切皆可放心，安雷有些担心太太和女儿。女儿天天出去游行有没有危险？他们的房子在15楼，停电了可怎么办？他有些后悔买房的时候没有坚持自己的意见买低层。家里的食物应该充足吧？纯净水他是准备了两箱以备不时之需的，过去褚老师总笑他杞人忧天，现在该明白他的用心良苦了吧！上个月买的大米，足足4包，够她们娘俩吃一阵子了，可是没有电怎么办？冰箱里的食物会坏，电饭煲连饭都煮不熟……他想给她们打个电话，然而这只能想想，挂了那个视频通话后，他们的手机就被集中保管在原营区了。这个洞库在200多公里外的深山里，刚刚启封，洞口的不锈钢大门可以抵御核冲击波和生化武器，洞里的给养够这支部队维持到下个月，除了见不到太阳，这里就跟诺亚方舟一样安全。

然而，还是有人对方舟的安全性不够有信心，参谋长李广封头上依旧顶着沉重的凯夫拉头盔，正趴在指挥席上筹划着下一步的行动。他来自军种机关，秘书出身，把他下放到旅里来就是为了接替已经55岁的旅长。见到安雷，李参谋长第一次露出惨白的笑容——他的脸在作战室的灯光下显得如此干净和年轻，甚至有些帅气。安雷心里想，这也许是他当初被选为大秘的原因之一吧。

“老安！”参谋长热情地招呼，“怎么还没睡？”

“您不也没睡嘛。”

“唔，我哪睡得着啊！”参谋长叹了口气，“战争说来就来了，之前的那些方案，没有一个能用啊！”

“也是，过去我们都把它叫演习脚本嘛，既然是脚本……”安雷忽然意识到这种腔调很危险，悬崖勒马般闭上了嘴巴。

参谋长大度地笑了笑：“是啊！不打不知道，一打才知道差距在哪里啊！”

“总体怎么样？”

“不乐观。这才刚开始，我们的有生力量丧失了近30%。海军两个航母舰队被敲掉了。”

“空军呢？”

“沿海的地面机场全塌了，剩下洞库里的也不敢出来。内地的又够不着，还是只能靠我们喽。”

“兄弟单位还好吧？”

“还行，第一拨突击太轻敌了，损失了11个发射单元。上面让我们准备第二拨。”参谋长说完，定定地看着安雷。

“怎么了？”

“老安，你辛苦一下。”

安雷心里骂了一句“操”，苦笑道：“这叫辛苦一下？”

参谋长轻轻笑了笑：“革命军人，以服从命令为天职。”

0DAY

“伙计，你也挂啦。”是李志豪。

“你怎么还……”安雷一时卡在那里，不知道该问什么了。

“灵魂停留七日，看来是真的。”李志豪笑着回答，“今天是最后一天了。”

“然后呢？”

“我也搞不清楚。”李志豪笑道，“我也是第一次，没经验。”

安雷听了大笑起来："学了这么多年工科，接受了这么多年辩证唯物主义教育，看来也不尽然嘛。"

"这个世界，哪有那么多颠扑不破的真理。"李志豪一本正经，"就像这场战争，谁能想到真会打起来呢？"

"是啊！"安雷想起了安心和褚老师，感到一阵钝痛，爆了一句粗口。

"你还有什么牵挂没有？"

"牵挂哈，"李志豪笑了笑，"说出来你别笑话。"

安雷明白了，他说的是郑希怡。毕业的时候，李志豪本来可以分配在离家很近的单位，但一听郑希怡分到这边来，便找了学员队队长，申请过来了。谁都知道郑希怡过来是因为应届毕业生一律不允许留校的那条硬规定，但一年——最多一年她还是会调回学校。李志豪说，能陪一年是一年吧。谁承想，就那一年里，她的父亲——那个始终把打仗挂在嘴边的郑副院长因为经济和作风等问题被收拾了。郑希怡就像一个丢失了上线的卧底，再也无法回到原本属于她的位置了。可即便如此，她依旧没有给李志豪任何机会，父亲"进去"后不久，她几乎是潦潦草草地就把自己嫁了，后面的若干年里，他们就很少再见到她了，只是反复听到她离婚、结婚、离婚、结婚的消息。

"她现在在哪里？"

"香港。"

香港。安雷默默念道，对于穿军装的他们来说，香港依旧是个遥远的地方啊。

"安心怎么样？"

"六年级，大姑娘了，挺有主见，这会儿正天天游行呢。"

"呵呵，战争说到底还是政治的延伸啊。"李志豪顿了顿，"话说回来，我们都没准备好。"

“是啊，”安雷叹了口气，“‘首战用我’挂在嘴上快20年了，从来都是当口号在喊、当牛皮在吹，谁能想到真用上了。”

“你好歹用上了，我他妈是还没用上就被干掉了。”说到这里，李志豪像一个突然瘪了气的气球，垂头丧气的。

这是一家临时征用的市人民医院，太平间里如同“蜂巢”一般隔成一个个大小相同的不锈钢抽屉，里面躺着穿着不同色系迷彩服的年轻人，有特战迷彩、丛林迷彩、城市迷彩、海洋迷彩、航空迷彩……他们有的没有头，有的没有胳膊、腿，有的被破片或钨珠洞穿了胸腔腹腔，有的成为两截或三截，有的只剩下一条焦枯的躯干或者一只变形的迷彩作战靴。呻吟、抽泣和号啕混杂在一起，像极了安雷小时候在乡下的雨后池塘边听到的蛙鸣。

安雷飘出医院，天色已然黯淡下来。往日拥堵的马路此刻变得寂静而宽敞，只有成队的运输粮食、药品和瓶装水的卡车急速驶过，倒是加油站前排着长长的队，站前LED屏上打着红艳艳的大字“7座以下小汽车限量30升”；超市里人满为患，老太太们推着堆满了商品的购物车，看上去比年轻人还要健壮；街上是三三两两疲惫的学生，他们头上扎着红色的头箍，脸颊上贴着国旗图案，手里耷拉着花花绿绿的小旗和印有拳头图案的标语。一对穿着校服的少男少女，背着硕大的帆布书包，肩并肩走在路上，男的时不时做出搞怪的表情和动作，逗得女孩咯咯直笑。这笑声就像废墟里冒出嫩芽的野草，让安雷感到一丝慰藉。

他有些想女儿了。

褚老师是在跟安雷婚后短暂的蜜月期间怀上安心的，准确地说是在昆明。原本他们计划利用半个月的时间把云南转个遍，可刚到第二站的时候，安雷接到了部队演习的电话，他只好甩下褚老师独自归队。再见褚老师的时候，她的肚子已经膨胀如一个随时会掉下来的大西瓜。安雷粗粝的手掌轻轻抚在血管筋络分明的肚皮上，欣喜地感受着的胎动——他的孩子在热烈地回应着他，那种胎动一下一下撞击着他的心脏，让他感觉全世界都包裹着温暖的羊水。安心出生的时候，他在西北执行红蓝对抗任务，顺利打完最后一枚弹之后，他终于拿到了手机。开机，弹出第一条短信便是：女儿已出生，安心。安雷找了台吉普车，开了40公里到镇子上找了个网吧，接通了视频。孩子已出生一天多了，刚刚睡醒，正在伸着懒腰。小手握成拳状，粉嫩如小鸟的爪子，脸皮还皱着，一双眼睛却炯炯的，忽然间咧嘴冲安雷笑了笑，安雷就咧嘴大笑起来，把昏昏入睡的网吧老板吓了一大跳。“孩子的名字，”安雷说，“就叫安心吧。”

对于许多人来说，孩子的成长是一个线性的过程。对安雷来说，安心的成长不是。每次休假回家，或者安心随妈妈去部队，安雷第一眼看女儿总是一种匪夷所思的眼神，就像这个孩子是刚蜕过皮似的。他对她的印象还停留在她在自己怀里或背上或脖子上的时候，安心已经会义愤填膺地批评他“庸俗、迂腐”了。

愣神的空当，四辆蒙着黄色帆布的巨型卡车在一辆警车的引导下像几头史前动物般迟缓地驶过，男孩、女孩饶有兴趣地停下来看着这几辆庞然大物。安雷大声吼道：“快走开！”可是他们根本听不见。两个少年的眼睛如此清澈明亮，让他产生了深深的沮丧感。

“快走开！”安雷声嘶力竭，“危险！”

少年似乎有所察觉，可是已经迟了，从无人机上发射的四枚精确制导炸弹像箭簇一样从东南方向的天空扎来，像是同时点燃了四捆炮竹一般，炸弹引爆了帆布底下的军火，轰隆隆的声音响起，孩子们的眼神里反射出耀眼的火光。

冲击波如这座城市的痛苦一般忽然膨胀、延展，瞬间摧毁了道路两旁的人和建筑。警报声响起，被震碎的玻璃、被扭曲的消防栓、被炸裂的墙垣七零八落，让安雷充满了无穷无尽的懊悔。

-1DAY

空气越来越浑浊，从一个人的肺泡吐出，打个转又进入另一个人的肺泡，他们就像一群掉进泥沼里的鱼，大口大口吐纳着污浊不堪的空气。一台制氧机坏了，祸不单行的是，一组空调也坏了。发电机、电脑、显示屏、导弹测试设备在洞库里运转着，产生的热量无处排遣，让每个人都如热锅上的蚂蚁。为了减少热量，炊事班也不做饭了，压缩干粮、单兵自热食品，那种靠生石灰加热的炒米饭吃起来让人厌世。安雷一边安抚着手底下的战士们，一边艰难吞咽着手榴弹一般结实的压缩干粮，心中怀念着褚老师的厨艺：煎得嗞嗞作响的牛排，烤得微焦的面包，还有为迁就他而学会炒的辣子鸡和血鸭……安雷对家的渴望愈发浓烈。如果能活着打完这一仗，余生是该好好享受天伦之乐了。

第二波次攻击时间确定在庚日16：20，目的是用我方50%的弹量，摧毁敌侦察、导航和通信设施，力争打掉对方指挥通信能力。这是一次危险的集团冲锋，打击就意味着暴露，暴露就意味着损失。从敌防御能力预判，发起攻击的导弹能有四成突防概率。至于打完之后能否安全撤回，没有人知道答案。

但每个人心里都有数，此行意味着什么。在狭长昏暗的洞库坑道里，教导员凌云志在进行战前动员教育。他是从宣传科科长岗位上调整过来的，擅长抓思想、搞鼓动，水平了得。他从甲午之殇讲到抗美援朝，从英雄气节讲到军人使命，从国际大势讲到民族存亡，从得道多助失道寡助讲到正义一定会战胜邪恶，把一群年轻人的慷慨之气点燃了。每个人都相信，历史的重任落在他们头上，他们必须当仁不让。

教育完毕，凌教导员给每人发了几页信笺纸和一个牛皮纸信封。“半小时，大家可以给家里写封信，让他们知道你的勇敢和忠诚，然后用胶水封起来，等凯旋的时候再打开。”写遗书的环节被他说得这么轻描淡写，让安雷对这个小自己好几岁的搭档很是佩服。

然而这些“90”后“00”后的孩子们大多是没写过信的，称呼写在哪里，落款写在哪里，祝福语的格式怎么样他们几乎搞不清楚；甚至，他们中已经没有几个人能完完整整地用纸笔写下一段汉字了。大家拿着那几页纸，坐在折叠马扎上抓耳挠腮了几分钟，下士林旭举手：“教导员，能不能申请把我们的手机拿过来？我们关掉信号，只给家里录个视频。”

他的这个提议得到了大多数士兵的附和。

“手机都放在营里了，写信也可以表达感情的。”教导员柔声拒绝了这个要求。

“我只想给我女朋友唱一首歌，给我爸妈看看我穿军装的样子。”

“林旭，你知道的，我们这个洞库是绝密级。绝不允许把手机带进来，也绝不允许把这里面的任何信息泄露出去。”教导员的声音变得严厉起来。

“这个我知道，可这年头谁看信呢？都要上战场了，组织上这个要求都不能满足吗？”

教导员推了推眼镜，一副爱莫能助的表情。安雷站了起来：“手机肯定是拿不回来的。我问问技术保障的人摄像机是否得空，如果条件允许，大家每人录一段小视频，然后让他们剪辑好、刻成盘。”

“技保”的参谋很快就在储藏室里把机器架好了，后面还钉了块小蓝布。最先进去的是林旭，门关了起来，里面隐约传来了荒腔走板的歌声。

当一艘船沉入海底
当一个人成了谜
你不知道
他们为何离去
那声再见竟是他最后一句
当一辆车消失天际
当一个人成了谜
你不知道
他们为何离去
就像你不知道这竟是结局
……

出来的时候，林旭眼睛红红的，脸上却挂着无所谓的笑容，他有些嘚瑟地喊道：“下一位！”年轻的一个一个进去了，时间长的有10来分钟，短的才几十秒，那些20年以上的老兵却没一个进去的。二级军士长、一排代理排长冯福清正打完草稿，拿着别人多出来的信纸重新抄录一遍。对于他们来说，信息和数据让人炫目，远不如白纸黑字让人踏实。

安雷很纠结是不是应该也留下点什么，或者交代点什么，想了半天没拿下主意。

“教导员，你不给家里留个话什么的？”安雷问。

教导员又推了推鼻梁上的眼镜架：“啊！这样哈！营长，正要跟你汇报呢！考虑到后面还有一个波次，政委让我留下了，把我编入第三波次。”

全营都出去冲第二波次了，你却留到第三波次！安雷想骂声“操”来着，话说出口就变成另一个字了：“行！”

完成最后综合测试的导弹从技术阵地转运过来，挨个吊装在发射车上。12台装了导弹的发射车，就是12支上了膛的枪，安雷不敢含糊，把操作流程、阵地点位、战斗方案跟几个骨干温习了一遍又一遍。规避卫星临空的时间是己日凌晨2：33-3：05，他们有半个小时出洞，机动至离洞库15公里的一处涵洞，那里有工程部队临时开挖的可以抵达作战阵地的隧道。

这15公里就像迁徙的角马必须涉过的河流，水里有鳄鱼，岸上有狮子，但角马义无反顾。安雷嘱咐每一个驾驶员把车灯全部敲碎，让所有人穿上防弹衣、戴上头盔（尽管安雷知道没有任何意义），然后把车子打着，等待着参谋长出发的指令。

沉重的铁门打开，12台发射车和1台吉普车窜了出去。安雷坐在最前面的“勇士”副驾驶位置，开着车窗被灌进了一兜冷风。那是带着泥土和青草香气的湿漉漉的空气，新鲜、饱满、真实、黏稠，差点让安雷醉了过去。安雷一个劲地吸着鼻子，有些夸张地深呼吸着。自由真好，他心中隐隐泛起对世俗的留恋。

0DAY

一直以来，安雷都不愿接纳这座城市——它太大了，大得让人不安。每次休假回家，在车水马龙的街道上跌跌撞撞，在迷宫一般的商场里晕头转向，在戒备森严的高档小区里接受戴着红色贝雷帽的保安反复盘问，直到确认他是其中某套185平米房子的男主人后露出谄媚的笑容并给他敬个不标准的军礼。安雷总是忍不住下意识给他回个礼，褚老师一个劲儿地在旁边笑，安雷感到既局促又恼火。家里也是。坐在带加热冲洗的马桶上拉泡屎远比带领全营拿个比武团体第一难，还有浴缸，还有乳胶席梦思床垫，还有刀叉、胡椒粉和沙拉酱……

此刻，褚老师正坐在沙发里，怔怔地望着窗外。电视机开着，播放的正是刚才发生的爆炸，报道里没有说遇袭的是什么车辆，只说有17人当场死亡，44人受伤接受治疗，以及街道受损情况。她披着头发，眉头蹙结，眼睑深重，鱼尾纹从眼角散开。安雷恍然想起，她也三十有五了。

她那时多年轻多漂亮啊！白色文化衫、水洗九分牛仔裤，凉鞋里装着纤瘦的脚背和婴儿一般粉白的脚趾；头发挽在耳后，散发着香气和光泽；脸上不施粉黛，只是在右边嘴角上缀了小小的一颗痣，如果不是学生们都叫她老师，他还以为她就是这个班级里的一个学生——事实上，这也是她当老师后第一次当班主任。第一天军训结束后，他刚宣布完解散，孩子们像出笼的鸽子一般四散奔走，他终于看到队伍最后的她，她笑盈盈地走过来，点头道了一声："教官辛苦了。"塞给他两盒金嗓子喉宝，然后也像鸽子一般飞走了。

七天军训结束，他把一支游民草寇般的队伍操练成一个整齐的方阵，高喊着"一二三四"雄赳赳、气昂昂地通过检阅台，为她的班级争得全年级第一的荣誉，赢得了孩子们的欢呼。告别班会上，女学生们留下纯情的泪水，男学生们故作老成地叫他"雷哥"，她还是笑盈盈的，眼眸里面却是雾蒙蒙、水汪汪。他鼓起勇气，生平第一次要了她的QQ号。从此以后，手机里的那只小企鹅总是滴滴滴、滴滴滴，伴随他从排长到连长，从中尉到上尉……

茶几上的电话突然响起，把她和安雷都吓了一大跳。她像是跟谁抢似的拿过电话，看了一眼，就扔在沙发里。电话不屈不挠响了有半分钟，终于停了。过了好长一会儿，褚老师把电话拿过来，划过那个未接来电，在“拨号”界面中按下“Thunder。”

这是褚老师给安雷取的名字。红红的拨号界面，全是Thunder。

抱歉！亲爱的！抱歉！亲爱的！抱歉！亲爱的！抱歉！亲爱的！安雷在心底反复念道。

墙上的电视节目已经跳转到军事访谈了。一个退役的老将军、一个军队院校的教授和主持人坐在等腰三角形的访谈席上，三人正在讨论修改“不首先使用核武器”承诺的可行性。教授正在吹嘘我方的核投送能力，老将军正在表达誓死一战的决心，主持人正在归纳总结使用核武器的可行度。安雷想，那些无人机、那些蜂群、那些精确制导炸弹怎么不把这些人干掉呢！

玄关外面，门砰地推开了。安心穿着蓝白相间的宽大的校服，手里还捏着一面小红旗，脸上脏兮兮的还挂着泪，见到妈妈，安心“哇——”地大哭起来。

“怎么了宝贝？”

安心抽泣着告诉她同学被炸死的消息：“他们走前面一点，我肚子饿买了点吃的所以落后了。要不然，妈！”安心大哭起来。

褚老师搂着安心，使劲地拍着她的背。电视里又回到刚才爆炸的消息了，褚老师赶紧把电视关掉，只是紧紧搂着安心。过了许久，安心泪眼婆娑抬起头：“妈，爸爸呢？”

褚老师的眼泪渗了出来：“宝贝，妈妈也不知道，你爸爸电话打不通。”

“爸爸会不会有危险？他们肯定在打仗。”

“不知道。”褚老师双手扶住安心的头，“我只知道，你爸爸是大英雄。”

+7DAY

市中心体育馆，原计划今天举行的“FK BOYS”演唱会改成了英烈先进事迹报告会，炫目的舞台上放着结实的实木桌椅，桌签、水壶、茶杯、干湿纸巾、话筒……横平竖直，很有部队的感觉。台下是上千名穿着各色校服规规矩矩坐着的学生，台上是烈士们的亲人、战友、领导代表。教导员凌云志正代表安雷他们旅作报告：“……在洞库里，同志们群情激昂，同仇敌忾，有的留下遗书，有的给家人录上一段告别视频，有的战士甚至戳破手指写下请战书。我的搭档安雷营长，主动申请首轮攻击任务……”

电视台同步直播，滑轨从左到右，从右到左，摇臂一会儿高，一会儿低，导播时不时发出切换的口令。教导员饱含深情做完那个报告后，全场响起了雷鸣般的掌声，教导员向观众们敬了一个标准的军礼，掌声愈发热烈了，经久不息，直到他踱着标准的齐步走进侧幕条才慢慢停了下来。

市殡仪馆，临时搭好的照片墙上，安雷和另外744人的照片被排列成10列75排，有的面庞稚嫩，有的满脸沧桑，有的军衔是一道拐，有的像鱼刺一样镶满肩膀，还有几个两杠四星的大校。照片下面是成摞成摞的白花，堆满之后工作人员就过来收拾好装在桶里重新放到殡仪馆门口。

安雷的照片还是他调少校时候拍的，左右肩膀上的两颗“豆”“PS”（修图）痕迹明显。在安雷看来，军衔里面少校是最好看的，既有威严，又显年轻，代表着朝气和力量。镜框里的安雷眉毛微微皱着，嘴唇抿得很紧，有些严肃；安雷的旁边是李志豪：圆脸，浅眼窝，塌鼻梁，脸部轮廓像是橡皮泥胡乱捏出来的一般不分明。

常委们站成一排，一鞠躬，二鞠躬，三鞠躬。参谋长终于摘掉了沉重的凯夫拉头盔，露出他那油光可鉴的四六分发型；政治工作部主任念了一封长达七页纸的悼词，深情总结了烈士们的功绩。安雷他们那个波次的超饱和攻击达到了预期目的，导弹和激光武器摧毁了敌方的16颗导航卫星和第一岛链的70%地面雷达系统，让敌方失去了眼睛和耳朵。在几乎同一时间我们的导航系统也在这场如同散漫射击的战争中损失殆尽，双方的手指尖都摸到了核按钮上。是时候紧急叫停了。谈判，回到原点。

部队领导离开后，紧接着就是地方领导和各界群众，一鞠躬，二鞠躬，三鞠躬，献花，绕照片墙一周。人们在哀乐中亦步亦趋，流着真诚的眼泪，毕竟在这场潦草的战争中，那么多人付出了鲜活的生命。对于许多人来说，这不过是漫长的生命中一个精彩的插曲，好歹在他们的有生之年经历了一场战争，哪怕它短暂如惊鸿一瞥。如果能让人们更加珍惜生命的话，安雷心想，那他们也不算白死。人群中有一个戴着墨镜的女人，停在安雷他们的照片墙前几分钟都没有要走的意思，把后面按部就班的队伍弄得不耐烦了。一个兵跑了过去，她对着那个兵摘下眼镜，露出红红的眼眶。“抱歉。”她的声音还是那么好听，“我是他们的战友、同学。”安雷有些欣喜，也有些遗憾。

殡仪馆一侧的接待室里，褚老师怔怔地望着茶几上的烈士证书和军功章。安心含着泪坐在沙发一侧轻抚着妈妈的后背，她依旧穿着宽大的校服，身形却渐渐有了一些大姑娘的模样。她多美啊！像极了初见时的褚老师。过了许久，褚老师像想起什么似的，抬起手腕，她左手的银色欧米茄上，时针指向了4：25。

安雷终于像一团青烟，被吹散在和平的空气里。

未完待续的连军人大会

检 查

尊敬的连队党支部:

我怀着无比愧疚的心情，就上周五晚上翻围墙外出喝酒一事做出深刻的检查。

事情的经过是这样的：10月20日，我们班的上等兵刘喜力过生日。作为他的好战友，我和上等兵贾士伯原计划在北门小吃店撮一顿，按照规定周五还可以喝点啤酒。可是晚饭开饭前连长宣布晚上取消自由活动，全连整菜地，迎接基地后勤部首长的检查。连长还说了，周六、周日也不休息，一直到后勤部首长视察完了再说。作为一个受党教育三年的老兵，我已经习惯并适应了基地首长每逢周末就下来视察指导的做法，并且理解和支持连长的指示决定。但贾士伯作为一名义务兵，思想改造还不够彻底，还没有用党的创新理论武装头脑指导实践，于是在队列里发了一句牢骚。他说：“连续四周没休息，还让不让人活了。”作为一名入党积极分子，我及时制止了他的牢骚。为了安慰他的情绪、鼓舞他的斗志，让他以更加饱满的热情投入到部队建设中去，我说：“别废话，先好好整菜地，晚上请你们喝酒。”听说有酒喝，他们果然十分卖力，看完《新闻联播》到九点点名之前，两个人一共拉了七车猪粪、鸡粪、鸭粪，把一连和三连的粪都抢过来了，也算是一雪前耻。上次拉粪，我们慢了点，结果一连和三连各拉了五车，连一根毛都没给我们连剩下。我们找他们要，一连的说：谁让你下手晚，有本事你自己屙去吧……

连长咳嗽，指导员说：别废话，切入正题！

是！那天我是第二班岗，晚上十一点到凌晨一点。指导员您回家属院看嫂子了，连长您那天和军务科杨科长、营房科张助理还有营里的赵工喝酒——呃，谈工作，回来就睡了，上岗之前我在三楼躺着都听到您的鼾声。副参谋长查的是第一班岗，我想机关不会再查岗了，怀着这种侥幸心理，我跟和我一起站岗的列兵向白沙打了个招呼，让他一个人顶一会儿，然后叫上刘喜力和贾士伯翻围墙出去了。

指导员问：从哪里翻的围墙？

就是咱们营后面那个，就是“作风纪律非常过硬”的那个“硬”那里。那地方前段时间清理排水沟，堆了一堆淤泥，后来果然太阳一晒就硬了。我们爬上去，用冬季迷彩服包住上面的铁丝网，就这样翻过去了。

随后我们就去桥头南杂店的陈黑皮那里，让他送我们去县里。黑皮皮黑心更黑，平常外出办事，用他的车送都是20元，到了那会儿就要30元。我说凭什么，他说就凭我们敲门破坏了他和他老婆的好事。可见这个人境界有多低下……

指导员瞪眼。

我们坐着黑皮的江淮小货车去了县里，在“咯杂味夜宵”那里停了下来。因为穿的是迷彩服，考虑到军队形象，我们便找了个偏僻的地方坐了下来……

指导员怒，把手中的晨光中性笔一扔，质问道：“你还知道军队形象？”笔咕噜咕噜掉到地上，通信员赶紧捡起来放回指导员笔记本中缝。

“指导员，我错了。”

指导员：“念！”

我们找了个偏僻的地方坐下来，点了羊肉串和牛板筋，要了一件燕京。其实我一开始是不想喝那么多的。但是刘喜力说他当兵两年除了到县里出了一次公差，帮教导员家属搬家之外，再没有出来过。然后贾士伯就说：“刘喜力你好歹还出了一次公差，老子连公差都没出过。当兵两年还不知道县城的马路是个啥样子。老实说，虽然我知道县城马路是个啥样子，但当兵三年统共出来了五次，其中有两次还是公差。”两个义务兵说难得出来一次，一定要尽兴。我一经他们劝，就丧失了共青团团员的原则，没有发挥好老兵的模范带头作用。说到底，还是理想信念不够坚定，作风纪律有待加强……

指导员：“后面呢？”

“后面我就不知道了。”

指导员：“不知道了？”

“是。不知道了。”

指导员：“怎么回的你不知道了？打架的事你也不知道了？”

“怎么回的我确实不知道了，打架的事更不记得了。指导员，您知道……不，您来连队时间不长可能不知道，连长知道。每次聚餐，我一瓶啤酒就差不多撂倒了。那天被两个新兵蛋子灌了差不多三瓶。

怎么走出夜宵店的都没什么印象了。只知道走了一阵子，隐约听到个小姑娘的哭声，刘喜力和贾士伯放下我就跑过去了。

“后来到了围墙下，我的酒才醒得差不多了。但还是有些腰膝酸软手脚无力，像是电视里面缺钙的症状。陈喜力在上面拽贾士伯在下面拱才把我弄到围墙里边。后来才听说他们打了一架。

“连长，指导员，我错了。是我带他们翻围墙出去的，是我带他们喝酒的。我是主犯，他们是从犯。我甘愿接受任何处罚。指导员，您要求我写一万字的检查，我这把标点符号都算上，也不够两千字。后面的八千多字，是我抄的《纪律条令》。我高中时数学可以，英语也还行，就是这个语文很差，不然我也把高中念完考个大学，然后像陈喜力那样当一个大学生士兵，再争取提干了。”

指导员：“念最后一段。”

“是！最后一段。”

事到如今，我深刻地意识到自己的错误。归根到底，还是没有加强政治理论学习，特别是党的创新理论的学习。思想作风散漫，纪律观念淡薄，以致出现了如此严重的违纪事件。我请求组织给我严厉处分，也希望组织能给我一次改过自新的机会。我一定吸取深刻教训，严格要求自己。请全体同志监督。

二排四班 陈百威

2012年10月27日

指导员：“下一个。”

检查

尊敬的连长，指导员，各位战友：

我错了！

那天我和刘喜力去养殖场拉了五车猪粪，两车鸡粪、鸭粪。把咱们连的猪拉的屎全刨光了不说，把他们一、三连的也刨了一些。上次狗日的种南瓜就把咱们连的猪粪全抢走了……

指导员：“说喝酒的事！”

“是！喝酒的事。”

那天我跟刘喜力干得正欢实。突然喜力来了一句：投笔从戎，一心报国，没承想来部队尽拉猪粪了。生不逢时，生不逢时啊！

刘喜力是大学生，说话一套一套的，还尽是成语！我虽然没什么文化，但多少也算明白一点。我说喜力你咋了，做啥这么伤感？

喜力说今天是他24岁生日。可是他还在拉猪粪，凭啥让他去拉猪粪的？

我说刘喜力你过生日要请客喝酒。刘喜力说请客喝酒是个多大的事，关键是怎么喝，去哪儿喝。我便主动找上陈百威，我们三个一起坐黑皮的面包车去了县里。车费30元，搞价怎么也搞不下来，最后是陈百威掏的。

我们点了30串羊肉，30串牛肉，还有一些土豆、韭菜、藕片、金针菇啥的。服务员问够了没有，陈百威又问有没有羊宝，服务员说有，陈百威要了六个。刘喜力问羊宝是啥玩意儿，陈百威说就是羊的蛋蛋，滋阴补肾，壮阳的。我问，我们要壮阳干啥，咱们连猪圈的猪都是公的。陈百威说养兵千日，用兵一时，国家养着我们，不也是让我们明天就上战场啊。我一想也有道理，就没说啥了。结果那玩意儿烤好一端上来，老远就闻到一股子骚味。我吃了一口差点吐了。刘喜力勉强吃了一个，剩下四个全让陈百威吃了。他一边吃还一边说，连长……

连长皱眉，问："连长怎么了？"

"他说，他说，这是连长的最爱。"

连长拍了一巴掌桌子，正要说什么，被指导员用肘轻轻顶了一下。

指导员说："继续。"

那东西果然厉害，星期天一大早，就见陈百威洗床单被套。

指导员义正词严：别尽扯犊子，说事！

是！我们还要了一件啤酒。服务员说喝不完不能退。陈百威说少要点，每人先来两瓶。他的纪律观念比我们要强。我说难得出来一趟，一定要喝尽兴。于是便拿了一件。最后一瓶实在喝不下，被我揣着带回来了。

陈百威虽然"第三年"，但酒量确实太小。喝了不到两瓶酒，吃了四个羊宝还有十来个烤串，便趴在桌子上睡着了。我们吃到十二点一刻的样子。刘喜力喝了四瓶，我喝了五瓶。后面那瓶我让刘喜力喝了，刘喜力就是不喝。

他说再喝肚子就要炸了。我也喝不下，退又退不了，于是便装在迷彩裤兜里带回了。

刘喜力结了账，一共是167元。刘喜力问150元可以不？老板说不行，至少要160元。老板真黑，啤酒不退也就罢了，有几个竹签子上面是光的，毛都没有——

指导员敲桌子：“说正事！”

“是！说正事！”

我和刘喜力架着陈百威从烤串店出来，因为打不到车便往前走了一段。宝南街前面有一段比较暗，我们往前走了大概300米，还是打不到车。刘喜力说不行了，我得找个地方放点水。于是我架了陈百威，刘喜力去放水。过了一会儿，他慌慌张张回来了，说巷子里有女人的哭声。我说去看看，刘喜力说，陈百威呢？我说先把他放一边吧。

我们把陈百威放一边靠墙。这时我也听到了女孩子的哭喊，大概是，“你们要什么全部拿走，求求你放过我”。

我们俩一听，估计是抢劫的，顿时慌了。操！长这么大还没见过抢劫的！干这一行当的可都是亡命之徒。我说咋办？刘喜力说，两条路，一条是咱别当兵了，脱了这身迷彩服裸奔回家算了；另一条是硬着头皮上，不管能不能干得过他们，就是死了也能混个烈士。我一听，那叫一个带劲啊。就顺手操起了刚放在裤袋里的那瓶啤酒。刘喜力啥都没带，地上连块砖头都没有，他说怕啥，咱好歹也是练过军体拳一二三套。

我们悄悄摸上去一看，路灯下果然有两个家伙把一个姑娘逼在墙角，其中一个手里拿了一把一尺左右的匕首抵着姑娘的脖子，另一个正在扒姑娘的裙子。旁边还有一个。我看坏了，三个人，胜算不大啊。再一看，不对啊，旁边那个是跪着的，似乎还在哭着呢。刘喜力悄悄说，跪着那个肯定是姑娘的对象，关键时刻拉稀掉链子了，咱们悄悄过去，你先一瓶子把拿刀的那个家伙拍倒，我再夺他手里面的家伙，我们弄翻一个算一个。

我当时那个心脏啊，扑腾扑腾的就像刚跑完400米障碍一样，总感觉憋了一泡尿马上就要放出来了。我们借着阴影，从背后悄悄摸了上去。眼看就要偷袭成功了，跪在地上那个男人突然中邪似的大喊一声“救命”，把我们都吓了一跳。我顾不得那么多了，冲上去就把瓶子拍在拿刀的那个家伙头上了。操！那家伙脑袋真硬，啤酒瓶子都砸碎了，他还在挥着匕首鬼喊鬼叫。刘喜力冲上去来了一个“穿喉弹踢”，那家伙捂着裆部跪下去了。另外那个一看阵势，头也没回就跑了。我正要追，刘喜力拉住我说，穷寇莫追，咱们把这个给捆住了。

那家伙一听，知道不好，就要窜出去。我一脚压在他的脖子上，两只手掰住他一条胳膊，刘喜力坐在他腿上，掰住他另外一条胳膊。这家伙估计得有一百六七十斤，力气真大。刘喜力问那个跪在地上的男的：有腰带吗？那男的还是没有回过神来。这时姑娘倒是反应过来，收住哭声，问道：包包的带子可以吗？

刘喜力冲他笑了笑，说：“可以。只要你舍得。”

姑娘卸下背包的带子，递给刘喜力，说：“真是谢谢你们了！要不是你们……”姑娘没说完就趴在刘喜力背上大哭起来。这时地上的歹徒挣扎了一下，试图顽抗，我和刘喜力更加死命地按住。喜力说：“你先让开，我把他绑住。”于是姑娘让出地方来，我和刘喜力把他的手反剪住，用包带缠了几圈然后打了死结。

刘喜力跑到那个跪着的男的那里，这个时候这个男的终于起来了，但还是远远地看着，一副随时准备开溜的样子。

刘喜力说：“把你的腰带给我。”

男的说：“我的腰带是名牌的。”

男的又说：“要不用你的吧，多少钱我买下了。”

我听了恨不得抽那个男的两个大嘴巴。

这时姑娘说话了：“李全，把你的破腰带取下来，你刚才命都差点没了，知不知道？”

男的这才把腰带取下来交给刘喜力。喜力三下两下把男的脚锁住，然后我们各踢了他一脚，姑娘也踹了那劫匪两脚。这时刚才跪着那个男的突然风风火火冲过来，把我和喜力吓了一跳。他一屁股坐在那劫匪脖子上，冲着他的头一顿狂揍，边揍边喊：打劫老子，也不看看老子是谁！让你尝尝老子的厉害！让你尝尝老子的厉害！听得我都快笑死了。正在这时，姑娘突然一下扑在刘喜力怀里大哭起来。

过了一会儿，姑娘的男朋友还是啥的似乎看不下去了，喊道：“我的钱包、手机都在那个劫匪手里呢！”

我再也忍不住，抓住他胸前的衣服，说：“有本事你去追啊。”

男的喊：“你们是当兵的吧？你敢动我试试，我跟你们旅长、政委都吃过饭。”

我说：“吃顿饭也值得你咋咋呼呼，我还和司令员握过手合过影呢。”这个大家可以作证吧！就是去年司令员视察营区后勤保障建设的时候，我作为生猪饲养员在猪圈……

指导员：“说正事！”

那男的太贱了，我当时真忍不住想揍他。这时刘喜力喊了一声“算了”，然后对姑娘说：“报警吧。我们先走了。”

姑娘说：“不行，万一他挣脱了怎么办？”

刘喜力笑着说：“你男朋友在啊。”

姑娘白了那男的一眼，说：“就他那鬼样子？”

姑娘又说：“我现在打电话报警，你们帮忙帮到底，等警察来了再说。”

姑娘打起了电话。我大致听她在电话里说，两个兵哥哥帮我们制服了歹徒，你们快过来吧。

我和刘喜力一听，麻烦了，翻围墙的事估计要捅破天了。我说：“喜力，闪！”刘喜力一听，点头。我们就准备跑。

姑娘大喊一声：“你们不许走！”然后挂了电话就抱住了刘喜力，边哭边喊，“你们别走，我害怕。”

刘喜力看看我，脸上很是无奈。他说：“不走了，等警察来了再走。”

姑娘还是没有放手的意思。然后我看见喜力拍拍她，说：“你把手松开。”

姑娘还是没松开，我当时就想，我们俩一起救的人，凭啥人就死抱着喜力呢！

过了好长一会儿，姑娘的手被刘喜力掰开，她问：“你叫喜力？”

我和刘喜力一听愣了，我刚才不小心给说漏了。他们要问到部队来就坏了。您看，果然……

指导员瞪了瞪眼，道：“往下说。”

是！姑娘说她是民政局的，八一慰问的时候还来过部队。她又问我叫什么名字，我怎么可能告诉她。刘喜力还说，喜力是他的小名，他的大名叫陈八一还是啥。反正当时编了一个把姑娘给糊弄住了。

然后姑娘找他问电话号码，刘喜力说我们不让用手机。然后姑娘又问QQ，刘喜力说我们不让用QQ，然后姑娘又问微信，这下可把我和刘喜力给问住了。我们问她：“微信是个啥玩意儿？”姑娘笑着说：“微信还不知道，你们真是OUT了。”

这时在旁边一直不作声的男的开口了，说：“看样子真的是当兵当傻了。”

我和刘喜力一听就怒了，我跑上去又要揍他，结果姑娘说：“别理他。”

老实说，我们也不想惹事，我们现在就想早点回去，不然真是吃不了兜着走了。

这时隐约听到了警笛声。刘喜力说：“这下可以放心了吧？”

姑娘说：“不行。你们得等警察来了再走。”

刘喜力说："警察来了我们就走不了了。"

这时我说："别废话，赶紧闪。"拉着刘喜力跑了。跑到巷子外面一看，陈百威正睡着呢。我和刘喜力拖着陈百威就往警笛相反的方向跑。没跑多远就来了个的士。我们就回来了。回来的车费才十八，你看狗日的黑皮有多黑，以后再也不坐他的车了。

连长，指导员，我错了。我不该私自外出，不该酗酒闹事，不该……

指导员白了他一眼："下一个。"

检查

在此我就上周五晚上不请假外出和酗酒一事做出深刻的检讨。

事情的主要经过陈百威和贾士伯已经交代了，打架的事也在周二向派出所的同志做了笔录。我需要向组织交代的主要有三个方面的问题。

第一，我们三个不请假就外出喝酒、吃宵夜，起因在我。是我过生日，也是我提议翻围墙出去的。陈百威班长说喝不了多少酒，不是很想去，但还是被我和贾士伯拉出去了。所以主要过错在我。

指导员："挺仗义啊！部队讲的是战友情谊，不是哥们义气！"

"是，指导员！"

第二，关于"打架"的事，并非我们酗酒滋事，而是当时情况确实危急。抢劫加强奸，指不定还要杀人。当时那种情况报警已经来不及了。况且派出所的同志告诉我，这两个人是流窜作案的强奸抢劫惯犯，跑掉的那个还有两条命案在身。他们过来做笔录，不是因为我们犯罪了，是因为我们帮助他们抓到了重大嫌疑犯，我认为这不算恶劣影响……

指导员："这个组织自然会公正处理。说说你的第三。"

第三，关于我和白雪花，也就是那天晚上那个女孩的事。我不知道她怎么把电话打到连队的，更不知道她是副县长的女儿。那天晚上我走之前她给了我她的电话号码，但我随后就丢掉了，更没有主动联系过她。她问了我的名字，我没有告诉她真话，老实说并非刻意做好事不留名，而是这件好事是在坏事的基础上做起来的。我怀着侥幸的心理，希望这次不请假外出能不被发现，但没有成功。公安局的同志带着她在旅保卫科的帮助下指认了我。

至于说对方和我谈恋爱的事，我认为是子虚乌有。我们救她的时候，她男朋友就在身边。至于她们关系如何，那不是我操心的事情。而我在上大学的时候有一个女朋友，到现在还保持着联系，她决定等我到退伍或者提干。我们感情很好。副参谋长专门就此找过我一次，我也是这么说的。况且条令明确规定，上士或25周岁以下士兵不允许在驻地谈恋爱，这一点我记得很清楚。

不管对方怎么想，或者其父母跟部队领导打了什么样的招呼，这和我无关，我认为我是清白的。我的错误仅仅在于不请假外出和酗酒。我愿意就此接受任何处分。

另外，宣传科杨干事写了一篇“公差途中见义勇为，列兵赤手制服歹徒”挂在政治工作网，我认为有失实之处。他在采访的时候我跟他报告了，是不请假外出，不是出公差。看到这篇稿子还有战友们在下面的跟帖，我感到很惭愧。希望指导员能向上级反映一下。

外面响起了鞭炮声和锣鼓声。

这件事情给连队抹了黑，给部队也造成了不良影响。我再次做出深刻检讨，我希望连队从严从重处理，鞭策自己，警示战友。我也向全连保证，今后一定遵章守纪，不做违反条令条例和连队制度的事情。希望大家监督！

检查人 二排四班刘喜力

2012年10月27日

指导员：“同志们！刚才……”

通信员跑上来，边跑边喊：“连长！指导员！政委带着一大帮县里的领导过来了，有个公安局的头头还拿着一面大锦旗！刚才政治部主任打电话过来，让全连马上楼下集合，准备夹道欢迎！”

指导员：“解散！抓紧准备！”

指导员顿了顿：“你们的账以后再算，但等一下跟地方领导必须说是出公差！明白吗！”

白牙

阳台上晒着被子，走廊上晒着被子，篮球场上也晒着被子。篮球架和球场外的香樟树之间有拇指宽的背包绳绷成一条条直线，一床床被子就搭在这些直线上，远看像一面面硕大的经幡。被子颜色以军绿为主体，深深浅浅如同从初春到深秋的香樟树叶——颜色深的毫无疑问是新兵的，没过两遍水，蓬蓬松松的如同放了酵母，上面隐约有签字笔勾画着叠被子的折线，就像裁缝裁衣服前的粉笔稿；颜色浅的大多是老兵的，跟着老兵摸爬滚打，在一次又一次浆洗中褪去了青涩，逐渐露出棉布面料的本真。因此，在连队宿舍，一床泛白的、有棱有角的被子叠在床上，就像一枚老的黄铜勋章别在胸前，虽不耀眼，却让人肃然起敬。

这是四月中旬的一个周日午后，南方阴雨已久，这一天的太阳如同刚换过电池一般，明朗且灼热。张楚枕着双手躺在连部宿舍的铁架子床上，眼睛瞪着天花板，不停地回味处长在电话里说过的每一句话。

“主任已经签了，你大概下周就可以过来了。

“先以借调的名义，你现在既有旅机关的任职经历，也当过连队主官，这些条件符合，调过来就再没什么障碍了。

“好好干，等消息，千万别出事。”

处长的电话是午饭后用军线打过来的。通讯员吴晓亮已经铺好了床，张楚原本是打算趁着这个晴朗的周末扎扎实实睡个午觉的，这通电话像个风情的女子，撩拨得他心猿意马，毫无睡意。

要不是这个电话，张楚几乎已经忘记了来这里的初衷。去年大约这个时候，他从怀城的基地机关回到驻扎在湘西边陲的五旅，在这里担任连队指导员。从机关到连队，好比从城市回到农村，体验三五天，自然是相安无事、皆大欢喜。张楚借调在基地机关的时候，也曾随处长和基地工作组检查调研、蹲点帮建，在下面的几个连队短暂待过，基层的战士“首长”前“首长”后，把一帮校官尉官当军职领导伺候，让大家飘飘然昏昏然，几乎到了乐不思蜀的地步，甚至还得出“基层不用加班熬夜，生活规律，真好”“基层没有钩心斗角，战士淳朴，真好”这样的结论来。等到张楚扛着背包到连队上任，开始操心几十号人的吃喝拉撒睡以及学习训练、思想动态之后，他才知道，那些狗屁结论跟“饥民何不食肉糜”的掌故是一样的。战士失恋闹情绪你得管、老士官顶撞新排长你得管、上面来人检查你得管、家长关心孩子入党问题你得管、馒头没熟米饭夹生辣椒炒肉只有辣椒没有肉你也得管、厕所一泡屎没冲干净你还得管……

张楚以极大的勇气、耐心和魄力管下了这一切，总算让这支过去劣迹斑斑的连队走上了正轨，然而这并不代表张楚完全适应了连队生活。张楚自然是带着梦想、野心和小算盘来连队的，忍辱负重也好，卧薪尝胆也好，总之带兵绝非“请客吃饭”，是“其乐无穷”的“与天斗、与地斗、与人斗”。当处长的电话打来，他便知道这一年的付出都是值得的。苦厄即将渡过，新的人生即将开启。如果没有孟鹏休假的事儿，这个指导员的岗位应该能画个圆满的句号。张楚瞟了一眼桌上的《士兵休假登记本》，上面用隶书恭恭敬敬地写着“孟鹏”两个字。看到这两个字，张楚的头便隐隐作痛起来。

一声哨响，宣布午休时间结束。士兵们陆陆续续爬起来，开始收被子、整理内务、打扫卫生。片刻时间，一床床晒得蓬松柔软、带着阳光味道的被子在士兵们粗粝的双手下恢复原状，变成一件件方正的、坚硬的、带着金属质感的制式装备。通讯员吴晓亮轻轻地敲着门进来了，抱着张楚的被子，怯生生地冲张楚笑着：“指导员好。”

“嗯。”新兵要给指导员叠被子，这样他就不好再赖在床上了。

刚起身，门口有人喊了声：“报告！”

进来的是祝康，当兵第三年的湖南小子。

“指导员。”

张楚抬眼一看他的表情，就知道出事了。

“说吧。”

“我刚在营部坐岗的时候，有些无聊，掏出手机看了看，结果被来查岗的军务科陈参谋给收走了。”

张楚心里暗骂一声“靠”，忍不住把左脚抬了起来。祝康也很配合，向左转过身去，露出一半屁股，龇着牙等着指导员那一脚。

张楚看他这模样，又差点想笑了。“张指导”的“正蹬腿”连队不少人是领教过的。来连队的第三天下午，集合吃饭的点儿，值班排长吹了哨，一群兵踱着方步从楼上下来。军校刚毕业、肩膀上还扛着一道杠的排长畏畏缩缩集完队伍，正准备往饭堂带时，张楚说：“停一下。”全连的人——包括连长闫新在内——都看着张楚。

“现在我吹哨，大家解散，都回宿舍。”

大家都偷偷瞄着连长，连长此刻正心无旁骛地研究身旁一枚桂花树叶的构造。慑于新指导员的权威，士兵们还是乖乖回宿舍了。等大家归了位，张楚再猛地吹一声哨：“楼下集合！”士兵们哗哗啦啦地下楼，排长再次集完合，看着张楚。张楚说：“我们再来一遍。”士兵们继续解散，往宿舍跑，有些聪明的，躲在楼道或者厕所，等着指导员再次发令。张楚再次吹哨，士兵们跑得更快了。落在最后一名的是个入伍两年的，步伐松散，嘴里还嘟嘟囔囔，大约是骂“吃饱了撑的”。张楚逮到他，问他骂什么，他仰着头，不作答，一脸的桀骜。张楚立好右腿，猛然将左腿抬到胸前，朝着那个兵踹去。张楚在学校练过一段时间散打，知道这一脚的力度。那个兵退了两步，然后一屁股坐在身后的草地上。

连长的嘴张开了，所有老兵的嘴也张开了，但队伍里始终鸦雀无声。那个两年兵爬起来，张楚摆好战架等着他还手，可他终究还是灰溜溜地跑到队伍的尾巴上去了。

“带走吧。”张楚喊了一声便转过身，带着队伍雄赳赳往饭堂走去了。

他放下左脚，咬牙切齿地指着祝康的鼻子：“上个月礼堂听报告打瞌睡被逮到，上上个月没扣风纪扣被纠察，小子你今年这是第几次啦？！你当兵到现在写的检查能出书了吧？”

“指导员我错了。”

“你就掏手机看了看，结果军务的人来了都不知道？这么说军务的人错怪你了？其实你没玩手机？！”

祝康没说话，继续低着头撅着屁股一副等着挨揍的模样。

喘了口气，张楚终于问道：“手机呢？”

“被军务的人收走了。”祝康说，“怕是要不回来了。”

“活该！”张楚说，“滚吧！”

祝康走了后，张楚抓紧拨通了军务科的电话，没人接。随后掏出手机，拨了军务参谋陈博的号。他们俩既是同一届，又是同一批分到五旅的，张楚比他先到机关，两人过去关系还算不错。一番插科打诨之后，张楚表明意图。

“那不行！”陈博拿起了腔调，“战士使用手机上网，本来就违规，何况是在岗哨上。”

“那小子已经向我做出深刻检讨了，”张楚笑道，“陈大参谋就高抬贵手嘛。”

“他做不做检查我管不到，我的职责就是纠察违规违纪。不然还要我们干啥？”电话那头一副公事公办的样子，让张楚的血压禁不住噌噌噌上升。想当初陈博拎着一摞土特产去基地找人办事的时候，连机关办公楼的门朝哪开都不知道，还是托张楚接进去，然后一路领进军务处长的办公室。

“那请示陈参谋，该怎么处理呢？”

“手机暂扣，等他退伍时归还；单位通报批评。”

“还有别的办法吗？”

“我也没招儿啊！”那边故作深沉地叹了一口气，“不能坏了规矩。”

张楚笑了笑：“你说的规矩，是‘蓝芙’（香烟牌子）么？一条还是两条？”

“你这个指导员怎么当的？说话没个分寸……”

“我怎么当指导员还用得着你教么？”张楚啪地挂掉电话，骂了一声，把旁边正在专心致志“雕刻”着自己被子的吴晓亮吓得发颤。

意识到自己有些失态，张楚没话找话：“连长什么时候回？”

“报告指导员，连长是休假到23号，还有一周时间。”

“几个请假外出的都回来了没有？”

“都回来了，他们两点多回的，怕吵醒您，就去我那里销了假。”

“孟鹏呢？”

“孟班长在装备仓库值班。”

“几周了？”

“他一个人值了两周了。”

“我去他那看看。”

“是。”

从一营到装备库房的道路全长460米。张楚满脑子都是孟鹏那一口整齐的白牙。孟鹏今年是当兵第七年了，是张楚来连队之后认识的第一个兵——准确地说，在张楚来连队之前就听说这个兵了——或者说得更玄乎一点，正是因为这个兵张楚才到的这个连队。

从基地回旅里的时候，旅政治部贺主任对张楚说，一营一连指导员的岗位刚好空缺，你想不想去？

张楚毫不犹豫地应了一句“想”。

“只是，”贺主任顿了顿，“他们的指导员刚被免职，因为连队出了点事。”

张楚心里一紧，看来是安排过去擦屁股收拾烂摊子的啊，他已经为刚才的鲁莽应承后悔了。

“一个兵因为婚恋问题，利用休假期间上访，造成恶劣影响。指导员负有直接领导责任，被免职了。”

“哦，”张楚轻轻叹了一口气，“那个兵呢？”

“闹事的时候被地方公安扣住了，因为是军人，他们也无权处理，电话通知我们接回来了。现在应该在营里吧。”

作为“大国重器”“王牌”“底牌”，战略导弹旅的命根子就是那些号称“东风快递”的导弹装备。过去技术落后，导弹大多是液体型号，燃料加注慢，准备时间长，也不便于机动作战，一般是一个营守着一口藏在深山里的发射井。现在的导弹固体型号居多，为车载式，开出去就能打，发射车和装备就成了连队的“枪杆子”。现在它们静静地躺在装备库房里，如同静静地关在各自笼子里的一群巨兽。中士孟鹏正负责看护这群“巨兽”。

张楚走进库房值班室的时候，孟鹏正在专心致志填写当天的值班日志：温度、湿度、上级电话抽查情况……旁边的行军床上，被子如刀劈斧削一般规整，床单洁白平展，背包绳卷成饼状放在床头的绿色枕头上，床底下按照“皮、胶、靴、拖”的顺序摆着四双鞋子，垃圾桶里空无一物。发现张楚走进来，孟鹏起立、敬礼，喊了一声：“指导员好！”

在连队，一般只有新兵才在礼节礼貌上这么周到。张楚有些手忙脚乱地回了一个礼，冲他笑笑。

孟鹏投桃报李地回了个笑容，一口整洁的大白牙几乎晃到了张楚的眼睛。

他的牙真白啊！张楚想，都是一日三餐，都是吃部队伙食，都是待在这八百亩的营盘里，伴着号声起床听着哨声睡觉，凭什么他的牙就那么白呢？

“一个人在这值了两周了，还适应吗？”

“没啥不适应的，这也没多少事，就是听听电话、检查一下温度和湿度、定期给除湿机倒倒水。对了，前几天雨下得厉害的时候，这库房的湿度老是下不来，除湿机开到最大也不顶用，建议在北边靠窗的位置再增加一两台，我已经给特装科反映过了……”

“嗯，”张楚心想，我可不是来跟你讨论温度湿度的，“你自己呢？一个人在这无聊不无聊？”

“不无聊，”孟鹏又笑了笑，“可以看看书，听听收音机。”

进来的时候，张楚就看见书桌的一角整齐地码着《苦难辉煌》《长征》《绝对忠诚》三本书，旁边反扣着一本《把信送给加西亚》。

“你手机呢。”

“手机在连里，这里不让用手机。”

“嗯，”张楚点点头，“看到你的休假报告了。”

“是。”

“为啥想休假？”

孟鹏抬起头，有些错愕地看着指导员："休假是士兵的权利啊。"

张楚有些尴尬，改口道："我是问你为什么现在休假？"

"五月底开始就要驻训演练了，我在这之前休，是不想耽误训练。"

"休假打算回去干啥呢？"

孟鹏脸红了，顿了顿说："指导员，我保证不干违法乱纪的事情。"

张楚哈哈大笑起来，中士孟鹏这模样有点像外交部发言人，表情肃穆、义正词严。

"放松点，孟班长，"张楚拍拍孟鹏的肩膀，把脸绷起来，"最后一个问题。"

孟鹏看着指导员，一副即将上战场的紧张神色。

"你到底用的啥牌子的牙膏？能把这一嘴牙刷得这么白。"

张楚恐怕永远也忘不了第一眼见到孟鹏时的情形。一年前，他到一营一连报到的时候，营长教导员和连长闫新的脸色都是铁青的，倒不是不欢迎他，只是因为孟鹏的事儿，上级对他们的处理意见刚下达：勒令营长在旅党委会做出深刻检讨，给予教导员和一连连长行政记过处分，而他的前任——原一营一连的指导员苏安已经发配到40公里外的阵地管理连当排长去了。

"孟鹏呢？"放下行李后，张楚问连长。

"还在禁闭室。"

所谓禁闭室，不过是一个五六平方米的楼梯间。连队平日里堆放扫把、撮箕等卫生工具，这会儿腾出来了，里面关着孟鹏，外面有一个列兵站岗，间或给他送点水和吃的。

"关了多久了？"

“从他湖北老家接回来就给关了，到现在是第四天。”

“要关多久？”

“营长发飙了，说先关一周再说。”

张楚让列兵开门，列兵看看连长，又看看这个新来的指导员，再看看连长。

“快点！”张楚喝道。

这一声断喝，倒是把连长吓得往后仰了仰。列兵忙不迭掏出钥匙。门打开，一股汗味和臭味扑面而来。孟鹏抬起手挡了挡外面射进来的阳光。在那一瞬间，张楚几乎被他那一口整洁如瓷的白牙晃到了。牙口周围，是半张灰蒙蒙、油腻腻的脸和一个顶着蜘蛛网的头。

张楚把孟鹏带出来，让列兵锁好门，继续站在那里。

“去洗洗吧。”这是张楚跟孟鹏说的第一句话，“把胡子也刮了。”

洗漱的时间有点长，张楚真有些担心这家伙会不会在浴室里挂根背包绳寻短见——要是寻短见，浴室的花洒应该撑不住一百多斤的重量吧？他会不会头撞墙？胡思乱想当中，孟鹏打报告进来了——有些虚弱，喘着气，但敬礼的姿势很标准。挺讲规矩的一个兵，张楚心想，怎么可能去县政府上访呢？

谈完之后，张楚就让孟鹏回宿舍了。连长拦住，强调道：“营长让关一周。”

张楚说：“没事。”连长再要说什么，张楚就冲他笑了笑说，“有啥事我负责。”

到了晚上，张楚被营长叫下去了。

“听说你把那家伙放出来了？”营长和教导员都在，不过脸色比上午报到时更差。

“是的，还没跟您两位报告，”张楚保持着立正的姿势，“我下午找他认真谈了一次，他对自己的过激行为很后悔、很愧疚。我正在让他写检查，务必深刻反省。”

“你刚来几个小时，就否了我的决定，”营长看了看教导员，改口道，“否了营党委的决定。”

“营长，相信您当时做这个决定，是因为正在气头上，”张楚说，“关禁闭一周，就是个健健康康的人，憋在里面也得疯。再说了，咱们要是有正正经经的禁闭室也就罢了，一个放扫把、撮箕的工具间，在里面腰都伸不直，对战士的健康也不利。”

“这么说，是我们关错了？”营长的眼睛开始瞪起来。

“营长，都说‘依法带兵’，他犯了错误，该怎么处理，条令条例有对照……”

“张楚！”营长喝道，“你以为你是谁？基地机关的干事？还是基地首长的秘书？现在是在老子的地盘上……”

“老石老石，”教导员开始和稀泥了，“一连的指导员既然到位了，就交给他们全权处理吧，相信他们会处理好的！张楚，你让孟鹏把检查写好，不能少于8000字，明天一早给我。”

“是！”张楚敬了个军礼，跑了。跑到二楼，还听到营长拍着桌子骂娘的声音，也不知道那些营产营具皮实不皮实。

军务科科长杨毅是个200多斤的大块头，篮球场上外号“坦克”。张楚打球向来是加入政治部球队的，这次却“叛变”到了司令部，跟着杨毅横冲直撞总算是拿下一局。休息的时候，张楚拎起一兜早让吴晓亮准备好的，罐子上还冒着水珠的听装可乐坐到了杨毅身边，动手给他启开一罐。

杨毅转过头，意味深长地看了他一眼，笑道：“有事？”

张楚打着哈哈：“没事啊！老兵早退伍，新兵刚下连，这会儿能有啥事！”

杨毅哈哈大笑起来，道：“那就好，别一罐可乐让我喝得提心吊胆的。”

张楚做示范一般灌下一大口，冰凉的糖水裹挟着二氧化碳气泡涌进干燥的喉咙，几乎听到食道里冒出嗞嗞的声音。

“呃……”一个悠长的嗝之后，张楚笑着说：“只是作为基层官兵，有个情况向机关首长反映一下。”

“嗯？”杨毅差点被可乐呛了一下，用好像军犬一样的眼神盯着他。

张楚就把陈博开着手机定位，用“搜索附近的人”，抓到祝康的事儿给说了。

“手机收了就收了！还怪我们的人？”杨毅笑着说，“这么说我们的人纠察违纪不应该喽！”

“没有没有，只是我觉得现在士兵已经允许使用手机了，坐岗玩手机固然是违纪，但也不至于要没收。”

“谁说没收了？”

“没明说没收，但扣留到退伍。您想想啊！当年诺基亚横空出世多牛啊，现在呢，除了打手电砸核桃还能顶啥用。过去我们刚上大学那会儿用手机，都是讲究彩屏啊和弦啊，现在这帮新兵蛋子估计听都听不明白了。电子产品更新换代太快，一年一个样，这小子至少还得待三年，扣留跟没收差别不大。”

“别废话，该上场了。拿下这一局，我就考虑把手机还给你。”

从下午六点到晚上八点半，这场球像一场苦役，打得张楚筋疲力尽。九点整，张楚让排长点完名，又把祝康拎出来骂了一阵子，最后勒令写3000字检查，并罚站夜岗一周。看着祝康在队伍里委屈得眼泪巴巴的样子，张楚又差点忍不住笑了。

熄灯号已经响起，张楚刚洗完澡，趿拉着拖鞋从洗漱间出来，顺便检查一下各个宿舍是否已经熄灯。还不错，该躺下的已经躺下了，几个老兵带着专业教材去了教室——导弹专业等级考试马上就要开始了，他们自己抓得也很紧。

走进连部宿舍，张楚已然是困倦之极。肌肉剧烈运动导致的乳酸堆积让他感觉骨头如同德州扒鸡一样酥软。想到扒鸡，张楚突然想起了他的搭档、连长闫新。这个毕业于北京科技大学的硕士，曾用一个半小时的时间，向旅长、政委和导弹技术等级考试的考官们画了一张最新型导弹的电路图，里面包含数千个电容、电阻、二极管和上万个连接点，那张电路图画在拼接好的白卡纸上，摊开有半个羽毛球场大小。因为这张图，他成了五旅的一个传奇。

而此刻，这个传奇遭遇了上天为他设定的“BUG”（漏洞），他能轻松解决导弹上的任何电路方面的疑难杂症，却整不明白家属为什么一直怀不上孩子。家属是连长老家的一个中学老师，每年寒暑假，她都会拖着大号的行李箱，不远千里从山东老家辗转到湘西，然后饱含期待地在部队的临时公寓里住上两三周，再在恳切而焦灼的等待中抱歉地向连长告知例假来临的消息。像闫连长和他家属这样情况的夫妻不在少数，所以每年寒暑假，部队的临时公寓总是人满为患。有一次张楚看BBC拍的一部纪录片，是关于鲑鱼洄游的，说的是每年秋季，成千上万条鲑鱼从海洋出发逆流而上，历经3000多公里长途跋涉，最终只有十分之一左右的鲑鱼能游到淡水湖泊中产卵受精，完成物种繁衍的使命。张楚看到这个片子，下意识想起了那群嫂子们。而让人难过的是，尽管组织和个人都在为团聚创造条件，旅里已婚干部不孕不育的比例已经超过四分之一。连长这次回去，据说是打算尝试做试管婴儿了，但愿他能成功吧。

琢磨着连长的事情、祝康的事情，还有自己的事情，张楚迷迷糊糊地睡着了。迷迷糊糊中，张楚听见一阵有节奏的敲门声。张楚睁开眼，已然是白天了。他开了门，孟鹏走了进来，他上身穿着一件李宁的运动短袖，下身是一条熨得平整的牛仔裤，短袖扎在牛仔裤里，裤子上系着黑色军用皮带，脚上是三节头皮鞋，看上去既土气又苍老，他手里还拎了一个迷彩的携行包。

“指导员，我休完假回来了，向您销个假。”

张楚有些恍惚，什么时候批的假啊，这么快就休完了。但既然休完，那就一切相安无事了。

“嗯，那好！家里一切都好吧？”

“挺好的！”孟鹏笑盈盈的，又露出一口白牙，“从家里给您带来一点土特产。”

“孟鹏，我不要，留给班里的同志们吃吧。”张楚推托道。但已经迟了，孟鹏拉开了迷彩携行包，一双手伸进包里，拎出两颗血淋淋的人头来。“呀！”一声大叫，张楚从梦中惊醒过来，身上早已湿透了。

早上出操的号声响起，张楚起了床。排长整队报告完毕后，队伍在湘西四月的薄雾中高喊着“一二三四”雄赳赳地出发了。张楚跑了半圈，在接近装备库房的时候，他跟排长打了个招呼，溜了出来——他想偷个懒，顺便去看看那个沉默的中士。

库房值班室一如既往的整洁，孟鹏正在逼仄的空间里打着军体拳，口中还高声念着“马步横打”“内格下勾”的口诀。发现张楚走进来，孟鹏赶紧收住，恭恭敬敬敬了个礼，喊了一声：“指导员好！”

孟鹏是高中毕业后复读两年仍未考上大学才当的兵，马上27岁了，年龄比张楚还大一点。张楚看到桌上的那本《把信送给加西亚》中的书签放在了最后，于是拿起书问道：“看完了？”

“嗯，看完了。”

“感觉怎么样？”

“特别好！”孟鹏的眼神里闪烁着光彩，“讲的是美国战争时期，一个叫罗文的中尉，费尽千辛万苦把一封信送给古巴一个叫加西亚的指挥官。”

“对你有什么启示呢？”

“作为一名军人，一定要忠诚、勇敢，富有牺牲精神，创造性地开展工作，做到任何时候都能坚决完成党和人民交给的任务。”

“很好！”人之将走，张楚其实已经没有什么耐心去倾听一个士兵的思想了。打断他后，又觉得不礼貌，他问道：“你知道早上有人过来换班吗？”

“知道啊！三排的冯班长。”

张楚看看他棱角分明的被子，想多问一句“既然知道马上要搬回去，干吗还收拾得这么整齐”，又忍住了。答案对张楚或别人来说或许费解，但在孟鹏那里一定是斩钉截铁的。

“指导员，”大闹县政府之后很久，孟鹏还在说，“那次回去，我在火车站出站口买了一把藏刀，就想着如果找到这对狗男女，我一定要杀了他们。”张楚听得不寒而栗。这个沉默的中士，一贯给人一副谦和规矩的印象，训练永远冲在最前面，战友跑不动的时候，他总是默默地帮他扛起背囊和枪弹；干工作从不挑三拣四，哪怕是让他刷便池，他也会刷出全旅一流的标准；每次进连部的门，都会敲门、打报告、敬礼，这些当兵超过两年就会打折扣的规矩，在他那里永远贯彻得不走样、不变形。

“你就那么恨那对……狗男女？”

“恨之入骨，”孟鹏说话间，拳头又捏了起来，仿佛拳头里攥的就是这对男女的性命，“他们知道我回去了，所以躲得远远的，我没办法，我只有上访，把他们搞臭，让他们在那个县城待不下去。”

孟鹏当兵后，一共休假三次。第一次是家里逼着他结婚，给他安排了一个姓董的姑娘相亲，回家之后，两人见了几面并留了联系方式。因为孟鹏较为木讷，加之部队手机管控严格，所以一开始聊得断断续续、不温不火，直到春节前的某天，姑娘突然说想结婚，并提出20万彩礼的要求。孟鹏刚转士官没多久，省吃俭用也只攒了不到10万块。为了结婚，家里几乎是砸锅卖铁，总算凑出了20万。正月间，孟鹏休假回家，欢欢喜喜把婚礼办了。没过多久到了要归队的日子，孟鹏提出接新娘子去部队待一段时间，却遭到拒绝。女方以孟鹏不在家为由，同样拒绝去公公婆婆家，孟鹏万般无奈也同意了。半年后，一些风言风语从老家吹到孟鹏耳朵里，两人开始吵架，后来女方提出离婚，但拒绝退还彩礼，并要求赔偿精神损失费10万元。孟母抱病前去女方家里讨要说法，正巧碰见其儿媳和另一个男的正卿卿我我，孟母举起拐杖要打那个男人，却反被一顿打，回家之后就卧床不起，这就促成了孟鹏的第三次休假和那场大闹县政府的事。张楚后来从保卫科看过那段视频：孟鹏穿着军装，头裹白布，手持条幅“董××和李××奸夫淫妇狼狈为奸，欺骗军婚，其罪当诛”，在他们老家县政府川流不息的人群中红着眼，声嘶力竭地叫喊着。那条视频在网上点击量过百万，连总部领导都知道了。

“孟鹏，”张楚问道，“家里的事情都处理好了吧？”

“处理好了。”孟鹏点头。自然是处理好了，那男的因为破坏军婚已经受到应有的惩罚，女的也离了婚并退还了彩礼。

“不会再想着回去报仇吧？”张楚笑着问。

“不会，”孟鹏立定在张楚面前，食指贴着裤缝线，“我值完班，如果没什么事的话，就准备订票了。”

“着什么急？”张楚有些恨恨地说道，“营长批不批还不知道呢！”

果不其然，营长不肯批。

他怎么又要休假？！吃过早饭，营长从张楚手里接过士兵休假登记本，看到孟鹏的名字，像是被烫到一般把本子扔在了桌上。

“营长，”张楚笑着说，“我来咱们营有一年多了。”

“怎么了？”

“我就是在孟鹏休假后来的，他其实已经一年多没休假了。”

“你总算还记得你是怎么过来的，”营长说着“哼”了一声，“你是不是想像你的前任一样，背个处分去守山洞？”

张楚盯着营长，严肃地说：“营长，休假是士兵的基本权利。您看他回来之后转变很大，各方面都表现不错。”

“我知道他表现好！”营长提高了声调，“他上次休假之前，还专门利用周末时间，一个人把菜地翻了一遍！”

“我保证他这次不会出问题。”

“你保证？”营长冷笑，“那你写保证书，就说我主动安排中士孟鹏休假，休假期间造成的任何问题，由我一连指导员张楚全权负责。”

“好！”营长本想将张楚一军，没想到张楚很痛快地拿出纸和笔。

“张指导，张指导，张指导！”营长的语气开始变得黏糊糊软糯糯了，他拽住张楚的胳膊，让他坐下，“我跟你说个事，咱们贾副参谋长已经安排转业了。”

张楚狐疑地看着他。

“你知道的，老哥我在正营上已经六年了，再不调就得转业了。去年要不是孟鹏这王八羔子，我现在已经当上装备部长了。今年又空出来一个副团，两位上级领导已经跟我谈过了，这段时间不能出事。你就帮我做做工作吧！让他晚一个月休，至少，等开过常委会研究了干部任命之后再休可以吗？”

说话间，营长老石的手已经攥住张楚的手了，眼神里几乎是哀求，似乎他的前途命运全在张楚的一念之间。张楚看着这个从云南农村走出来的中校军官，看着他那已然“植被稀疏”的头颅和那张沟壑纵横的与年龄极不相称的脸庞，心中陡然升起一股怜悯。从过来报到的第一天起，他和营长的关系便定了调子。平心而论，张楚是有些瞧不上这个中校的，他可以大冬天让兄弟们连续吃上一周萝卜白菜炖粉条，只为把猪肉攒下来放到老乡家里熏成腊肉送领导；在西北执行发射任务时，他看当地的羊肉不错，便拼命买了一两吨，却舍不得让炊事班做，最后羊肉变质臭了还让司务长买了几十斤盐腌着，后来全营谁提羊肉谁吐。然而，一想到他兢兢业业、如履薄冰地当着这一百多人的“家长”，连地上的一片树叶、窗台上的一线蛛网、垃圾桶里的一张纸片都要操心，只为上天垂怜或者组织关心给他一个加官晋爵的机会，张楚也有些于心不忍——何况，这也是自己的“关键时期”。

“营长您放心，他的工作我来做。”

“报告！”

营长忙不迭松开张楚的手，应道：“进来。”

营值班参谋进门：“营长，旅作战值班室来电，新建的导弹六旅近期去西北执行发射任务，力量单薄，需要从我营抽调一名业务骨干配属他们完成任务。专业不限，要求是老兵。”

“孟鹏！”营长几乎是拍着大腿喊道，“今天下午出发，任务结束大概是六月初，预计一个半月时间。”

“那太好了！”营长喜形于色，“那就报孟鹏吧！”

“营长，我不同意，”张楚喊道，“这个任务很长，很艰巨，我想充分征求官兵的意见。”

“征求谁也没用，我已经决定了，就他。”

“营长，”张楚咽了口唾沫，“孟鹏休假的工作我来做，但这个任务必须征求大家的意见，否则……”

“怎么？”

“我不能保证您的民主测评结果。”

哨声响过，队伍集合好。排长整队完毕正要报告，被张楚挥挥手给阻止了。他再次站在这支一百多人的队伍面前，突然心中生出无限眷恋。

“同志们！”士兵们都下意识地把胸挺了挺，张楚清清嗓子，“上级交给了我们一项光荣的任务……”

任务宣布完毕，队伍里很安静。

“谁去呢？”

依旧是鸦雀无声。大家都知道，这不是什么好差事。艰苦不说，还远离组织，远离朝夕相处的兄弟，说好听是加强配属，说不好听是寄人篱下，哪怕功劳再大也不是自己的。

“有没有主动报名的？”

沉闷。空气像浆糊一般粘滞。张楚的眼睛如同高清探头一般，从扛着士官军衔的肩膀上掠过，没有回应，老兵们的眼神闪烁，如同集体干了不够光彩的事儿。张楚的余光瞟见一束目光从营长办公室射出来，盯着张楚和他的队伍。

“没人报名我就点名了。”

“报告！”一个声音很干脆地响起。张楚盼望这个声音，又害怕这个声音。

“孟鹏？你不是递了休假报告吗？”

“没事的，指导员，大不了回来补休嘛。”孟鹏说，“您不是问我看《把信送给加西亚》的体会吗，我就想那个罗文都能不打折扣、不讲条件地执行任务，我们作为党培养教育多年的解放军军人，总不能做得比他还差吧。”

孟鹏说完，兀自笑了。四月底的中午，阳光明亮，照射在他那口白牙上，闪亮闪亮的。

沙场

甲

战争不是消遣，不是一种追求冒险和赌输赢的纯粹的娱乐，也不是灵机一动的产物，而是为了达到严肃的目的而采取的严肃的手段。

——《战争论》

挂掉参谋长那个震耳欲聋的带着蒜蓉味唾沫星子的电话之后，砺剑营营长曹满江开始相信他媳妇儿潇潇雨关于本命年的说法了，他几乎有点后悔没听她劝告把两条红内裤带过来。

“胡凭栏！”营长吼道。

“到！”二连连长的声音从300米外的旱厕传来。隔着薄薄的防沙网，曹满江隐约看见这个年轻的中尉毛毛躁躁地提起裤子跑了出来。

“营长，您找我？”

“你们连咋回事？不知道卫星临空要规避么？”

“规避了啊！”二连连长的声音明显中气不足。

“那这是啥！”营长指着营指挥车上的显示屏，上面是蓝军无人机航拍的画面。浩瀚的扎木格沙漠一片枯黄，几个小土包杂乱地堆砌在画面中央，如果不是其中一个边缘露出两道清晰的车辙，估计二郎神也不知道这小土包下面隐匿着足以摧毁一座城市的三枚东风导弹。

“营长……”

“导调组来电话了，判定这一架暴露并遭敌火力打击。那啥，你让那个架的大爷们别忙活了，该警戒警戒，该帮厨帮厨，该打造卫生打扫卫生，然后就等着看着别人打弹吧。”

“营长……”二连连长的声音带着哭腔。

“叫我有卵用，我又不是导调组，我又没有生杀大权。”营长骂道，“刚下火车就被干掉一架，扎下营又被干掉一架，你千里迢迢从南边赶来，是来打仗的还是来看沙漠风光的？照你这节奏用不了两天就剩你一个光杆司令了。到时候别让我给你下命令，腰上挎着枪呢，一枪崩了自己算逑。”

“是！”二连连长吼道。

训完二连连长，曹满江走出帐篷，从迷彩袖兜里掏出一包皱巴巴的“黄芙”——过去营长是喜欢抽“蓝芙”的，自从潇潇雨怀上二胎后，他便主动把烟降低了两个档次，相当于一天省下四块尿片——自闺女月月出生后，他和潇潇雨便喜欢用尿片作为开支计量单位，比如一根油条是半块尿片，一杯酸奶是一块尿片，一箱92#汽油是125块尿片，每月房贷是1844块尿片……想起潇潇雨那隆起如行军锅的肚子，想起出征西北前把自己粗粝的手掌放在她那细嫩到几乎透明、静脉血管清晰可辨的肚皮上，感受到那种迟缓、混沌却充满力量的胎动，营长的心情变得稍稍好点——他猜测并期望这胎是个儿子，儿子才适合接替他的军旅人生嘛。他把手伸进迷彩裤兜，下意识摸了摸手机，想给老婆和闺女打个电话。裤兜是空的，因为安全保密的要求，手机早就交给文书统一保管了。即使拿在手里，也不会有信号。

这是一片浩瀚的沙海。在他们来之前，在他们走之后，没有人烟，没有色彩，除了枝干纠结的胡杨和野蛮生长的梭梭，以及偶尔露头的像新兵蛋子一样呆愣的蜥蜴，这里甚至连生命的迹象都没有。他们来了，开着导弹车、指挥车、平头柴油卡车、猛士吉普车、炊事挂车、救护车还有加油车等各种车辆闯进沙漠，如同一群闯入德克萨斯州的牛仔。数千人分成十多个方阵在方圆百公里的范围内安营扎寨，先是支起一顶顶帐篷，然后在沙地里掘开一个个掩体和地堡，再盖上防沙网和迷彩伪装网，架设好通信设施，部署上警戒力量，一支营级规模的导弹部队就算是驻扎下来了。

营长曹满江知道，他们不是来野营而是来“打仗”的，安营扎寨只能算得上万里长征的第一步——甚至连第一步都算不上。五天前，搭载他们上百人和十多辆车的军列抵达西北一个名称古怪的小站。正当他们大摇大摆从平板车上卸载装备时，一枚发烟手雷从站台旁边破败的仓库里扔了出来，精准落在第一辆导弹车上。一瞬间，所有人都定在那里，呆滞地看着那枚呼呼冒烟的手雷，如同第一次下厨便烧着了锅的新媳妇。

营长反应过来，吼道：“有敌情，注意隐蔽，警戒组上！”

旅配属在砺剑营的警戒组这才慌慌张张端起95式自动步枪，组成搜索队形向仓库前进。他们既没有戴头盔，也没有穿防弹服，枪里连空包弹也没有，甚至连塞住枪管防沙的卫生纸都没有拔掉。

营长实在不忍看了，下了第二道命令：“一连护卫装备，处理发烟手雷；二连搜索附近。”

偷袭者早已不知去向，二连在车站附近的隐蔽处找到了两个摄像头。这是包括营长在内的所有人不曾经历过的“科目”。作为唯一没有经历过战争的军种，在过去相当长的时间里，战略导弹部队的军人们手握国之重器，他们的唯一使命便是在国家领土、主权和安全受到严重威胁的时候把装载核弹头和常规弹头的导弹精准地打出去。所以他们在乎的只有一条，能否将导弹打上天并精准地送达世界上任何一个他们瞄准了的角落。幸运也不幸的是，长久以来，天下太平，即使有低烈度、小规模的地区冲突，也轮不到他们上阵。他们找不到敌人，英雄无用武之地带来了懈怠和盲目。

营长后来才知道，他们不是第一支被“虐”的部队，有一支部队，刚从铁路上卸载就被一锅端了，于是一番跳脚骂娘后又灰溜溜地重新把车开上军列。之后，用五天五夜原路返回南方，他们连沙漠都没见到就失去了此次参加演习的资格。

早就听说总部组建了一支代号“磨刀石”的蓝军团，包括营长在内的绝大多数人都认为这不过是把过家家游戏增加了一个角色，演习科目照样设置，“敌情”“特情”照样处理，跟月月玩的“打地鼠”游戏一般，来一个打一个就行，最后成败关键还是看导弹能不能打出去——他们过去经历得多了。

然而一来就遭到一个下马威。导调组判定，一架导弹遭袭损失，警戒分队12人阵亡。营长忍住骂娘和抽自己耳光的冲动，让损失的那架导弹的操作号手全部转岗担任警戒任务。他们被要求枪弹结合不离身，24小时穿戴防弹衣和头盔，连上厕所都不允许取下来，这既是严酷生存条件下的必备武装，也是一种惩戒，是杀鸡儆猴。下火车后，他们一路经历了无人机低空侦察、穿越核生化污染、道路被毁等名目繁多且远不止纸上谈兵的“科目”，费尽周折才抵达沙漠里的预定地域。

夕阳西下，走在沙漠里的营长曹满江感到自己被一种广袤的苍茫和亘古的气氛包裹着，他想起了那句有名的诗句“大漠孤烟直，长河落日圆”，也想起了那句更有名的诗句“醉里挑灯看剑，梦回吹角连营”。诗词是个好东西，他想。当年语文老师易梦朗诵辛弃疾的《破阵子》时，那沉郁顿挫的声音让他起了一身鸡皮疙瘩，“八百里分麾下炙，五十弦翻塞外声”，这是何等的豪壮和恣肆！“马作的卢飞快，弓如霹雳弦惊”，这是何等的畅快与精彩！营长曹满江幻想自己是一名饱经沙场的将军，跨着的卢马，手持偃月刀，带着骁勇的骑兵驰骋在漠北的荒原，黄沙漫卷，遮天蔽日……远处一辆猛士吉普扬起漫天的沙尘向他开了过来，他的身体稍稍战栗了一下。他整了整自己的迷彩服。

作训参谋带来了前指（前进指挥所）下达的命令：明天下午七时至九时，组织你营所属全部导弹向东部预定目标进行集火突击，每枚导弹间隔10秒，发射准确时间由前指另行下达。

“是。”营长曹满江向这位戴着眼镜的斯文的上尉敬了个礼，然后赔着笑脸说，“领导，我们的情况您是掌握的，我们已经损失了两架，现在全营一共就六枚弹了……”

参谋打断他的话：“所以，千万提高警惕，别再有任何损失了。”

“是！明白。”营长曹满江还准备表个态，说句“请首长放心，保证完成任务”之类的话，参谋已经坐着他的吉普绝尘而去了。

乙

> 在像战争这样危险的事情中，由仁慈而产生的错误思想是最为有害的。不顾一切、不惜流血地使用暴力的一方，在对方不同样做的同时，必然会取得优势。由于厌恶暴力而忽视其性质的做法毫无益处，甚至是错误的。
>
> ——《战争论》

从昨天中午到现在，下士林冲冠已经在沙坑里潜伏了30个小时——压缩干粮今天早上已经啃完了，水袋里的水也只剩下不到两口，他快要撑不住了。

他是趁着昨天的沙暴潜过来的，八九级的风裹着黄沙和石砾从漠北吹来，帐篷在沙暴里犹如驶向了百慕大的老旧帆船。从南方来的没有经历过如此阵仗的“红军”这时正手忙脚乱，眼睛都睁不开。他顺着风或者说是被风挟持着摸到了砺剑营的宿营地附近，当他想借着风势闯进去时，风却停了。他只好找了个大小刚好的沙坑趴了下来，用沙子盖住全身，又顶了一支干枯的沙柳在自己头上。

沙坑距他们的炊事挂车只有150米的距离，那里有满满两个水囊的水，货架上有成箱的泡面和自热食品，屉笼里有热气腾腾的馒头，锅里是汤汁黏稠的土豆烧牛肉和炸得酥脆的鸡腿，冰箱里还有大瓶装的雪碧。小型单筒望远镜里，穿着背心的胖乎乎的炊事员用勺掂起一块牛肉放进嘴里，自顾自点点头，然后倒了一大把小葱进去，再用大勺搅了搅，起锅！林冲冠原本干涸的舌根深处又不自觉地渗出一些口水来。

如果此时举着双手走出去，他们会不会好吃好喝地招待一番呢？这个念想刚冒出头，林冲冠便觉得自己罪不可赦，继而觉得自己愚蠢透顶。蓝军是这沙漠里的公敌，要是被他们逮到，哪怕不被痛打一顿，也只怕是要被羞辱一番。何况，自己跟那支队伍的梁子，在他们刚下火车就结下了。那枚嗞嗞作响的发烟手雷，正是林冲冠抛出来的，趁着滚滚浓烟和他们愣神的当口，林冲冠又从容地在仓库的入口安装了一枚绊发雷，报销了他们不知天高地厚的警戒力量。

林冲冠轻轻地、迟缓地挪了挪那双如义肢一般已不大受中枢神经控制的腿，一只褐色的蜥蜴从他手肘下面钻了出来，爬上前方的小土堆，回过头来警惕地看了看他，然后冲他顽皮地吐了吐舌头。蜥蜴能不能吃呢？野外生存训练的时候，他们学着吃过蛇，也吃过老鼠，甚至吃过螳螂，唯独没吃过蜥蜴。林冲冠想，自己要是一匹骆驼就好了，周围的一丛沙柳和梭梭都可以作为食物，而且即使没有吃的，背上两个驼峰贮存的能量也够他在这里继续猫上三五天。

林冲冠扭过头，用嘴叼住水袋的吸管，轻轻地啄了一下，一股甘甜沁入嘴唇，并流进喉管，他感到了一种被滋润的幸福。他想起了江未雪，想起第一次亲吻她湿润、丰满的双唇时那如履薄冰的感觉。此时的她在做什么呢？身着干练的工装坐在浦东新区的高层建筑里，从电脑屏幕前转过身，透过整洁的玻璃幕墙俯瞰灯火摇曳的黄浦江？还是穿着一袭迷人的长裙坐在某个有小提琴演奏的西餐厅里，与某个男人碰着一杯红酒？或者是穿着一身松松垮垮的带着大嘴猴图案的睡衣，躺在自己的沙发里啃着最爱的绝味鸭脖？

让林冲冠百思不解的是，这个来自浙江的女孩对辣有着谜一样的热情。在上海理工大学的五食堂为数不多的湘菜窗口数次擦肩后，大三学生林冲冠终于捧着一个乐扣的保鲜盒，深呼吸若干次后坐在她对面，说："这是刚从老家带过来的湖南腊肉，要不要一起尝尝？"大三学生江未雪可以拒绝一个男生的搭讪，却无法拒绝美食的诱惑。这是一个如腊肉般散发着烟火味道的开始，却在他穿上军装后迎来一个如同驻地那盐碱水质一般咸涩的结局。换上等兵衔的时候，江未雪从上海一路辗转来到沙漠边缘的小镇看他。而当穿着便装的林冲冠站在她面前时，她却差点没有认出来。一年时间，风沙和太阳已经在他脸上雕琢出更加坚硬和粗粝的轮廓，当他的手攥住她的手时，她却出于本能把手抽了出来。他的手上到处都是茧子，似乎只要稍稍用力就能把她葱白一般柔嫩的手指钳断。林冲冠退到离她一米的距离，如同一根旗杆一般站着看着她，嘴上露出尴尬的、抱歉的笑容。江未雪端详许久，终于趴在他的肩头痛哭了一场。尽管这里的沙葱很美味，手抓羊肉肥而不腻，梭梭枝烤肉更是一绝，但终究没有留住这个美丽的姑娘……

"蝎子，蝎子。"耳麦里传来队长的呼喊。

"蝎子收到。"自从上次潜伏在下水道井盖下整整一天，最后端掉一个导弹旅的指挥所后，班长便把"蝎子"这个代号送给了他——之前他的代号是"仓鼠"。

“还能坚持吗？”

“能。”

“任务能否完成？”

“继续等待。”

耳麦里恢复沉默。

三点钟方向，一个中校在摇头晃脑。林冲冠仔细听了听，先是《破阵子》，然后是《满江红》，再然后是《渔家傲》。一名中尉夹着文件夹跑过去，打断了他的豪迈抒发。

“报告营长，接前指通知，明天下午四时，文工团文艺轻骑队14人过来慰问演出——”

“演出个蛋，明天不是发射吗？他们过来添什么乱！”

“前指说，就是出征前为大家演出，放松官兵情绪，激发战斗士气。”

“胡逑整！都火烧屁股了哪还有心思看那帮娘们咿咿呀呀。”

中尉不理会他，摊开文件夹继续念：“前指还说了，演出结束后他们留下看咱们实弹发射，这也是他们的采风创作任务。”

“你问问前指那帮生瓜蛋子，除了添堵添乱他们还会干啥？”

“营长……”

“西风烈，长空雁叫霜晨月。霜晨月，马蹄声碎，喇叭声咽……”

“听前指说，7点21分，七旅先锋营打弹，一个波次四枚。”中尉敬了个很草率的军礼就跑了。

天色渐渐变暗，浅黄的毛茸茸的月亮印染在深蓝色的天幕上。沙漠无风，苍穹之下一片死寂。忽然，一枚乳白色的导弹从距他们数公里的距离腾空而起，拖着橘黄的尾焰刺向穹顶，轰鸣声从远处传来。随后，第二枚，第三枚，第四枚。所有的人都把头抬向了天空，遥望着兄弟部队的导弹如同蜡笔在天空划出一道道线形流畅的银弧，聆听着远处传来的导弹飞翔的声音，不由自主地为他们鼓掌喝彩。

机会终于来了。林冲冠手脚并用，像蜥蜴一般迅速爬向炊事挂车。货架上有饮料和瓜果，锅里有还没吃完的土豆烧牛肉，案板上有炸好的鸡腿和花生米，水囊里有成吨的水。他取下灶台旁边一件油迹斑驳的迷彩服，依旧像蜥蜴一样往回爬去。

“站住，口令！” 95式自动步枪枪机拉响的声音。

“完了。”林冲冠默念道。他用双手撑起身子，侧身用余光往后瞟了瞟，那帮人似乎不着急追上来，他吸了口气，随即拼命向前冲去。

“哒！”一声枪响。后面的人极不专业地吆喝起来：“来人啊，抓到蓝军了。”

林冲冠停住了脚步，他按下通话按钮：“队长，我被俘了。”说完这几个字，林冲冠的眼泪已经在眼眶中打转转了，他要把身体仅存的一点水分浪费掉了。

丙

人与人之间的斗争包含敌对感情和敌对意图这两种不同的要素。而许多敌对意图，却丝毫不带敌对感情，至少不带强烈的敌对感情。在野蛮民族中，来自感情的意图是主要的；在文明民族中，出于理智的意图是主要的。

——《战争论》

一阵带着花腔的惊叫声从隔壁帐篷传来，把文化干事郄天阙从睡梦中惊醒。他趿拉上拖鞋冲到帐篷外面，高声问道：“怎么了？”

“有……有蜥蜴。”

郄天阙叹了口气：“没事的，蜥蜴不咬人。”

“郄干事你快过来，把它赶走。”这是独唱演员郭炜炜的声音，口气坚决，不容置喙，远不如台上的甜美动人。

郄天阙使劲摇了摇头，像做给谁看一般，然后高喊道：“那我进来了。”

掀开帐篷的帘子，如同掀开新娘的盖头一般，郄天阙总是腼腆的、心怦怦跳的，尽管他已经掀了若干次了。

八个女生站在床上，齐刷刷地看着他。四个穿着部队发的体能训练短袖短裤，两个穿着吊带睡裙，一个穿着瑜伽服，一个穿着无肩带裹胸和短裤。郄天阙赶紧把头低下去，问：“在哪儿？”

“喏，那里。” 穿着蕾丝边睡裙的曲艺演员吴丽娜竟然用脚尖指着帐篷的一个角落。一只拇指大小的蜥蜴正翘着尾巴用天真无邪的目光看着这几个“尤物”。郄天阙一跺脚，它就翻过低矮的窗口逃出去了。

“好啦，赶走了。”郄天阙低着头，用手撩开帘子的一角，然后鼓起勇气一般用目光扫过她们，“各位仙女，我多说一句，咱们现在是在战场，大家把衣服穿规整一点，注意影响。”

郄天阙听到有人用胸腔发音，吐出了一声“切”。他瞅了瞅郭炜炜，后者正优雅地翻着白眼，叉开修长的五指作扇风状：“这帐篷里热死了，拿我们当馒头蒸呢。”

吴丽娜笑道：“炜炜，你那蒸的是山东大馒头，我们蒸的都是南翔小笼。”话音刚落，姑娘们笑作一团。郄天阙赶紧换了个话题：“大家抓紧午休，下午去六旅砺剑营慰问演出，晚上看他们打弹。”

“真的啊！”“太好啦！”哪怕是这些没正经当过两天兵的文工团演员，对于导弹发射都怀着极大的兴趣。

“快休息吧。”

“郄干事，”吴丽娜叫住他，“芳芳思想有波动，你给她做做思想工作吧！”

一群人又哄笑起来，穿着瑜伽服的程芳芳一边辩解着“哪有”，一边去掐吴丽娜，一群人笑得更大声了。郄天阙也笑了起来，他看了看程芳芳，她正跟吴丽娜打闹着，眼睛却瞟着郄天阙。郄天阙脸一红，撩开帐篷帘子走了。

五月的扎木格沙漠，早晚依旧很凉，睡在帐篷里盖着被子都觉得冷，在外站岗更是要把大衣穿上；而一到了中午就变得很热，毒辣的太阳无遮无拦地照射着，帐篷里的温度少说也有36℃。男兵午休一般都光着膀子，脱得只剩一条裤头，所以她们穿得清凉也并非多大过错。没有给部队找事，没有给首长打小报告，没有相互掐架斗心眼，这帮女演员的表现已经算是出乎意料的好了，文化干事郄天阙如此安慰自己。

自受领这项任务起，郄天阙就不停地这样安慰自己，他带着这支五男八女的“文艺轻骑队”，从数千公里外的大都市一路辗转，费尽周折总算在任务前指协调出的两间帐篷住了下来。显然，包括郄天阙在内的所有人对这里的条件没有充分的思想准备。女生们带着面包机、瑜伽垫甚至泡脚盆过来，而男生不是没带作战靴就是忘了带腰带，或者干脆把冬季迷彩服当成夏季迷彩服带了过来。纷至沓来的是各种抱怨，比如没有水洗澡、旱厕的纱网太透容易走光、早餐只有馒头咸菜、帐篷太热、手机没信号、买不到防晒霜和口罩……前指也在抱怨：大家都忙着打仗呢，你们过来添什么乱！哪凉快哪待着去。郄天阙软硬兼施，最后不得不用总部首长的指示来压他们，总算是争取到了为沙漠里的部队巡演的机会。

今天周六，坐在去砺剑营的“考斯特”上，文化干事郄天阙想，要不是带着这支“天兵天将”，此刻他应当坐在机关大院旁边的“字里行间”书店就着一杯咖啡看小说，而不是趴在这偏僻、荒凉、不宜生存的沙漠里感受“高技术条件下导弹集群作战的样式”或者探索“现代战争中宣传鼓动和文化保障新模式”。透过后视镜，郄天阙瞟了一眼后面，程芳芳正戴着一个白色的铁三角耳机低着头在背歌谱。她额头光洁，耳垂精巧，鼻梁从双眼之间延伸，如同沙漠边缘的山脉一般笔直、流畅，未经雕饰；她双眉紧蹙，嘴唇一张一翕，口中默默，神情专注而可爱。在这支各有神通的队伍里，每个人都觉得自己是腕儿，每个人都在摆谱提要求，唯从她嘴中听到最多的三个字是“没关系”。刚来不久，郄天阙看到一向都是笑容的程芳芳脸上有难过之色，便问她怎么了，吴丽娜替她答道“肚子痛”，程芳芳拉了拉吴丽娜的手，又说了一句“没关系”。郄天阙明白过来了，他找到前指负责采购的司务长，请他到镇上买菜的时候带回一包红糖，然后自己交到她手里。他们的故事便在曲艺演员吴丽娜的口中传开了……

一个急刹车，“考斯特”在距离砺剑营尚有300米的距离停了下来。一名中校带着几名荷枪实弹的战士冲上来，黑着脸让每个人出示证件。演员们面面相觑，郄天阙说：“我们是来演出的，前指没给你们打电话么？”

“打了。”中校头也没抬，眼睛核对着每一个人和每一张证件，指挥道，“来两个人，把那箱子打开看看。”

“谁敢动！”郭炜炜吼道，“那是演出服装和道具。你们要干什么？不让我们演我们回去不行吗？”

确认车里安全、箱子里没装人后，中校那张黑脸才松弛下来，换了个腔调：“欢迎各位艺术家来我营帮带指导，为官兵送上文化大餐。我是营长曹满江。”

郄天阙的脸还绷着：“曹营长，这就是你们的欢迎之道？”

“我们也是没办法，最近被蓝军搞怕了，都有点风声鹤唳。”营长赔着笑脸说，“各位艺术家你们没听说吧，前天中午一个蓝军士兵趁着沙暴猫到我们宿营地前沿，在那里潜伏了整整32个小时，然后进炊事班偷了一件迷彩服就跑。”

演员们的脸上稍微好看了一点，吴丽娜问道：“抓到了吗？”

“当然抓到了。”

“蓝军干吗偷你们的迷彩服，他没有吗？”

“嘿，这你就有所不知了。他能偷一件迷彩服，就表示可以窃取你的其他情报；他能进炊事班，就表示可以往水里投毒，在灶台下安炸弹。还好我们发现得早，不然我们营这会儿已经装车回家了。别说打弹，就是想见你们这些艺术家都见不到了。”

演员们终于笑了。吴丽娜问道：“那个兵很厉害呀，你们怎么处理的？”

“这小子，”营长朝沙堆里啐了一口，“逮到后一句话都不说，给他水也不喝，给他吃的也不吃，真把自己当死人了。没一会儿，晕迷了，低血糖，赶紧送医院了——不说了，场地都准备好了，那个帐篷里可以换衣服。咱们早点开始，晚上要打弹。”

所谓场地，不过是一个稍微平整的沙堆，战士们围成一圈坐在沙堆边，队员唱上一支歌跳上一支舞，都让他们眼睛里闪烁着光芒。他们嗷嗷叫着，把手掌拍得红肿，把装了石子儿的饮料瓶子摇得震天响。程芳芳上场的时候，有个列兵采了一束骆驼草当作鲜花送给她，程芳芳张开双臂时想要抱抱他时，他羞涩地躲开，于是兵们更加兴高采烈地嗷嗷叫着。程芳芳走下沙堆，边唱边朝着圈外走去，十几个战士穿着厚重的防弹背心、戴着发烫的凯夫拉头盔站在远处看着，神情肃穆，不为歌声所动。

程芳芳笑着问：“我唱得不好吗？”

没有回答。过了一会儿一个列兵说：“我们已经死了。”

演员们都愣住了。营长笑着从圈内跑出来，解释道：“两次遭遇蓝军偷袭，这些人已经被判定阵亡了。”随后他踹了那个列兵一脚，训道，“站远点，别丢人了。”程芳芳没有理会营长，拉起那个列兵的手，跟调音的说：“换一首《血染的风采》。”

“也许我告别，将不再回来，你是否理解，你是否明白。”

战士们齐唱起来：“也许我倒下，将不再起来，你是否还要，永久的期待……”

“如果是这样，你不要悲哀……”那些“阵亡”的士兵也跟着唱了起来。

丁

战争是一种意志的决斗。

——《战争论》

天色渐渐暗淡下来，随着一声凌厉而短促的哨响，营地里瞬间安静下来。营长神情严肃地宣布前指发布的气象警报，15分钟后，此区域将有大风和沙暴，瞬时风力达10级，所有人马上乘车转移到3号阵地。

“呼啦”一下，战士们全都散去，留下还没缓过神来的演员们。各式车辆迅速点火，发动机轰鸣，柴油味道弥漫在营地周围，数十秒后，扛着背囊穿戴整齐的士兵们开始登车，营长冲着“轻骑队”吼了一句：“还等啥？等着被沙埋么？”

演员们这才反应过来，匆匆忙忙抱起演出服装、道具和音响钻上了车。郄天阙指挥司机道：“跟着部队走吧。”

“郭炜炜呢？”一个声音响起。郄天阙心里一紧，果然少个人，已经跑出一公里的考斯特停了下来。

“完了，她刚刚在帐篷里换装，没听到外面的动静。”

“掉头。”郄天阙指挥道。

后面的猛士车跟了上来，砺剑营二连连长胡凭栏伸出头来，问咋回事。

“落了个人。”

“操！”胡凭栏吼道，“你们朝前走，我去找”。

郄天阙想拉住他，猛士车已经往回驶去。顺着猛士车的方向，郄天阙看见远处的天地之间，一股巨大的土黄色的波浪向这边卷来，顷刻间，郄天阙的心里被无穷无尽的懊悔填充了。

“胡凭栏！”车没停稳曹满江就跳了下来，扯开嗓子吼道。

沙暴过后的场景原来和洪水过后的场景如此相似。营地一片狼藉，帐篷没有一顶是立着的，干粮和蔬菜散落在目光所及的任何角落。

“二连连长！”曹满江又吼了一句。

“郭炜炜！”郄天阙跟着喊了一句，曹满江回头瞅了郄天阙一眼，眼神里恐怕蕴藏着一枚洲际导弹的当量。

嘤嘤的哭泣声从一个倒塌的帐篷里传来，曹满江带着人钻进了帐篷，找到了喘着粗气的胡凭栏。此刻一根帐篷的顶梁正压在他的小腿上，他的身下，是惊魂未定的郭炜炜。见到曹满江，郭炜炜哭得更大声了，曹满江不耐烦地招呼两个兵挪开那根顶梁，架走瘫软的郭炜炜，随后冲胡凭栏问道：“能不能动？”

胡凭栏依旧喘着粗气，抱歉地摇了摇头。

曹满江骂了一句，吼道：“卫生员！”卫生员跑过来，摸摸二连连长的腿骨，胡凭栏倒抽了一口凉气。卫生员摇摇头说：“怕是骨折了。”郭炜炜终于趴在程芳芳身上大哭起来。

曹满江把帽子狠狠地砸在地上，拼命地挠着头：“马上就要打弹了！”

“营长。”郄天阙拍拍营长的肩膀，却被营长的手肘推了一个踉跄。

“营长，我很抱歉因为我们的人导致你们减员。”郄天阙把火压在心底，“当务之急是把胡连长送医院，另外，我申请替补胡连长参加发射。”

“你？”营长从鼻孔里使劲地哼出一声，说道，“秀才，你以为是在办公室架着投影仪推材料呢，你知道导弹车有几个轱辘吗？你知道……”

郄天阙打断他：“我之前在长缨旅发射营待了三年，两年排长一年连长，跟咱们一个型号。”

曹满江这才开始从上到下打量着他。

“一号手，接通电源，电源灯亮……”郄天阙足足用了五分钟，把连指挥员的操作规程清晰完整地背完，这会儿曹满江的脸已经拨云见日了。

“我工程大学毕业的，大学就是这个型号，后面才转岗搞政工。”

“那真是可惜了！”曹满江笑道，“完成任务请你吃手抓羊肉。”

30公里外的准葛力克小镇卫生院里，下士林冲冠正闹着出院，一个中尉被担架抬了进来。

“哟，这不是昨天偷袭我们的蓝军嘛！” 胡凭栏疼得龇牙咧嘴，看到林冲冠却笑了。

“领导，你这是咋回事啊？不会被我们弟兄打折了腿吧？”

“就你们那点偷鸡摸狗的小把戏，能伤到我胡连长？”

林冲冠笑了：“那你这是咋回事？”

“唉，跟一个文工团的女演员钻帐篷，动作太大被顶梁砸到了。”就是旁边的护士，都忍不住笑了起来。

“我说，你这么着急出院干吗？陪陪本连长呗？”

“不好意思，我还得出去继续虐你们。”

“来不及啦！”胡凭栏看看表，“马上就要打弹了。”

说话间，六条笔直的弹道相继从镇卫生院一楼破旧的木质窗台下爬了上来，缓缓升起，像一根根银线在深蓝的天幕上穿过。中尉胡凭栏的双眼放着光芒，下士林冲冠的双眼放着光芒，两个回族的女护士那黑葡萄一般的眼睛里也放着光芒。

火锅之死

火锅其实不是火锅，火锅是一条狗。

退伍后的第二天，我就换上了上等兵的军衔，比三班的阿朱、五班的小猛还有七班的王庆文他们早了整整半个月。军衔其实是旧的（授衔要等新兵下连之后），是第二年兵向坤留给我的。向坤退伍前说：“战友一场，没什么好东西相送，这副军衔就送给你做个留念吧。”

我按捺住心中的狂喜，客气道：“班长这怎么好意思……”话音未落向坤就说：“那你请我撮一顿吧。”于是退伍前两天的星期六晚上，向坤在副营长家属开的小吃店摆了一桌，叫了他的湖北老乡和同年兵共七人，喝了四件漓泉鲜啤和两瓶邵阳老酒，然后叫我结了账。375元，我勒紧腰带攒了两个月，准备给果果买圣诞礼物的预算就这样预支了。

我如愿以偿换上松枝绿硬底土豪金边线的“两道拐”，顿时感到光芒万丈、牛气冲天，顿时有了一种军人的斗志和豪情，有了一种踹开营长办公室门大喊一声“报告”的冲动。我穿上陡然变重的军装，默念着口令，踢着正步“啪——啪——啪——”到了军容镜前。镜中的小兵一下子变得沧桑成熟、高大威猛、杀气腾腾。我对着镜中的小兵捏了捏拳头，放了句狠话：“以后谁再叫我新兵蛋子，老子弄死他。”

“飞利浦，你弄啥咧？”班长老任在楼道另一头高声喊道，“还不去洗菜！你等着大伙吃酱油拌饭呐？”

我凝神屏息、两股夹紧如同合上的蚌壳，高声答道：“是！班长！”然后迅速提拳到腰际，一溜小跑奔向炊事班。

我其实姓裴——跟写战争小说的裴指海一个姓，名利普。刚分到阵管营第一次点名，营长在队伍前高声念道“飞利浦”，队伍后面传来压低的笑声：“谁这么二，取了个刮胡刀的名字。”

营长清清嗓子，声音提高两个八度：“飞利浦。”我想，大概这个“飞利浦”不可能是别人了，于是报告道：“我叫裴利普。非下面加衣那个，念pei，二声。”队伍像按下暂停键似的一下子变得安静异常，周围的风声夹着杀气向我扑来。我往左睨了一眼，一个老兵正在瞪着我，我往右睨了一眼，另一个老兵也在瞪着我。营长的声音又提高两个八度：“飞利浦！”话音刚落，我的屁股就被后面的老兵踹了一脚。一脚踹醒梦中人，我提肛运气，使尽全力答了一声：“到！”

点完名后，睡在我下铺的老兵拽住我，沉痛又亢奋地说：“给你两条忠告和一个结论。”

“是！班长。”我站得笔直，膝盖之间能夹起一张扑克，做出一副洗耳恭听的样子。

“第一条忠告：领导永远是对的。”

“是，班长！”我配合地问道，“那第二条呢？”

“如有疑问，请参照第一条。”

我醍醐灌顶，虔诚地点着头，问道：“还有结论？”

老兵点点头，又摇了摇头，长叹一声：“你完了，新兵。”

果不其然，第二天出完早操，我便被通知从警卫一班“转移”到炊事班，成为炊事班长老任的关门弟子。

老任肥头大耳，天生一副厨子模样，尽管身上的围裙油迹斑斑，铺在地上就是一张伪装网，头发也像回锅了一遍似的散发着干煸肉丝的味道。但是老任的手艺绝对精湛，煎炒烹炸无所不能。上次一个“肩膀扛麦穗”的首长跑过来视察指导，“碰饭”吃得赞不绝口，还专门提出要见一见做饭的炊事员。要不是老任形象欠佳，军容风纪不够严整，指不定首长就把他调到小灶，天天炖虫草乌鸡汤了。

进了炊事班我才知道，老任的这扇门里，已经关了仨。大师兄陈勃，大龄未婚，热爱妇女，曾经辉煌，官至警卫班副班长；因夜岗期间擅自脱岗去家属临时来队楼听房，被营长逮了个正着，遂发配至炊事班。他一开始在炊事班负责蒸馒头，馒头蒸得又白又暄又圆涯，某日突发奇想，在每个馒头尖尖上安了一颗红皮花生米，引发官兵无数遐想。后来他被教导员勒令检查，并对馒头形状重新进行了规范。二师兄杨帆，中原人士，本是营部文书兼理发员，尤其擅长修理教导员那水土流失严重的头颅，因此深得教导员垂青，却很不受营长待见。后来炊事班缺人，营长以"拿得好剃刀，就拿得好菜刀"为由，把他调进了炊事班，负责配菜和刀工。三师兄林帅，来自甘肃定西，是全营唯一一个主动申请到炊事班的。他说一看到成箱的大米、成袋的面粉，还有"哗哗哗"流个不停的水龙头，他就觉得幸福。他负责拉面、扯面，刀削面、裤带面等各种面食，并和老任轮流掌勺管好我们天南地北近一百张嘴。

"班长，我负责啥？"我站在炊事班的大操作间，如同被突然塞进宇宙飞船的乡下孩子，眼里像被撒了淀粉、加了老抽一般混沌而惶惑。

三位师兄面面相觑，放下手中的勺子、铲子、锅子、盖子，等着班长老任的指示。

班长说："师兄们让你干啥你就干啥！"

"你负责洗菜、淘米。"大师兄抢先说。

"你负责清理厨房、倒泔水。"二师兄紧跟道。

"还有喂狗。"三师兄补充道。

"喂狗？"

"就门口那条杂种狗，叫火锅。"

"火锅？"我又忘了辈分，追问道，"为啥叫火锅？"

"新兵蛋子！哪儿那么多为什么？！干活去！"三位师兄异口同声，如同排练过一般。

后面我才知道，“火锅”的名字是营长取的。

火锅的父亲是一条纯种的德国黑背，大名贝哥，有军籍，享受每天25元的伙食费标准，比我们还高一个档次（我们只有上级首长来检查指导的时候才能吃到贝哥的标准）。相比之下，火锅的母亲就像某些人的乡下老婆一样不值一提——既没有名字也不是名贵品种，不过是桥头猪肉铺养的一条土狗。它身材矮小，毛色黯淡，肋条骨清晰可辨，耳朵还因为打架斗殴被别的狗咬掉一块。幸亏狗类没有门第观念，加之成年尚未去势的贝哥也确实饥渴难耐，挣脱小拇指粗的铁链子就窜出去骑在了猪肉铺土狗的身上，光天化日之下“强奸”了那条可怜的土狗。

对于这种“禽兽不如”的行径，猪肉铺的癞头张不仅没有抗议谴责，反而笑得露出两排烟熏火燎的槽牙，像对待亲女婿一般给炊事班送了好几副猪肺作为贝哥的口粮。四个月之后的秋末，五条带着二分之一德国血统的狗崽子下在了癞头张的猪肉铺里。或许是因为听到孩子们的呼唤，也或许是因为压抑太久，贝哥全然不顾革命军狗的职责使命，再一次挣脱铁链逃了出去。贝哥从此一去不复返，白云千载空悠悠。

贝哥失踪后，营长带着司务长和两个连长以明察暗访为名，吃遍了逐梦镇的四家狗肉店。其中两家号称正宗贵州花江狗肉店，一家为本地瓦钵狗肉店，还有一家号称徐州沛县狗肉店，当年汉高祖刘邦在这家吃过之后才敲下定国安邦的大计。四家狗肉店吃完了，营长打着饱嗝坐着大屁股“勇士”回来了，得出两个非常重要的结论：一是贝哥死了；二是要论狗肉，还是桥头那家贵州花江狗肉店的正宗。

狗固有一死，或重于泰山，或轻于鸿毛。作为一条有军籍的狗，贝哥的死是重于泰山的死。尽管没有追悼会，也不能申报烈士，但作为部队编制实力的一部分，营党委经开会讨论，还是准备将贝哥以

“病逝”的方式报上去。司务长从培江把营长拉到一边，掰着他那圆润得看不出褶子的指头给营长算了一笔账：报上去不管是“病逝”还是“失踪”，都算是非战斗力减员，轻则挨一顿批评，重则写一份检讨。军犬的伙食标准一个月700多，加上这补助那补助一年财务要为这条狗拨付10000多元。报上去，这10000多就没了，不报上去，钱照发，还省事。

营长的嘴咧开到能看见臼齿，他拍拍司务长那油光水滑、肥而不腻的脑袋，说，你小子厉害！是个可塑之才！

“不对啊，上级来检查怎么办？”

“简单，去癞头张那里抓一条狗崽子养着，怎么着也是贝哥的崽子，模样不会差到哪里去。”作为全营唯一一个管账的，司务长的智商实在是验证了一句话：人不可貌相。

癞头张以杀猪狠、割肉准闻名逐梦镇，你要一斤，他一刀下去，绝不给你一斤一两。这家伙另一个特点是算盘打得细，五条狗崽子被他以300元一条的狼狗价钱卖掉了四条，剩下一条准备自己养着，然后子子孙孙无穷匮也。作为五条狗崽子的“爷爷家人”，营长领着警卫班戴着头盔、攥着警棍理直气壮地冲进猪肉铺，从狗窝里赶跑母狗，把剩下的那条最羸弱的狗崽子抱回来了。

“营长，您看给这狗取个名吧？”

“前面那条叫贝哥，这条叫花哥怎么样？看它一身花的多好玩。”一班班长没有分清大小王，提了一条抛砖引玉的建议。

“一条杂种狗，叫什么花哥？”营长冲着满脑子馊主意的一班班长白了一眼，“叫它火锅吧。”

“火锅？！这个好！”众老兵竞相夸赞营长有水平、有文采、有智慧。

“你别说，桥头的那家花江狗肉真不赖！”营长盯着哼哼唧唧的狗崽子咽了咽口水，满眼都是美好的回忆和美丽的憧憬。

“飞利浦！”

“到！”

“你小子是不是又把肥肉切下来喂狗了？！”二师兄杨帆挥舞着手中剁肉的大板刀吼道，“全营一共才几斤肉，还他妈被你先割下来一块喂狗，你怎么不自己掏伙食费喂狗呢？”

“班长我没有，”我小声辩解道，“就一块二刀肉（猪脖子下面的肉，肥膘为主），我看切又不好切，吃又没法吃，就……”

“你小子还狡辩？信不信我削你啊！教导员教导我们：作为营里的伙食保障人员，岗位重要，责任重大，不能损公肥私，不能假公济私，不能以权谋私……”

我嘟囔道：“班长，这狗也是营里的一员，我这怎么叫损公肥私，怎么叫假公济私呢？”

“又狡辩，新兵蛋子！”

“班长我第二年了！”我耸耸肩膀，示意他看看我的肩章。

“哟！飞利浦换上等兵军衔了！”大师兄陈勃冲我笑了笑。

我脸红着，想赔个笑脸终究没笑出来。

“换了军衔又怎么样？在我们眼里，你还是个新兵蛋子。”陈勃收起笑脸，把脸绷起来像块砧板。

“班长！我第二年了！”我锲而不舍，重复道。

“第二年也是新兵蛋子，”林帅扬起他那炒菜的大铁锨，“来！新兵！把这筐四季豆洗了掐碎。”

林帅话音刚落，杨帆和陈勃便大笑起来。那一刻，我最大的愿望是杨帆把他的板刀剁在手上，林帅笑着笑着滚进油锅，陈勃自己钻进蒸饭的蒸箱里出不来了。然后那一顿我来掌勺，先来一个黄豆炖陈勃手，再来一个干煸林帅，然后再上一个清蒸杨帆……我让你笑，我让你笑，我让你笑……

“飞利浦，”陈勃突然喊住我，冷不丁问道，“一条狗你怎么那么上心？”

“教导员教导我们，”和中专学历的营长不同，教导员是政治学院毕业的高材生，说起道理来头头是道，“革命工作没有高低贵贱之分。我们要以踏石留印、抓铁有痕的韧劲和狠劲，咬定青山不放松，在平凡的岗位上做出不平凡的贡献。”

我顿了顿，说：“组织让我做饭，我就好好做；组织让我喂狗，我就好好喂！”

“喂得再好顶个屁用，”林帅止住笑，站在灶台上搅动着他的大铁锹，“冬至就要到了，这狗也活不了多久了。”说完似乎还叹了一口气。

“是啊！喂肥了无外乎到时多吃一口肉而已。”杨帆似乎也叹了一口气。

“想得美！这狗还不到30斤，能不能让咱尝一筷子还不知道呢。”陈勃舔舔嘴唇，看不出是兴奋还是遗憾。

给火锅送饭是在全营吃完之后。我收集点骨头鱼刺之类的，用开水洗掉一些盐分，然后加点菜汤拌在饭里。火锅尤其喜欢辣椒炒肉的汤，总是一边吃一边兴奋地打着喷嚏。火锅的窝搭在营院大门的一侧，平时双岗双哨，除了营连首长和军士长以上老兵，一般人不得随意进出。由于担心狗屎狗尿拉在院子里，我被特批每天晚饭后带着火锅出去溜一圈。这是阿朱、小猛还有王庆文他们几个同年兵梦寐以求的特权，他们只有端着压了空包弹的“95式”一动不动站在大门口的份儿。

不过能端着“95式”也不错，我新兵连打靶用的还是“八一杠”，之后就再也没摸过枪，倒是不同型号的厨具、炊具被我摸了个遍。有一次趁着小猛的班长不在，我让他把挎在胸前的枪借我摸一下，结果这小子竟然牛皮哄哄地来了一句：“你一个火头军，拿好你的烧火棍就好了。”把我气得恨不得将他炖了喂火锅。

我牵着火锅在营区的围墙外面放风。这无论是对我还是对火锅，都算得上是一天中最开心的时候。这狗崽子先是冲着墙根撩起右后腿舒畅地尿一泡，再对着自己的小便惬意地闻一下，随后把尾巴摇得跟螺旋桨似的冲我奔来，轻轻地含着我的裤管或手指。

我站在围墙外面，无数次打量这个位于南方大山脚下、被称为军营的地方。它青瓦灰墙，红旗漫卷，简朴中透着一股威严。它曾经光环笼罩，迎来了几任军委首长，数十位将军。它的身后是被称为“撒手锏”的国之重器——战略导弹。它们隐匿在营区背后的莽莽大山中，跟树木、藤蔓、苔藓、蘑菇生长在一起，如同高洁的隐士。而当战争来临，这些从山中钻出来的钢铁怪兽可以抵达世界上任何一个地方，吞噬和摧毁那里的一切。

时过境迁。如今，导弹换型，固定阵地的导弹因为作战准备时间长、打击精度低、突防能力弱和目标容易暴露等问题，被新型的车载式导弹替代。原本担负导弹发射阵地警戒、管理、维护的阵管营一下子变得清闲起来。旅机关也搬到了300公里外的市区，理由是交通便利，便于新型导弹的机动部署。机关工作组来过两次，每次都被侗乡苗寨那密集等高线上的盘山公路折腾得七荤八素，在车上就可以分辨头一天晚上他们都吃了些啥。此后，除非有天大的事，这帮参谋人员们是请也请不过来了。

没有上级机关的“检查指导”“调研帮带”，教导员再也不用带着文书点灯熬油写汇报材料、补教育笔记；营长再也不用带着全营举着钢刷沾着洗衣粉刷马路、刷台阶、刷地板、刷便池；炊事班班长老任也再也不用一会儿研究烩面怎么做，一会儿学习臭鳜鱼怎么腌，一会儿拿着红白萝卜练习雕花，一会儿攥着瓦罐煲各种滋补养生汤；至于兵们，也无所事事，除了每天站上几班岗，就是看守那些或许再也不用发射的老式导弹。

阵管营除了火锅之外都知道营长的三大快事：喝酒、点名、打“勾级”。“勾级”是源自营长故乡的一种扑克玩法。六个人三副牌，一般从看完新闻联播打到熄灯，或者从周末的早上打到下午。有幸参与营长“勾级”活动的都是老兵和干部，以营长老乡居多。全营一看到营长打“勾级”便会松一口气，因为这样就能保证他不会亲自组织点名了。营长的第二大快事“点名”一般发生在他的第一大快事“喝酒”之后。喝酒的理由很多：比如说老兵家属来队，比如说干部结婚生子，比如说南水北调竣工，比如说湖人战胜马刺……据说营长酒量一般，酒品却不赖，谁敬酒都喝，一碰杯就干，结果往往是酒局一散，点名开始。

营长的酒后点名是一场豪气干云的演讲。他从一连厕所里未冲干净的一泡屎、二连队列里崩出的一个屁、警卫班夜里漏掉的岗哨记录等这些具体细致的小事说起，信手拈来、如数家珍；点评完之后开始升华主题，从我军优良革命传统到新时期军人使命担当，从马尔维纳斯战役到中东石油战略……最后得出结论：天下虽安，忘战必危。军人的字典里没有和平，只有战争和准备战争！

“就这几枚快淘汰了的导弹，还准备战争呢！”大师兄陈勃对营长把他贬到炊事班一直耿耿于怀，他看看表，“都快一个小时了！他也不口干。”

“那就快了！营长一般讲到熄灯就差不多了。”班长老任不动声色地挪了挪腿，悄声说道，“这么长时间，他自己也站累了。”

二师兄杨帆问道：“班长，马尔维纳斯是巴拉圭还是乌拉圭的？”

“营长说是哪里的就是哪里的！”

“那他上次说是巴拉圭的，这次又说是乌拉圭的。”

“甭管它哪儿的！记住你是炊事班的就行了！”

我独步在阵管营的围墙外面，肩上扛着刚刚换上的上等兵军衔。我踌躇满志、意气风发，被强壮的火锅拽着快步向前。火锅心里有它枯瘦如柴的母亲，而我心里有心心念念的果果。

果果是桥头移动营业点的服务员，跟癞头张的猪肉铺门脸相对，每天听着猪的哀号声上班，闻着猪的血腥味下班。由于工作环境恶劣，营业点平均每两个月就要换一批服务员。前面的那个服务员姓肖，D罩杯，喜欢在普蓝色工作服里面穿白色深V领的T恤，乳沟像时光隧道一般深不可测。那段时间营里的电话缴费频率特别高，陈勃的话费都是10元一次交的，且从不让人代劳。尽管业绩骄人，肖女士还是义无反顾地走了，走之前冲着猪肉铺撂下一句话：再也受不了这刀光剑影、血雨腥风的日子了。

新来的果果没有D罩杯，也不穿深V领。她素面朝天，不苟言笑，惜字如金，像枚海胆不让人轻易靠近。肖女士走后，我又承担起帮老兵们交话费的任务。一般50，20、30的也有，不过像陈勃那样10元的基本上再也没有了。

我走进店里，恭恭敬敬地掏出钱来。

她问：“号码？”

我开始报号。

她问：“多少？”

我开始交钱。

她说：好了。随后便撕下一张发票给我。

发票的抬头有张三李四王五赵六，就是没有我裴利普。条令条例规定，义务兵不允许用手机。

有一天，我进营业点缴费，看见她在对着电脑看《我是特种兵》。

“这玩意儿假得很，”我嘟囔一句，“我就是被这破电视剧骗进来的。”

她抬起头来，愕然地看了我一眼，忽然“扑哧”一声笑了。

我说：“你笑起来还是蛮好看的。”

她收住笑，问道：“号码。”

我开始报号。

她问：“多少？”

我开始交钱。

她说：“好了。”随后便撕下一张发票给我。

出门的时候，我忍不住回头看了看她，她又冲我笑了笑。这一笑，像一根火柴燎起了我长满蒿草的心绪。

从此，帮老兵交话费成了我乐意效劳的一件事情。我把火锅拴在门口印着潘玮柏、周杰伦的大号太阳伞底下，走进营业点，她从玻璃橱柜后面的电脑前抬起头，浅浅一笑，问候一声：“来了？”

我点点头，装作漫不经心地问道：“看什么剧呢？”

“《来自星星的你》。”

“韩剧？”我附和道，“韩剧好！总是给人温暖，给人向上的力量。”

她又扑哧一声笑了。

“你笑什么？”

她说：“你说话总是一本正经吗？像个小老头子。”

我的耳朵像撒了孜然胡椒，被烤串摊的炭火烤过一般变得红彤彤的。

好吧！我辩解道：“看你平常也一本正经的，所以不敢跟你开玩笑，怕冒犯你。”

果果没说什么，眼睛突然盯上我的肩膀：“呀！换两拐了！”

“是啊！上等兵了。”我整了整军容，嘚瑟地扬了扬下巴，“等新兵下连，我就是老兵了。”

然而，我始终没有等来新兵下连。

撤编的传言最先从军务科长的外甥嘴里说出来。这家伙口头禅是：我舅说了。据说那天他从营部接了个电话，回来便火急火燎打背包，收拾个人物品。

“咋？休假？”

“休个毬！”他头也不抬，“我舅说了，阵管营马上要撤编了，你们（显然不包括他）到时统统都得分流到别的单位去。他让我先回机关，再挑个好点的单位去！”

“我舅还说了，营长到年限了，今年确定转业。他让我先保密，你们千万别说出去哈。”说完他背好背囊，解开风纪扣，嚼着槟榔走出了营门。

几乎同一时间，教导员也夹着黑色公文包、坐着营部的唯一一台勇士吉普离开了营区。大屁股勇士的后备箱，是营里圈养的十来只土鸡。营长看着绝尘而去的大屁股勇士，凝神聚气，收腹提臀，吐了一口黏糊泛绿的浓痰。

当晚，营里加餐。剩下的几只土鸡被杨帆割断脖子放了血，陈勃带着我烧了滚滚一锅开水，把鸡毛和内脏清理干净，然后老任亲自掌勺，炒了一锅史无前例、分量十足的辣子鸡。全营吃得无比欢畅，就跟过年似的。吃着吃着我听见有人摔盘子，随后一连的一个班长和二连一个新来的排长吵了起来。争吵很快变成一场混战：餐盘和汤勺在空中飞舞，馒头和米饭在空中飞舞，菜汤和调料在空中飞舞，所有的冬常服都变成了迷彩服，而每个人的脸上都挂着愤怒的笑容。与其说这是一场混战，倒不如说是一场末日狂欢。

营长在高潮时刻赶来。他冲着肇事的排长和班长一人来了一记正蹬腿，然后背着手头也不回地走了。队伍像酒醒了一般平静下来，两边的人脱下比老任的围裙更脏的军装，齐心协力收拾残局。

我拾掇起地上的鸡骨头、鸡脑袋、鸡屁股，用开水烫掉面上的油盐和灰尘，送到了火锅跟前。这家伙吃得不亦乐乎，尾巴都快摇断了。

“飞利浦！”老任叫住正在喂狗的我。他看看我又看看狗，感慨一声：“这狗东西，都长这么大了。”

“嗯，得有三四十斤了。”我笑道，直觉班长并不仅仅是在表扬我狗喂得好，“班长你找我有事？”

“这狗，”老任结结巴巴，全然没有往日的威严，“营长说了，过几天……杀了……改善伙食。”

这倒不意外，从它的名字，便知道它的命运。

况且，营长要杀狗做火锅吃，从一开始便清晰了然。就像部队到了三月便要学雷锋扫马路修广播，给路过的老头老太太发阿莫西林和藿香正气水，而到了年底一定会有老兵退伍和评功评奖一般。这是一项从年初便制定了的计划，对于这支即将溃散的阵管分队，这甚至是一项比军事训练计划还清晰明确、不容篡改的计划。

“哪一天？”我的冷静或许出乎老任的意料，“冬至？”

“唔，”老任哈了哈气，南方的冬天阴冷潮湿，如同贴身穿了一件没有晒干的内衣，“冬至吃狗肉……是这边的风俗——就像北方吃饺子一样。”

“什么破风俗！”我吼道，“穷山恶水，鸟不拉屎！”

这是我第一次冲老任顶嘴，奇怪的是他竟然没有做出正蹬腿的姿势要踹我，却扭过头悄然无声地走了。

火锅饱餐一顿，幸福地冲我摇着尾巴，它看不到我眼里噙着的泪花，也不知道自己即将面临的大限。

撤编的正式命令于12月21日送达。尽管先前谣言四起，但在这一刻之前，大家还是宁愿相信这只是谣言，并且都牢记着教导员的教导：谣言止于智者。面对谣言，我们要努力做到不听、不信、不传。

营长集合了队伍。参谋长走到队伍前，宣布了这个早已心知肚明的命令。命令宣布完之后，参谋长冲着跟他一起从机关下来的久违的教导员，喊道："胡副主任，你来讲两句？"

教导员跑着小碎步到达队伍正中间，立定靠脚，向左转。

"同志们，因为工作需要，我已从阵管营教导员的位置调整到旅政治部担任副主任。跟大家相处的时光是很开心的，跟营长共事的时光也是很融洽的。现在部队面临编制体制调整，我们阵管营即将被裁撤，希望同志们牢记革命战士是块砖，哪里需要哪里搬……"

"哗！"

我前面的二师兄杨帆出其不意地咳出一口浓痰，重重地射在球场的水磨石地板上。痰液黄中带绿，如同一块上好的和田玉……

胡副主任声情并茂地发表完他的撤编动员，就跟着参谋长钻进了丰田越野，拉着他早已收拾好的行李，急于划清界限一般，头也不回地离开了这座军营。

营长说："你们只要还穿着这身军装，只要还顶着这个军徽，就站好你的岗，值好你的勤，做好你的饭，安安心心等人过来交接，踏踏实实等车把你们送到新单位。明白没有？！"

阵管营发出了我未曾听过的整齐又高亢的呐喊："明白！"

傍晚，我将火锅带出门，牵着它到了离营区足足两公里的地方。我解开它脖子上的索套，说：滚吧，死狗！滚得远远的。

火锅歪着头摇着尾巴，一脸无辜地看着我。

我一手摸着它的毛色乌黑发亮的脊背，一手抚弄着它温暖的下巴。火锅眯着眼，伸出舌头舔了舔我。

我说："一年了。你长大了，我也长大了。只有你最忠诚，最坦率；只有你不会叫我新兵蛋子；只有你能听我瞎扯淡。快走吧！走得远远的！不然你就真成了火锅。"

我踢了它一脚，开始往回走。

它不离不弃地跟着。

我又踢了它一脚，它还是跟着，眼神依旧无辜。

我吼道："滚！"

我从地上捡起一根棍子，狠狠地向它砸去。

它跑开了，但过一会儿又回来了。

我索性追着它打了起来，边打边骂，边打边哭，终于把它打跑了。

我回到营里，等待着对我的发落——处分？禁闭？或者是被某个老兵狠揍一顿？

奇怪的是，没有人管我。他们都满腹心事，收拾着自己的东西，等待着明天的大客或大卡，把我们拉到不知道哪个单位。

"班长，"我找到老任，向他坦白，"我把狗放跑了。"

"放跑了？"班长脸上先是一惊，随后宽宏大量地冲我笑一笑，"新兵蛋子。"

我想辩解一句：我第二年了，却终究没有说出口。

起风了。

下雨了。

雨下得迅猛且毫无征兆。操场因为排水不畅变成一片汪洋，外面的桂花和樟树苗被雨打得抬不起头。对于冬天来说，这么大的雨实在是有些不合时宜。我们伴着噼噼啪啪的雨声，想着这将是在阵管营度过的最后一夜，都有些难以入眠。

凌晨一点，已经迷迷糊糊进入睡眠状态的我们听到一阵急促又嘹亮的狗叫声。“是火锅！”我从床上惊醒，“这狗又回来了。”火锅的叫声伴着电闪雷鸣、伴着瓢泼大雨，彻彻底底吵醒了我们。养了它一年，从来没听它这么叫过，叫得歇斯底里，叫得人胆战心惊。

“咋回事啊？”班长老任嘀咕道，“飞利浦，你小子不是把狗放跑了吗？”

话音刚落，尖利、短促的哨声响起。是紧急集合的信号。

对于常年担负保障任务、极少进行战备拉动的我们来说，紧急集合的哨声已经陌生到大家认为是个玩笑。直到值班员操着不规范的普通话歇斯底里大喊：“紧急集合！山洪暴发啦！”大家才如梦初醒。

我们匆匆忙忙穿好衣服，门外有人大声问：“打不打背包啊？！”

门外有人高声回应：“都什么时候了还打背包？！人出来就行！快点！”

队伍像一群刚被武装起来就碰上恶战的逃兵，匆匆涌向门外，刚跑到桥对面的河岸上，便看见巨大的山洪咆哮着冲进营区。三层楼的宿舍倒了，两层楼的食堂也倒了，一层楼的大礼堂也倒了，随后围墙也倒了……

12月的雨打在我们脸上、身上、心上和骨头里，我感到了从未有过的寒冷和害怕。即使周围都是战友，我却感觉自己像走失在荒无人烟的野外，然后掉进了不露痕迹的冰窟窿里。

人群中有了压抑的哭声，又被不知道什么人的训斥声给止住了。

不知过了多久，才有老兵提醒两个连长查一查人。

“一连到齐！”

“二连到齐！”

营部的文书突然一屁股坐在地上号啕大哭起来。

“营长不在！”

“营长呢？”

“营长……看到下雨了，便跟我说……说他上阵地看看。”文书已然泣不成声，“他说万一泥水从……排气孔里灌进去……这阵地、这导弹就废啦！”

“这阵地本来就是要报废了嘛！这导弹……营长啊！”哭声炸开，似乎要与这不合时宜的雷雨决一死战一般。

“营长……”

“营长……”

“营长啊！”

……

第二天，冬至。天晴。

我们在泥石流过后的山坡上找到了营长的尸体。他弓着腰，像一个锅盖盖住了从灌木丛里伸出来的半截水泥管子——事实上，那是我们这个营值守了27年的已经宣布了报废的导弹阵地的一个排气孔。它的口径是28公分，营长那个被我们炊事班的饭菜还有逐梦镇的狗肉滋养得微微发福的肚子刚好把它捂得严丝合缝，没有一滴水一块泥一片树叶灌进阵地，却从他的嘴、鼻孔、耳朵里灌进他的口腔、食管、肺叶和胃，让他的肚子显得愈发的大了。他的五官皱成难看的一团，双手紧紧抱着排气孔正上方的一棵枞树，两条腿踩在斜坡上用力蹬着，看上去像一尊泥俑。在这尊泥俑的腿部，是一条蜷曲的泥狗。狗的两排牙齿，死死地咬着泥俑的裤管，摆出一副决绝的向后拉扯的姿势。它的后腿往后蹭着，尾巴夹在屁股缝里。它表情狰狞，背部佝偻，是我见过的最丑最丑的狗，丑得我都忍不住再看一眼。

我扭过头去，刚好对着冬至清晨的长者毛边的太阳。我抬起头，长久地望着，望着，直到这毛茸茸的阳光刺破了我的泪囊。

中尉关键词

一

中尉冯牧云面临一个选择。

事实上，冯牧云几乎无时无刻不在面临选择。譬如中午和几个战友吃饭的时候，老K让他选择啤的还是白的——啤的胀肚子，白的不胀却伤头；譬如刚进宣传科那会儿，科长老马让他选择搞文化还是搞新闻，而无论是文化、新闻还是教育、理论，都属于宣传工作的范畴，用老干事杨华的话说，都是“被宣传搞”；还譬如三年前的西安，学校文法教研室的韩教授让他选择毕业后的去向——是留校还是下部队，当时的冯牧云踌躇满志血气方刚，在那 “到基层去，到边疆去，到祖国最需要的地方去”的红底黄字条幅下，宣布了他当时崇高伟大的决定：下部队。

冯牧云固执地认为，导致人生悲剧的往往不是没有选择，而是选择太多。就像小时候听过的那个寓言：一头驴子徘徊在两堆一模一样的草垛前，它拿不准该吃哪一垛，最后竟活活饿死了。当然，人比驴聪明，即使骂一个人“蠢得跟驴一样”，那也是兼顾了比喻和夸张的修辞手法。然而，有时候，人也不见得比驴聪明多少，就像中午的饭局，冯牧云选择了自己稍微擅长的啤酒，却被号称“抽水马桶”的刘鼎灌了个“现场直播”，刚倒进胃里在胃酸作用下完成一半消化流程的大盘鸡、水煮鱼、农家小炒肉倾囊而出，好好一顿饭就白吃了。

冯牧云躺在床上，思考着关于选择与人生关联的宏大命题，犹如仰望星空的康德。可惜他能仰望到的，只有房顶那涂抹得不甚均匀的腻子粉和因为潮湿而剥落的墙壁。两者与桌上刺猬一般扎满“精白”烟嘴的烟灰缸、床上的许久不曾洗晒似乎撒点孢子就能长出蘑菇的被子、被燕京啤酒瓶子和来一桶泡面盒子填满的垃圾桶，以及一只搭在桌腿、一只横卧地板的结成硬壳的黑色军袜一起“交相辉映”，产生了后现代艺术一般的效果。

这是单干楼205宿舍。需要申明的是，冯牧云的宿舍其实在203——也就是205的隔壁。此时此刻，203被室友杨华及其从300公里外的H城赶来的家属占领。因为家属公寓楼紧张，在今天和明天的周末两天里，杨华将和他家的属将在这里开辟战场，进行培养革命接班人的“战争”。

“战争”已经打响。深沉粗犷的喘气，低眉顺眼的呻吟，还有铁架床不堪重负发出咯吱咯吱的挣扎，这些声音顺着铝合金窗台，爬过203的宿舍，富有节奏地冲击着未婚青年冯牧云的耳朵，扎扎实实地妨碍了他关于人生宏大命题的思考。

伴着这阵节奏，仰望天花板的冯牧云顺理成章地想起了舒展。想起她湿漉漉的大眼睛，想起她性感红润的嘴唇，想起她白皙的脖子和深邃的乳沟……冯牧云面红耳赤心潮澎湃，胸腔如同一罐晃了半天才揭开盖子的碳酸饮料，咕嘟咕嘟往外冒着泡泡。他想给千里之外的舒展打个电话，告诉她：他想她。

冯牧云打开手机，闭着眼睛就拨出了舒展的手机号。毫无悬念地，里面只有一个没有温度的女声：对不起，您拨打的用户已关机。

隔壁的声音戛然而止，冯牧云也从亢奋和迷离中清醒过来。他从临时寄居的宿舍中走出来，穿过梧桐、水泥和路边丛杂野草构筑的长长的林荫道，走进灰墙斑驳如同癞痢的办公楼，一头扎进四楼北面那间没有窗户的办公室，把自己埋在由盖着厚玻璃的老式办公桌、方正17吋球面显示器、惠普喷墨打印机、破损的蓝色文件盒、白色的废稿纸堆、灰色的德利订书机、黑色的笔筒和赭石色的大号紫砂杯构成的办公环境中。

二

即使是在周末的晚上，办公楼的灯火依旧辉煌。年轻未婚的参谋干事助理员们总是有写不完的材料，这些东西或印成红头下发营连，或通过军网上报更高机关，或作为讲话内容被领导朗读，或因不符合上级意图而被画上大红叉叉。在碎纸机配发部队之前，往往一到保密检查，成摞的材料就被塞进麻袋，由年轻的参谋干事们抬进荒郊野岭、犄角旮旯付之一炬毁尸灭迹。碎纸机配发之后，报废的、过期的、待修改的材料通通变成细碎的纸屑，与吃过的泡面、抽过的烟头、用过的厕纸一同装入垃圾车。

刚到机关的时候，冯牧云将第一个布置给他的材料反复推敲、斟酌润色，直到自认为天衣无缝才呈送到科长老马面前。他屏住呼吸，心却在剧烈颤抖，他期待科长的脸上洋溢出灿烂的笑容，他甚至设想过老马看过他材料之后的反应——满怀激动放下材料，紧紧握住冯牧云的手，高呼“神来之笔，神来之笔啊”！这个时候冯牧云得谦虚一下：惭愧惭愧，全靠科长栽培……

但是最终，科长的反应跟他的设想大相径庭。满满八页的材料他只看到第二页就笑了，不过笑容不像冯牧云想象中的热烈。老马问了两个问题，第一个是：你写的？得到冯牧云肯定的答案之后，他紧接着问了第二个：这也叫材料？

根据冯牧云自以为深厚的语文功底判断，这应该算是反问句式。正当冯牧云思考这句反问句的内涵时，老马已经把他那篇呕心沥血的锦绣文章送进了碎纸机。眼看着那几页A4纸义无反顾地奔向铁嘴钢牙的机器，顷刻间化为齑粉，冯牧云想喊却没喊出来。

老马说，一篇好的材料永远离不开“三”——全文一共三部分，三部分里面各三大点，三大点里面各三小点，这是规律，也是真理。

跟随老马，耳濡目染，冯牧云连说话都习惯了讲三点。譬如跟家里打电话的时候张嘴便是：妈，向您汇报我在这里的三点情况，一是身体健康状态好，二是工作进步成效好，三是生活规律氛围好。然后轮到让老爸接电话，冯牧云又提了三点要求：一要少喝酒多吃饭，二要少打牌多出汗，三要少操心多扯淡。几句话听得老两口一愣一愣的，还以为儿子师从郭德纲，干起了说学逗唱的行当。老马还说，写材料的最高境界是：把材料写得像女人的裙子一样，短要短得让人浮想联翩，长要长得能盖住最关键的地方。冯牧云一开始把材料写得如秋裤一般臃肿，里面尽是废话空话套话；在老马的严肃批评下，冯牧云矫枉过正，能省则省，往往大小标题拟完就没几个字了，把材料写得比超短裙还短。

冯牧云画虎不成反类犬，老马一边痛骂其朽木不可雕，一边呕心沥血改起了他的材料。改到最后，冯牧云的一篇讲话稿，就剩“同志们”和一个冒号属于原创了。

冯牧云感到委屈、迷惘、惭愧和无可奈何。他想起了高中时代发表的第一篇小说，想起他在军校担任校报编辑的身份，想起他那大学时代亲自创建的砺剑诗社，甚至想起他至今仍以“御风牧云”之名在军网发表的那些跟帖无数的锦绣文章，以及那些网名“老兵”“中士”“天行者”……的粉丝们的留言跟帖。但这些都说明不了什么，毕竟，材料是检验真理的唯一标准。“海阔凭鱼跃，天高任鸟飞”的锦绣格言适合放在转业干部或者退伍军人的离别筵席上，如果可以，冯牧云还是愿意待在这600亩的营盘里，享受被圈养的生活。既然如此，军网上再多的拥趸也无意义，冯牧云必须要潜心学会排比、对偶、押韵和引用，必须要努力分清“龙头”“关键”“基本”“重心”的区别，必须要灵活运用“牵引”“推进”“培育”“夯实”等动词。

老马安排他写的那篇关于大力发展先进军事文化的材料已经完成了初稿，冯牧云不知道老马将怎样宣判。事实上，经过三个月的努力，冯牧云的材料被老马的碎纸机吃掉的几率越来越低、通过率越来越高了。冯牧云打开电脑桌面，将稿子反复校对一遍，改动了第三个一级标题中的最后一个词，使之念起来与前面的更加押韵。随后，又将一句自认为十分精彩的带着思辨意味的话删掉。尽管删的时候有些心疼，但冯牧云还是删得义无反顾。室友杨华说：思想就像内裤，你得有，但不能逢人证明你有。这话不管算不算原创，还是让冯牧云佩服得五体投地。

完成格式调整，按下保存键，点击文档右上角的红色叉叉。冯牧云关闭电脑，打开手机再次拨打了舒展的电话。仍然没通。

三

跟舒展的上一个电话还是在“五一”之前。两个人为了“五一”期间去谁那里谈崩了。舒展让他去西安看自己，理由是将近三年了，从前年到现在，两个“五一”、两个“十一”和一个春节都是舒展过来看他。她只身一人，背着冯牧云最喜欢的樊记腊汁肉夹馍、黄桂柿子饼等小吃从西安到长沙，从长沙到H城，再从H城到冯牧云的部队驻地T县，一路辗转，数次倒车，等见到冯牧云时，假期已经过去一小半，肉夹馍都快要给捂馊了。路途辛苦不说，还要盼着冯牧云不用被摊派值班执勤啥的。今年元旦，舒展千里迢迢从西安赶来，不巧遇上冯牧云的连队担负作战值班，按照规定所有官兵必须全员在位，用时任连长彭刚的话说，拉屎都必须扛着背包。眼看着舒展一个人拎着大包小包到了门口，冯牧云半点办法没有，只好拜托老K把人接进来并在临时家属来队楼找了个房间安顿好。整整三天，除开上厕所，冯牧云没有离开连部值班室半步，也没见过舒展一眼，遑论去那个条件不怎么样的家属临时来队楼里与她好好温存一番。三天后，舒展载着满腔幽怨挂着一脸泪痕走了。走时一向温婉的舒展撂下一句狠话，今生今世再也不来这鸟不生蛋的地方了。

冯牧云万分愧疚却万般无奈，军人以服从命令为天职，作为一个大学毕业两年的年轻干部，“革命事业”和儿女私情孰轻孰重他还是分得很清。正因为分得清，冯牧云元旦过完就上调宣传科，成为政治部最年轻的干事。也正因为是最年轻的干事，今年“五一”他又理所当然地走不开。连部值班室换成了政治部值班室，冯牧云依旧是三天没离开过机关大楼。

在那之后，舒展失去了最后的耐性，变得决绝起来。她关掉手机，屏蔽所有冯牧云能联系上她的途径，即使上QQ，也是隐身状态——尽管每次登陆，冯牧云的那只小企鹅都能蹦出成百上千字的感情真挚、言辞恳切的留言。其实冯牧云也知道，他们之间的问题并不在于“五一”去谁那里，就像美国打伊拉克并非因为大规模杀伤性武器。他和舒展的问题根本在于舒展在西安，而冯牧云在湖南。这个问题一直存在，近来却愈发凸显。认识舒展三年，他从朝气蓬勃、誓要横刀立马建功疆场的军校学员变成谨小慎微、为了领导一句没头没脑的话都要殚精竭虑的机关干部，她从天真烂漫、热爱淘宝、迷信爱情的女大学生变成穿着12厘米的高跟鞋在格子间里纵横捭阖的职场白领。他变了，她也变了。2008年，学生时代的冯牧云和舒展已经逝去；2009年，甚至昨天的冯牧云和舒展也都渐渐远离人世。存活在这个世界上的，是现在的、当下的、这一秒的冯牧云和舒展。而现在的、当下的、这一秒的冯牧云和舒展，是相隔千里的、职业不同、圈子不同、话题不同、生活不同的两个人，如果没有过去的、业已逝去的冯牧云和舒展作为纽带，恐怕无论如何两个人都不会有交集。即使被强行撮合到一块，舒展首先想到的，恐怕还是向这个看上去体面的青年军官兜售自己代理的人寿保险，而冯牧云看到她的深V领职业套装、12厘米高跟鞋和黑色丝袜，有些更阴暗、更邪恶的念头也未尝可知。

然而，他们毕竟是被过往拴在一起的，过往的人可以逝去，躯体甚至残骸都可以不复存在，但是感情却是一脉相承的，就像知识和阅历一般。冯牧云和舒展都无法否认，他们依然深爱着对方，哪怕舒展很久不曾联系冯牧云。每天晚上睡觉之前，她会短暂地打开手机，默念他给她发的短信和留言；每天早上起床之后，第一件事就是查阅当天H城的天气预报；上班间隙，她会从网上浏览新闻，除了她所热衷的娱乐八卦之外，军事动态也是她所关注的内容——尽管她知道，美国在关岛部署新战机和谢霆锋婚变或陈冠希复出一样，跟他和她没有半毛钱的关系。“陕西姑娘不嫁外”即使不算这十三朝古都的铁律，也同胡辣汤一样沁入西安人的心脾，即使舒展敢冒“三秦”之大不韪远嫁湖南，也架不住母亲对她这个独生女娃的以死相逼。再说了，舒展对那个要穿越大半个中国版图才能抵达的“鸟不生蛋”的地方实在是没什么好印象。

四

冯牧云赌气似的把手机扔在了蓝色文件盒上，随手点开了军网上的一部电影，是美国大片《变形金刚》。因为网速的缘故，好好的一部大片被他看得如同前列腺患者小便一般不甚畅快，里面那些惊心动魄的场景也因为劣质音响和劣质显示器而呈现出让人纠结的效果，倒是里面的一句台词让冯牧云印象深刻，那就是西蒙斯对米凯拉说的那句：

我花了毕生精力去寻找外星人，而你带着个外星人却像遛狗一样。

冯牧云关掉电脑，宣泄一般把自己扔在机关新配发的与他年龄极不相称的豪华黑皮转椅上，然后艰难地伸出两条腿，交叉着摞在办公桌上。

冯牧云感到百无聊赖。

人生原本就挺无聊的，他想，无聊得就像反复拨打一个空号。

冯牧云看了表，起身准备回宿舍。205还有两瓶“雪花”和一包酒鬼花生，他准备用这个来让自己睡个踏实觉。

“叮……”办公桌那台红色的军线电话响了。

坏了！冯牧云暗自叫苦，不是上面来了紧急通知就是主任喝多了需要接驾。冯牧云几乎要为自己没有提前五分钟撤走而扇自己的耳光了，他万般痛苦地接起电话，如同受绑匪要挟的人一般。

“您好！宣传科。”

电话那头传来咯咯的笑声。

“原来是你？！”冯牧云听出了她的声音。

“怎么？不可以哦？”

“怎么会？”冯牧云嘿嘿笑道，“太意外，太惊喜了。”

“查查岗，看看你有没有加班。”

“怎么样？”

“还算勤奋。”电话那头又是咯咯的笑声。

“我好奇的是你怎么知道我的电话。”

“这不是你的电话。”她在电话那头纠正道，“这是五旅宣传科的电话。”

“抱歉，”冯牧云嘀咕道，“貌似我也没告诉你我在宣传科啊？”

“吹拉弹唱，打球照相，迎来送往，带头鼓掌……”最后一个“掌”还没说完，电话那头又咯咯地笑起来。

这笑声顺着白色的电话线，从300公里外的H城爬到五旅政治部宣传科那台贴着“安全保密 慎之又慎”的红色军线电话，再从听筒钻进冯牧云的耳朵，一阵一阵地灌进冯牧云的心里。冯牧云的脑子里，开始呈现出这个姑娘那带着点点婴儿肥的笑脸……

大约10天前，冯牧云奉命去位于H城的军部机关送一份文件。军部坐落在H城东面的一个徐缓的山坡之上，花岗岩材质的大门巍峨高耸，门顶的“八一”五角星熠熠生辉，比起旅部那红砖水泥垒制的长了青苔的大门不知要气派多少，甚至连门口的岗哨都比旅里的衣冠整洁、显得精干。冯牧云揣着文件，兴奋而惶恐地越过门禁，走过玉兰盛开的宽阔如同机场跑道的主路，穿过种植名贵树种、盛开五色花朵的小花园，来到那撑着12根巨大罗马柱，装着三部观光电梯的办公楼前。冯牧云感到了自己的渺小、卑微。他终于明白，为什么旅里那些年轻有为的军官们焚膏继晷地写材料，他们心心念念要去的，竟然是这么一个地方。

青年中尉冯牧云静静地站在军部办公楼前，仰望着楼顶硕大的红色发光字“听党指挥　服务人民　英勇善战”发呆，直到双目肿胀、脖子发酸才想起他来这里的使命。他仓皇地穿过办公楼的玻璃感应自动门，再一次毕恭毕敬接受了列兵门卫的盘查，然后爬着楼梯抵达了位于八楼的政治部宣传处办公室，完成了文件交接工作。

由于宣传处那帮高调的干事们拉着他干了点诸如清理资料之类的杂活，冯牧云出门时已经到了下午五点半，而最后一趟从H城汽车南站发往驻地的班车开车时间为六点。军部大门停了一辆黑的（士），司机大约看出他火急火燎，张嘴就要四十元。

“四十？”冯牧云瞪着眼，“不都三十的么？”

“那是早点的时候，现在这时候送你过去，我回来得跑空车，油钱都不够呢！”黑的司机瞟了一眼冯牧云夏常服左前胸的鼓鼓囊囊的衣兜，一副吃定了他的得意神色，“低于四十不去，你自己看吧。”

“坐地起价啊！”冯牧云一声长叹，望了望距离军部大门500米远的H城主干道，又抬手看了看表：五点三十五了。即使现在出发，不堵车到南站也得20分钟。真是只有伸头被人宰的份啊！

“师傅，去宏宇酒店！”冯牧云犹豫彷徨纠结的空当，一个姑娘已经坐上了副驾，“快点，我赶时间！”

“哎！是我先叫的车！”冯牧云的表现并不大度，“能不能有个先来后到！”

“可是你没走啊！”女孩的脸上有些小小的无辜。

“我……”这下轮到冯牧云支支吾吾了。他怎么解释？他说他在和的哥进行艰难的价格谈判？

“你去哪儿？”

“汽车南站。”

“顺路，上车吧。”女孩倒是干脆利落。

冯牧云顾不得那么多了。

“说好了，40。”司机发车之前强调道。冯牧云从后视镜里干瞪了司机一眼，以泄心头愤懑。如果不赶上最后一班车，今晚就要留宿H城了。

“不好意思啊！”女孩转过头，掏出纸巾擦擦汗，“赶一个朋友的婚礼，已经开始了。”

“没关系，”冯牧云似乎到此刻才想起对方是个女孩子，他的脸如同放在铁板上煎过一般迅速变红，“我刚才态度不好，主要是因为要赶六点的车。”

“去哪儿？”

“T县。”

“哦，”女孩笑道，“你是五旅的？”

冯牧云点点头。保密守则第二条：不该说的秘密不说。番号也算是秘密，他不能说“是”或者“不是”。但点头不算说话，保密守则并没有规定不该点头的不点。

女孩咯咯地笑了起来。她的笑声像四月间怒放在H城的桃花，鲜艳、热烈，不矫揉，不伪饰。她扭过头来，认真地在他胸口看了看。冯牧云知道，吸引她的并不是他的健壮胸肌，而是他胸前的姓名牌。

“冯牧云？”

冯牧云点点头算是认同。

“军网上那个御风牧云不会就是你吧？”

“啊？是啊！”冯牧云张着嘴有些诧异地看着她，下意识地点点头，“你也上军网？”

“嗯哪！我是你的忠实粉丝！”女孩脸上布满了傻傻的纯真。这么直白的夸赞让冯牧云有些脸红，他想争取一些主动，便问道：“怎么称呼你？”

但女孩没有回答他的话，她的视线由右胸转到左胸，冯牧云想男女真是有别，要是他这样盯着她看的话，会不会被她抽两个耳刮子，然后大骂一声“臭流氓”。“你是零四年毕业的？”她从他资历章上可怜的几道杠推测出他的工作时间。

“嗯，你呢？”

“我也是！”女孩似乎特别爱笑，咯咯笑道，“我是西安通院毕业的。”

“这么巧，我也是从西安毕业的。”冯牧云稍稍兴奋起来，如果西安算第二故乡的话，这也算是“他乡遇故知”了。

“你哪个学校的？”

“我——P大的。”

“呀呀呀！你P大的？我去P大玩过！”女孩一脸的兴奋，干脆转过身来，一半身子趴在副驾上跟冯牧云聊起来。

“对了，你在五旅机关吧？哪个科？干啥的？”

冯牧云惮于在外，没有直接回答，而是插科打诨道：“我们那——吹拉弹唱，打球照相，迎来送往，带头鼓掌……”最后一个“掌”还没说完，女孩就“扑哧”一声笑了出来。

“宏宇酒店到了。”司机提醒道。

“哦，”女孩扭过头去，似乎此刻才记起她是要去赶婚礼的，“先走了，有空再聊。”女孩扔下40元钱车钱就走了。冯牧云回过神来，想起那句“有空再聊”的客套话，心中隐隐泛起一阵怅然若失的感觉。

五

其实对宣传干事“吹拉弹唱”的总结，并非冯牧云的原创，原创是谁就不知道了，冯牧云是从科长老马嘴里学来的。老马身材五短，一到发衣服的时候就为领不到“165/100”码而怒斥后勤部门。此人上肢尤其粗短精悍，大冬天的机关干部们集合都把手插在裤兜里，唯独老马规规矩矩双手中指紧贴裤缝线，为此得到了卢参谋长的多次点名表扬和口头嘉奖。后来大家才知道，不是老马不想插兜，是他的手根本够不着裤兜，即使费点劲儿，也只能使五个指头的前两个关节藏在兜里，大部分的手背还得裸露在瑟瑟寒风中，如此想来，还不如索性不插，落个好名声。

除了上肢粗短，老马的体貌还有两大特点，一是眼睛特别大，二是嘴唇特别薄。前者是老马曾患过甲状腺机能亢进的缘故，后者奠定了他身为宣传科长的形象基础。都说嘴唇薄的人能说会道，老马是这句话的最好例证。除了对宣传干部职责的精辟总结之外，老马还对政治部各业务口的形象进行了生动归纳：组织工作忙忙碌碌、干部工作神神秘秘、宣传工作咋咋呼呼、保卫工作鬼鬼祟祟。前三个好歹都是中性词，科长干事们听听笑笑也就罢了，唯有这个“鬼鬼祟祟”说得保卫科的很是窝火。本来当前隐蔽战线斗争尖锐复杂，保卫部门藏着一些不为人知的秘密也算正常，这被老马一挤兑，好好的革命事业似乎成了见不得人的勾当。据说保卫科长听了袖子一撸，操起保卫科独有的电警棍就要找老马单挑，还好被K干事一把扯住了。

“你们那老马……嘴太损，”保卫科K干事——也就是冯牧云的同学加战友老K摇着头一脸愤懑，“小心他以后生小孩没屁眼。”

刚接完“咯咯女孩”的电话，老K就推门过来了，手里还捏着两支雀巢特浓咖啡。

“哟，难得你K干事忍痛放血啊！”冯牧云接过咖啡，笑道，“有事？”

老K睨冯牧云一眼，露出五分之四的眼白，他从冯牧云手里一把夺过咖啡，愤愤道：“娃是个好娃，就是让老马给带坏了。当心你以后生小孩也……”

“打住！”冯牧云笑着叫停，“别这么毒好不好？”

“真是的！”老K继续白了冯牧云一眼。把夺到手的速溶咖啡又扔在冯牧云的办公桌上，他又问道：“怎么样？还有戏吗？”

冯牧云知道他问的是舒展。上大学的时候，他们就认识，甚至是他先于冯牧云认识的舒展。

“没戏。”冯牧云下意识说出这两个字的时候，他的心中感到一阵悲凉，也隐约感到一丝解脱。异地恋，别说对舒展，就是对冯牧云自已也是一番考验。每当下班的时候，看着那些风华正茂的军嫂们挽着老公的手徜徉在五旅并不气派的小花园；看着年轻的小夫妻在静谧的小树林里卿卿我我；看着他们勾肩搭背走进小小的公寓，给人留下无尽遐想的背影，冯牧云也会羡慕和伤感。早在舒展还愿意接他电话的时候，中尉冯牧云会将喷薄的思念化作比诗歌还要优美的甜言蜜语，哄得舒展晕头转向。而当他们挂了电话，两人才幡然醒悟，那些傻傻的情话不过是两人为对方画好的饼，而其实他们早已饥肠辘辘。

“没戏拉倒！”老K显得干脆利落，“在这边找个条件好的，对你事业有帮助的才是王道。”

冯牧云顿了顿，认真看了看老K一眼：“你自己有什么想法？”

“嘿嘿，都说你智商有130以上，看来也不算吹牛逼。”老K扭了扭腰，将五分之四个屁股挪到了冯牧云的办公桌上，他掏出个纸条子，“这是我的QQ号，这是密码。”

“干啥？临终遗言？”

“去你大爷的。”老K捶了冯牧云的肩膀一下，正色道，“里面就加了一个好友，你帮我跟她联络。”

“谁？”

老K不说话，笑着从兜里掏出一根“蓝芙”，递到冯牧云嘴边。

“别装了，你知道我不抽烟的。”冯牧云义正词严地拒绝了他，“告诉我是谁，不然就别想让我帮忙。”

“说了你也不知道！”老K得意扬扬地瞟了冯牧云一眼，将那根象征性递给冯牧云的烟收回来插在自己嘴上，然后掏出火机，点上火，“我加了她，但不怎么会跟她聊天……所以……嘿嘿……”

“你不会聊天？”冯牧云笑道，“你说你不会聊天，还不如说财务科长不会做账。”

“一般女孩好搞定，关键是这妞有点文艺范儿，我吃不定，所以想拜托你……”

“你让我帮你……”冯牧云想了半天才接上下文，“泡她？”

“正解！”

“这也可以？”冯牧云错愕了。

“有什么不可以？”老K反问道。

“不是……她跟你谈恋爱，却跟我聊天？”

“不是还没谈嘛，你先帮我巩固政权再说。”老K继续拍了拍冯牧云的肩膀，“在学校的时候你不是老喜欢写那些可以腌萝卜的小酸诗吗？这妞也是，刚好对你胃口。”

“那以后怎么办？”

“先钓到再说！”老K挽起袖子，“听说很多人已经开始下手了。咱现在要抢滩登陆，至于登陆之后怎么打，就是我的战法了。”

“你见过她？”

老K摇摇头。

冯牧云笑道：“万一她长得像芙蓉姐姐呢？”

老K咽了咽口水，像为了进一步坚定抢滩登陆的决心一般：“她就是长得像如花，咱也要攻下！”

“那……徐丽呢？”

“早散了，”老K扬起洒脱的头，“他爹都双规了个毬。”

六

老K是当兵两年考的军校，算起来其实只大冯牧云一岁。不过他却比冯牧云老成多了，他在机关各科、基层各营纵横捭阖、左右逢源，无论是兵员调动，还是考学入党，他谈笑之间都能搞定。只要保卫科长老舒一走，那位置就铁板钉钉是他的了。可他压根就看不上保卫科长的位置，每每醉酒念叨最多的一句便是“燕雀安知鸿鹄之志哉”，他告诉冯牧云，他的目标是28岁之前进军部机关，35岁之前调正团当处长。

“哥们，五旅的池子太小了。”老K拍拍冯牧云的肩膀意味深长地说。

冯牧云不住地点头，模样十分虔诚。自上次去军部送文件回来以后，冯牧云的心底掀起了波澜。他似乎看到了自己挣扎奋斗的意义所在。尽管现在他连在旅机关的脚跟都还没站稳，但这并不妨碍他从心里得陇望蜀。就像老K说的一样：有了野心才会有动力。

“开始吧？”

“啥？”

“联系她啊！”

冯牧云恍然大悟。

冯牧云一边接过老K的装了无线网卡的笔记本电脑，一边义正词严地批评他：“身为保卫干部，到处查基层违规连接互联网，自己却在办公室明目张胆地上网，太过分了。”

老K笑着自嘲道：“就像纪检干部贪污受贿，跟徐……徐丽她老子一个样。”

冯牧云愤愤道：“你跟徐丽分开才多久，就连人家名字都忘了，你这个薄情寡义的小人！”

“哎呀，别磨叽了，登上去了。”老K喊着把冯牧云拉过来，“你看着，我先跟她接上头。”

果然这个取名壮志凌云的Q号里只有一个好友：蓝草莓。头像是亮着的。

壮志凌云：好久不见。

那边没动静，大概过了两分钟，才回复了一个微笑的表情。

老K毫不气馁，问道：这么晚还不睡？

蓝草莓：你也是啊。

壮志凌云：加班呢！工作太忙！

蓝草莓：哦。

又没下文了。

壮志凌云：你呢？在忙什么？

蓝草莓：看书。

老K扭头，向冯牧云投来求救的目光。

冯牧云笑了笑：“问她看什么书。”

壮志凌云：好雅兴，看的是什么书啊？

蓝草莓：死不是生的对等，而是潜伏在生之中。

老K不解地盯着冯牧云，满脸愦懑地问道：“有这么长书名的书么？”

冯牧云笑了起来。

“起开。”冯牧云命令道。

老K让开了。冯牧云变成了壮志凌云。

壮志凌云：没人乐意孤独，只是不愿失望。

蓝草莓发来一个热切的笑脸：你也喜欢《挪威的森林》？

壮志凌云：还行吧。

蓝草莓：还行吧？

壮志凌云：他的书——包括《且听风吟》和《海边的卡夫卡》，总体来讲文字都很不错，带着一股子哲学的味道，却又不那么晦涩难懂。

蓝草莓：正解。

蓝草莓：还看过什么书？

壮志凌云：也没什么，比较喜欢米兰·昆德拉的作品。

蓝草莓：一切罪恶在事先已被原谅，一切也就卑鄙地许可了。

壮志凌云：呵呵，《生命中不能承受之轻》。

蓝草莓：老实说，他的东西——着实深奥了一点。

蓝草莓：他的小说，完全可以当做哲学著作来看了。

蓝草莓：喂？

蓝草莓：还在么？

壮志凌云：还在。

替身还在，真正的主演却不在了。不知何时，老K留下两支雀巢速溶咖啡，像魂魄一般飘走了。

蓝草莓：前几次怎么没见你有这些见解？

壮志凌云：太忙了，好几个材料要赶。

蓝草莓：生活不只有材料。

生活不只有材料……冯牧云反复品咂着这句，真是站着说话不腰疼啊！在中尉冯牧云和大多数机关干部眼里，材料不仅仅跟生活有关，还跟生存有关！

说得好！壮志凌云回复道：可我若不写完材料，领导会把我发配到宣传科。

蓝草莓发来一个“大笑”的表情：宣传科有那么差么？

壮志凌云：宣传科很好。

壮志凌云：但只有保卫科的才可以随意进出营区的大门。

蓝草莓又发来一个“大笑”的表情。

七

第二次接到“咯咯”女孩的电话是周一的晚上。这一天冯牧云过得战战兢兢。

上午开完碰头会，冯牧云端着那篇材料走进了政治部主任办公室。主任是个显老的团级干部，冗长而辛劳的机关生活让他不到40岁的脸庞长满褶子；两个硕大的、沉着了大量黑色素的眼泡似乎只要拿针一扎便能流出墨汁来；顶上的头发已经“苟延残喘”，呈现出萧条落寞的景致；而香烟熏过的乌唇上，鼻毛丛杂，从鼻孔里桀骜不驯地生长出来。冯牧云每次看到他，都有一种看到自己未来的悲凉之感。

“你写的？”主任摘下眼镜，用被香烟熏成腊肉色的食指和中指敲了敲那个文件夹。

冯牧云的心拔凉拔凉的，他的经验告诉他，接下来一句便是“这也叫材料”了。

“是。”冯牧云收拾起伤心失落的情绪，小心翼翼地回道，生怕牵连老马，“科长手头几个事比较忙，所以没仔细把关。”

“你的意思是——独立完成的？”主任用怀疑的眼神从上到下打量了一遍冯牧云。

“是。”这一次，冯牧云的头已经像太阳落山后的向日葵一般低下去了。这篇稿子老马确实没看。他因为临时被安排去兄弟单位授课，来不及细看稿子，只粗略瞄了一遍便签了自己的名字。

“好小子，进步很大啊！”冯牧云再抬起头时，主任的脸上已经洋溢出窗外五月灿烂阳光一般的笑容。

“你看这三点，逻辑清晰，层次分明，有理有据；还有，倡导大文化的观点也很有深度，文化嘛！哪是什么吹个喇叭、敲个腰鼓、打个篮球所能涵盖的，文化是一切物质之外的总和，对吧？”主任从烟盒里抽出一根烟，冯牧云一看，三步并作两步跑上去点火。主任赞叹道：“我就说你很有灵气嘛！一点就通！是个干政工的料。”

“谢谢首长栽培。”冯牧云毕恭毕敬，装得跟孙子似的，其实已经乐得肝都打颤了。这是他第一次独立完成一个材料并获得主任表扬，这心情丝毫不亚于第一次发表豆腐块并拿到几十块钱稿费。

“把门关上。”主任收起笑容，向门口努努嘴，小声而严肃地说，“跟你说点正事。”

冯牧云点点头，走到门口，微笑着带上门，把前来签文件的干部科长、组织干事等一干人全部挡在外面。

“有这么一个事你考虑一下，”主任顿了顿，将他那抽了一半的烟头摁进烟灰缸，“集团军政治部首长的秘书下一步将去军区任职，他们想现在找个接班的带一带。人家提了要求，一是80后，二是未婚。我考虑一番，觉得你比较合适……”

冯牧云听见自己的心脏像榔头一样敲打着肋骨。“咣当——咣当——咣当——”去军部，当秘书，冯牧云听起来怎么都像老K跟他开的一个玩笑。但事实上，坐在他跟前跟他谈这个的，是一张桃木雕出来的门神般严肃的脸。

“嗯？”主任的这个语气助词从他丛生的鼻毛中呼啸而出，夹杂着肺里郁积的尼古丁。

“谢谢首长栽培！”

“先别急着说过年的话。”主任摆摆手，“我们只有推荐权，决定权还在军部。集团军一共10个旅团呢，怎么着得有10来个候选人，轮不轮得到你，就看你祖坟上有没有冒烟喽。”

主任说完，就把他自己扔在了那黑色豪华皮转椅上，摊开一张《解放军报》，只让自己已然“沙漠化”的头顶露出来。

冯牧云敬了个礼逃出办公室。

整个下午，冯牧云都处在极度的亢奋与忐忑之中。他感觉像上了一辆车，司机突然大脚轰了一把油门，又猛踩了一下刹车。去军部当秘书，这是一个多大的诱惑！而十几个人争一个岗位，想起来又是多么不靠谱！而且，像他这般背景清汤寡水的，又怎能比得上那些关系网比导弹电路图还密集的竞争者。冯牧云在心里骂了一声。他自己也不知道该骂谁。或许是骂自己投错了胎，生长在农民家庭；或许是骂社会，怎么那么多歪风邪气；或许是骂主任，为什么要告诉他这么大一个诱惑，吊足了他的胃口却让他几乎看不到希望。

无论如何，这事还得感谢主任。人家好心好意将你推荐上去，你多少得懂点事儿。冯牧云开始谋划给主任送点啥。酒？他好像不怎么爱喝酒。烟？他抽的都是“软芙”，两条太少，四条的话大半个月工资就没了。或者茶叶？给他整点君山银针？那是多少钱一斤来着……

冯牧云开始幻想着自己拎着那些可怜的小礼品敲响主任宿舍的门，“咚咚……咚咚……”就像用自己的心脏在敲门，进了门，遇上了别人怎么办？尴尬不尴尬？没遇上别人，他该怎么开口？人家会不会觉得他心术不正……

冯牧云沉浸在自己可怜巴巴的幻想之中。“叮……”一阵电话铃声响起，几乎把他吓得从凳子上摔下来。

电话响了三下，冯牧云惊魂稍定。“你好，宣传科！”话是客套话，但语气不大友好。

电话那头先是一阵标志性的咯咯笑声，然后问道：“怎么？心情不好？”

“承你吉言了。”冯牧云没好气地回答。

“呵呵，说说，我可是学过心理咨询的。”

冯牧云犹豫一番，他实在是太需要倾诉了，他感到这些东西堵得他的肺都快要炸掉，他需要宣泄他的情绪。但是显然，周围没有可以倾诉的对象，即使是老K，也不能成为完全信赖的人。

“嗯……我跟你说个事，你能答应我保密么？”

“没问题，你让我背保密守则都可以。”电话那头又是一阵咯咯的笑声。

冯牧云婆婆妈妈唠唠叨叨地将他的遭遇讲完，然后白痴地问了一句：“你说我该怎么办？”

他以为他会收获同情，或者至少，“咯咯”女孩应当安慰他几句。

“我认为你应当把它忘掉——以最快的速度。”

“唔？”

“你何必为了一个尚无定论的东西把自己弄得不胜其烦。在你们领导跟你说这事之前，你不是一切都挺好么？”

尽管女孩看不到，冯牧云还是点点头。

“忘掉它。属于你的一定会来，不属于你的也没必要强求。”

“大师啊！”冯牧云心悦诚服。

女孩又一次咯咯笑了起来。她说道：“工作之余，你应该多花点心思写东西，我看你的帖子好久都没更新了。”女孩顿了顿，接着说，“我喜欢你在文字里的那种感觉，飘逸、豁达、天马行空。”

冯牧云的脸渐渐感觉到发烫，听女孩这么一说，他感觉自己是那么庸俗，俗得像麻将桌上的皱巴巴的人民币。他岔开话题：“对了，我还不知道你的名字呢。”

电话那头，她咯咯笑道：“叫我美女吧。”

等冯牧云回过神来，电话已经挂了。冯牧云听着那一阵一阵的忙音，心中一片茫然。

“哥们，快！”老K一头扎进冯牧云的办公室，“那蓝草莓主动发信息了。”

“真的？”冯牧云窜向电脑，貌似比老K还激动。

蓝草莓：《挪威的森林》里面的女生角色你喜欢哪个？直子，还是绿子？

冯牧云回复道：村上春树作品里的人物大多是病态的，自闭、自恋、自负、自卑……总之他笔下的角色强调自我。如果真要在里面的角色挑一个的话，我会选择初美。

蓝草莓：因为她……优雅？

壮志凌云：这算是原因之一吧——绿子那样的，过于奔放了一点；直子这样的呢，又过于沉重，就像——就像一笔很重的铅灰色；而初美吧，的确，我是喜欢她的优雅，还有善良，而她对爱情的执着也是难能可贵的品质。

蓝草莓：你貌似在感情上受过伤——或者，正在遭受某种情感的煎熬？

冯牧云愣住了。他感觉到这个女孩的细腻和智慧。

舒展依旧没有电话和短信，冯牧云那颗炙热的心也在一天一天地冷却。可是毕竟冯牧云没有放弃，他仍然保持着每天发送一条短信。他想，即使分手，也要等舒展来宣判。他不能，也不愿说出那句“我们分手吧，祝你幸福”的话。这其实并不意味着冯牧云有多么高尚，相反，他之所以这样，不过是出于自私的考虑，他不愿背负那么沉重的道德包袱。

蓝草莓：抱歉！

壮志凌云：你想多了。

八

进入六月，日子一天比一天漫长。部队已经换上了短袖夏常服，走在路上的每一个官兵，都显得利索整洁，而林荫道上的香樟也愈发枝繁叶茂郁郁葱葱。上次通话之后，“咯咯”女孩就像符咒一般消失了。冯牧云既不知道她的名字，也不知道她的电话，甚至不知道她在哪个部门上班。冯牧云对她的印象渐渐模糊，而对未曾谋面的蓝草莓却渐渐熟络起来。每天晚上10点半，无论多忙，冯牧云会偷偷拿出老K的电脑，跟她聊上一会儿。他们几乎交换了一切可以交换的话题。可每次小企鹅跳起，对话框弹出，新的话题又在跳跃的键盘上诞生。他们之间几乎无话不谈，语言变成字符，像鼓着泡泡的清泉不断从泉眼中涌出，滋润了冯牧云被抛弃、被忘却的情感，灌溉了他干涸已久渴望爱情和友谊的心田。冯牧云像一株正在抽穗的禾苗，他需要蓝草莓的滋养——每天。

如果不是老K的定期视察，冯牧云甚至几乎要忘记了他不过是个替身，他所做的不过是替别人“抢滩登陆”，帮助他追到这个或许漂亮但一定有气质的“文艺女青年”。

壮志凌云：坏了，我可能喜欢上了这个女孩。

冯牧云：怎么可能？你是在帮自己的兄弟追她。这是你的使命。

壮志凌云：可是我确实喜欢她。

冯牧云：绝对不行！老K把你当兄弟才让你这样帮他的。你这样太不道德了。

壮志凌云：可是，这样欺骗蓝草莓就道德了吗？

冯牧云无言。

壮志凌云：你说她知道这一切该有多伤心？

冯牧云无言。

壮志凌云：再说，即使你搞定这一切——让她爱上网上的“壮志凌云”，然后你把QQ交给老K，你就能保证他能经营下去吗？他不过是个钻营的家伙，他不会跟她讲述萨特，不会跟她探讨中国哲学简史，不会告诉她巴洛克和洛可可的区别……总之他会露馅，你也吃不了兜着走。

冯牧云：不行，即使这样我也不可以。我还有舒展……

壮志凌云：舒展多久没跟你联系了？

冯牧云忽然想起，舒展已经一个多月没有回应了。冯牧云依旧每天给她发信息。最开始是冗长的忏悔和浪漫的回忆，然后是沮丧心情的表达和难以克制的抱怨，再后来是通牒、威胁、恐吓、哀求……时至今日，冯牧云会发上一条“今天天气不错”或者“怀念老孙家的羊肉泡馍”，甚至忙起来只有“晚安”。冯牧云记得，以前即使吵架或者赌气，短信最后总会有“我爱你”三个字作为结束语，不知什么时候，冯牧云把这光荣传统给丢了。

他把这传统给丢了。

T县的六月其实还算凉快，但下午两点半左右的时间还是让人感到溽热难耐。一来上班，老马便把冯牧云叫到办公室，神色像憨豆先生一般充满喜感。

“科长有什么指示？”

“哎呀呀，不敢不敢！往后你就是领导了！”科长笑容可掬地亲自给他倒了一杯冰水，这让冯牧云诚惶诚恐。来这三个月，每天都是冯牧云提前10分钟来他办公室打扫卫生、清理烟灰缸、打开计算机，最后用电水壶烧开一壶水，给他的紫砂杯里泡上一杯铁观音。

冯牧云记得刚来宣传科的时候，他遵照指示给科长泡了一杯铁观音，老马只喝了一口便将茶啐在了地上。“铁观音要沸水，也就是烧开的水知道不知道？饮水机的水，撑死也就是85度，怎么能泡茶呢？你这个小同志！”

“科长！您这让我情何以堪啊！”冯牧云弯腰双手接过老马递过来的凉沁沁的水，“小冯有什么做错的地方请您指正啊！”

“不错不错！我就说我眼光不会错。你看你，你看你，现在进步多大！”

冯牧云更是丈二和尚摸不着头脑了。

“要是去了军部，可别忘了你老哥啊！”

“军部？”

“你小子，虽说机关工作要韬光养晦，但对老哥我还是要坦诚相待的！”老马走过来，双手从侧面箍住冯牧云的双肩，“毕竟，我现在还是你的直接领导嘛！”

“您永远是我的领导！”冯牧云起身，不显山不露水地鞠了一躬，说道，“可是我确实没听明白您的指示。”

“你小子，”老马夸张地伸出食指，点了点冯牧云，“非要我说出来是吧？”

“请科长明示！”

“上头政治部首长要调你去当秘书，你没得到信儿？”

“啊？”

旅里任何一件事，只要老马知道了，就等于开了新闻发布会。到了晚上吃饭的时候，机关食堂便尽是道贺之声。

“老弟，明天中午有空没有？咱哥儿几个喝几杯！”是政治部副主任何林。他女儿都上高中了，他还在副团的位置苟延残喘，今年如调不了正团就得脱下这身制服了。

“冯干事啊！到了军部可别忘了关心这帮难兄难弟啊！”司令

部军务参谋王星，最大的爱好是下连队收战士的手机，然后让他们用烟赎。

“哎呀，哥，你这夏常服型号有点大啊！赶明儿给你拿套新的！”后勤的军需助理杜铁门跑过来，顺手还给他打了一碗海带汤。这孙子，平日里蔫不拉几，一到发衣服便像打了氢气一般，除开旅常委首长的衣服按型号发放，其他的都是不看型号随手往你手头一扔，想换你自己找人换去！

冯牧云满脸星光灿烂，笑得下巴都脱臼了，饭没吃完便借口接电话，逃出了食堂。

冯牧云跑回办公室，惊魂未定。到目前为止，他尚未收到关于他调动的官方通知，但到处都在传这个事儿。如果这事属实——苍天，他要去军部了！他想起那高耸的12根罗马柱，想起那铺着红地毯的走廊和电梯，想起他即将在那幢雄伟的建筑里开始他新的生活。而且——竟然还是秘书！政治部首长身边的人，将军的随从，人们调侃的“二号首长”！冯牧云想起这些，有一种幸福得即将窒息的感觉。他摆出格斗架势，冲着空气挥舞了几拳——直拳，摆拳，左勾，上勾……

“砰！”门推开了。是老K。

“恭喜啊，冯大秘！”

“别人胡说也就罢了，你也跟着瞎起哄。”冯牧云笑着作势要拍老K肩膀，却被老K避开了。

“嗨，大家都瞎了、聋了，就你，冯大秘心里跟明镜似的。”

冯牧云愣了一下：“老K，你啥意思啊？我怎么听不懂？”

老K冷笑着：“首长的乘龙快婿，先从秘书开始培养，这叫关门弟子吧？”

“啥？！” 冯牧云愣在那里，他的脑子明显内存不够大，一时间没整明白他说的啥。

“你别揣着明白装糊涂，你最擅长的不是扮猪吃老虎么？”老K冷冷地盯着冯牧云，“错了，是明修栈道，暗度陈仓。”

冯牧云听着这话一阵阴一阵阳，坐不住了，神色凝重地问道：“老K，把话说明白。”

“已经很明白了嘛！你和蓝草莓打得火热，把她泡到手了，然后你就当上了驸马爷。这个很完美嘛！”

“你说的蓝草莓，是上头主任的女儿？”

“装，继续装！”老K的眼睛红了，似乎随时准备攻击冯牧云，“你说我也是傻子，让你帮我去泡人家小姑娘，结果……”

“我没有……”冯牧云嗫嚅着，“我真的不知道她是……”

“冯牧云你本科什么专业的啊？我记得是测控工程啊！怎么学起了工兵挖别人墙脚？”

冯牧云再要辩解什么，老K已经双手抱拳转身而去了。

旋即，老K又折回来，取走了他的笔记本电脑——那台和蓝草莓联系的电脑。

冯牧云愣在那里，半天没缓过神来。

九

晚上10点半，这本该是冯牧云与“蓝草莓”对话的时间——不对，是“壮志凌云”与“蓝草莓”对话的时间。可是现在，对话结束了，“壮志凌云”的替身也失去了存在的意义。就像激情犯罪者在完成了犯罪行为后幡然醒悟，冯牧云此时此刻也意识到自己的罪孽和荒唐。从跟她聊天的第一句开始，冯牧云就在欺骗她——为了所谓的兄弟情谊，去欺骗一个善良女孩的感情。在将近一个月的网上交流中，女孩一步一步堕入他们设计好的圈套，她跟他几乎无话不谈，她的所有观点、看法、兴趣、爱好都向冯牧云和盘托出，她甚至用一些隐晦的词句表达过她对他的爱慕。这些，冯牧云都察觉到了，冯牧云也意识到自己对她的情愫如同夏日里的藤蔓不停地疯长。可是即使如此，冯牧云依旧没有终止对她的欺骗，没有告诉她真实的“壮志凌云”不过是一个圆滑世故、一门心思往上爬的家伙。他是一只恐怖的老虎，而冯牧云，正是那个为虎作伥者。

他要联系蓝草莓，道歉也好解释也好，或者被她唾骂也好。可是他悲哀地意识到，自己竟然没有她的联系方式。

电话响起，很意外，是久违的“咯咯”女孩。冯牧云记得这是跟她的第三次通话。

“恭喜恭喜！某人要高升了！”电话那头依旧是咯咯的笑声。冯牧云突然很是讨厌这阵笑声，他恶狠狠地问道：“你是什么人？！摩萨德？克格勃？军情五处，还是CIA？”

女孩愣了一下，问道：“怎么？不开心？”

“怎么可能不开心，”冯牧云苦笑道，“连你都知道我要高升了。”

“别骗我了。”

冯牧云顿了顿，说：“其实也没啥，跟一哥们闹翻了。”

“你朋友是不是叫‘壮志凌云’？”

冯牧云吓得手一抖，电话掉在了办公桌上。他捡起电话，战战兢兢地问道：“你是谁？”

“蓝草莓。”

“蓝草莓”三个字像一个强病毒，出其不意地入侵了冯牧云的大脑，他觉得自己像一台濒临崩盘的计算机，只有散热扇在飞快地转着。他要“黑屏”了！

“蓝草莓，蓝草莓。”冯牧云默念着这三个字。他舔舔发干的嘴唇，有些语无伦次：“其实你不知道，或许你知道，因为你听起来好像啥都知道。”

“嗯，我都知道。”电话那头音调平和，听起来甚是淡定。

冯牧云做贼心虚地问道：“知道啥？”

“知道跟我聊天的那个‘壮志凌云’就是你。”

“这你都知道？”冯牧云下意识地看看办公室，他把墙上的每一个角落都扫了一遍，才确信没有摄像头。

“嗯。”

冯牧云的脊背有些发寒：“你怎么知道的？”

“感觉吧。你叫它女人的直觉也好，第六感也好。”

“别扯那么玄乎。”冯牧云有些沮丧，“告诉我为啥。”

“从你第一次以‘壮志凌云’的身份跟我聊天——聊《挪威的森林》的时候，我就知道那个人是你。”女孩浅笑着，一副成竹在胸的感觉。

“那不见得。”冯牧云依旧不服气，他徒劳地做着最后的挣扎。

“我见过你的那个朋友，老K。他身上散发出的气息，是浮躁的、功利的，他一上线，不是谈他的远大抱负便是谈H城的房价地皮。而你不一样，只要你上线，给我的印象便是单纯而沉稳的，跟那天在车上偶遇的冯牧云，还有军网上那个写小说的御风牧云是一样的。”

冯牧云“唔”了一声算是承认。他忽然意识到，自己被带入了一个巨大的圈套而浑然不觉，他甚至半小时之前还在为自己的“罪孽”忏悔!

“这么说来你什么都知道，什么都一清二楚，却就是不肯告诉我，让我像一个跳梁小丑一般在那里表演、卖弄，跟你聊文学，说一些不着边际的废话！”冯牧云恼羞成怒，吼道，“你在那里有滋有味地听着我大放厥词，我却傻乎乎地接受着道德的审判，忍受着良心的煎熬！这都是什么事啊！”

电话那头沉默了。沉默是一种威严的力量，他让这种力量逼得冷静下来。

“喂，喂，喂！”冯牧云急了，“说话，你说话啊！”

又过了将近一分钟，电话那头才传来有些哽咽的声音：“我无意欺骗，也不想隐瞒，只是……我喜欢你这种本真的状态。我害怕……真相大白之后，我们之间的一切都将不复存在。”

冯牧云愣住了。有时候，真相是一把锋利的刀，而谎言，正是包裹这把刀的刀鞘。如果他一开始就意识到和自己对话的女孩就是背景复杂的首长千金，他还会以本真的状态跟她聊文学、谈理想吗？

他忽然想起另外一个问题，他咽了咽口水，问道：“这么说来，传闻是真的？”

“什么传闻？”

“你父亲就是……”

“是的。”

冯牧云深呼一口气，忐忑不安地问道：“那我这次调动……跟你有没有关系？”

“如果我说有，就怎样？如果我说没有，又怎样？”

“如果有，我会感觉到不自在，因为这不算公平竞争，而且似乎有我利用你的嫌疑；如果没有，我……不大相信，因为我知道自己的斤两。”

“算有吧。”

冯牧云感到一阵失落，这不是他想要的答案，他甚至宁愿女孩欺骗他一下，告诉他这完全是靠他自己的努力，好让他在未来的工作岗位中求个心安。

“如果算有，只不过是我告诉了爸爸，网上他一直关注的‘御风牧云’就是你——冯牧云。”女孩原谅了他的粗鲁和霸道，在电话里不计前嫌地“咯咯”笑着，“忘了告诉你，他还以‘老兵’之名跟了许多帖，你不知道吧？”

“‘老兵’原来是他！”

电话那头又是一阵咯咯的笑声，这阵笑声像飘着书香的窗台上的风铃一般悦耳，冯牧云的脑海中开始浮现女孩那甜甜的、带着一点婴儿肥的笑脸……

冯牧云挂了军线电话，拿起手机，编辑一条短信：祝你幸福！然后选择收件人：舒展，点击发送。

冯牧云抬起头，一轮明月挂在T县的夜空，星星大得几乎要从天上掉下来。

玉渊潭咖啡馆

李否死了

12月的一个下午，陈宇正在陪领导“推”一份材料。领导口述，陈宇敲字，领导有局长、副局长、处长，还有一名副处级调研员，他们对着投影，陈宇对着电脑。手机放在鼠标旁边，屏幕亮起，陈宇瞟了一眼，就看到了：“李否死了。”一晃神，他在键盘上多敲出一个空格。

“啧”副局长精准又不失体面地发出一个单音节。陈宇赶紧又敲了一个回删，不敢怠慢，专心打字。一刻钟后，局长办公室的“红机”响起，他起身去接电话，副局长也伸了个懒腰，叉开五指把左鬓角残存的一绺头发沿着抛物线轨迹安抚到右边鬓角，陈宇赶紧拉上旁边的“副处调”，请他帮忙顶一下。“我家里出了点急事，”陈宇晃了晃手机，“接个电话，马上回。”没顾上领会“副处调”的眼神，陈宇匆匆忙忙跑了出来。

信息来自“玉渊潭咖啡馆”——一个七八个人的微信群。作为李否生前最好的朋友和他生病后接触最多的人，王海豚又转发了李否家人发来的讣告：我们亲爱的朋友李否因脑动脉瘤医治无效，于12月11日下午3时15分在积水潭医院辞世，享年29岁。本周六上午九时，在积水潭医院南门彼岸殡仪馆举办遗体告别仪式……

没有人表示震惊，至少在群里没有一个表示震惊的表情。陈宇他们似乎一直在等待着这个消息，甚至有些疑虑它为何姗姗来迟。大家约定了周六集合的时间地点。

王海豚@寒冰：“你能赶过来么？”

寒冰此时正远在贵州参加扶贫，上午他的朋友圈还在晒他和挂钩点贫困户家里刚成功诞下八头小猪仔的黔北黑猪“杜拉斯”的合影。郝晓松评论很损：天伦之乐。可能是受山区信号影响，寒冰的回复有些迟缓，却很干脆：当然。过了一会儿，寒冰又跟了一句：我带莉萨来。听到“莉萨”两个字，陈宇竟对葬礼产生了一丝不厚道的期待。

周六，陈宇从半地下室的单身宿舍的被窝里艰难地爬起来。昨晚隔壁的两口子不知道发了什么疯，先是吵架，然后是砸东西，再然后是女的号啕大哭，后面哭声渐小，变成喘气。此时已经过了一点，两口子丁零当啷像敲麦芽糖一般敲了十多分钟，声音透过暖气片传来，清晰到完事了从纸筒里抽纸的声音都能听见。陈宇半躺在床上听着那丁零当啷的声音，脑子里横七竖八全是莉萨的身影。夏天的莉萨、秋天的莉萨、冬天的莉萨，长裙的、吊带的、牛仔裤T恤的、丝质衬衣阔腿裤的、高领毛衣的莉萨。哦，莉萨！陈宇把手伸进被窝里，莉萨莉萨莉萨莉萨……万籁俱寂，北风摇晃着外面的枝丫，吹着沙子拍打着半地下室那只能打开三分之一的玻璃窗户上，窸窸窣窣，无休无止。加湿器呼呼地冒着水雾，像一头濒死的喘着粗气的野兽。世界荒芜得让人厌倦。陈宇总算是沉沉睡去。

早上起来后，头重得像吊了个铅锤一般，陈宇在卫生间冲了个澡，好歹缓过神来，打开衣柜找衣服的时候才意识到，今天要参加葬礼，既没有黑色外套也没有黑色裤子，甚至连皮鞋都是棕色的，唯一能跟葬礼沾上边的只有一副墨镜。透过那三分之一扇窗户，陈宇看到外面的天色一片阴沉，戴着墨镜走在外面，估计会有热心人搀扶着过马路吧。

积水潭离他不算远，13号线西直门倒2号线，一共六七站的样子。不过等陈宇赶到的时候，他们几个都已经到了。寒冰正单脚踩在马路牙子上抽着烟，胡子拉碴，牛仔裤脏兮兮的像是被他的黔北黑猪“杜拉斯”啃过；郝晓松看上去似乎又熬了一个通宵，靠在一棵玉兰树下一边抽烟一边打着哈欠，那把长头发就像刚拖过厨房似的油腻腻、湿淋淋的；莉萨和易菲菲在客套地聊着天。见了陈宇后，易菲菲照例伸出双臂拥抱了他一下——这是他们分手后一直坚持下来的习惯，陈宇的目光越过易菲菲的肩头看了看莉萨。莉萨正盯着寒冰，眼神说不上爱或者恨，更像是一种宽宥或垂怜——他们已经分手了。

“王海豚呢？”

“在里面给他家里人帮忙，前一场追悼会刚结束，现在忙着搬遗体、换照片、重新布置花圈和挽联。听说这里最近生意好得不行。”

“唉，也不知道是怎么了。”

“李否生前最后这段时间有谁去看过？”陈宇问了一个很不合时宜的问题。

“应该是王海豚了吧。”

寒冰说：“我11月去过一次，跟王海豚一起。”

“没有知觉？”

寒冰叹了口气，摇摇头：“除了心电图上的显示，没有任何生命迹象。”

寒冰猛地吸了一口烟，刚燃了一半的香烟似乎一下子就到了烟蒂那里：“我喊了他几声，没有任何动静。不是睡着的感觉，是已经死了的感觉。”

“嗯，我也去过一次，可能更早一点。”易菲菲叹了口气，“左边的胳膊连着药水和营养液，右边伸出一根导尿管，感觉他的身体只是一个转接头，灌进去无色的水，流出来茶色的水，仅此而已。”

“植物人。”

“其实连植物都不算，至少风来了，叶子还能随风动一下——植物是有知觉的。”郝晓松有些卖弄，“也许他能听见，也能感觉到痛苦、留恋，但无法表达，就像——被封印了一般。”

“走吧走吧！可以进去了。”寒冰打断谈话，几个人开始朝里走。王海豚抱着一个鞋盒子在门口发放着小白花，陈宇到了跟前，看见他眼圈红红的，便拍了拍他的肩膀——他愈发瘦了，肩胛骨简直要划破他那件道袍一般宽大的亚麻布衬衫支棱出来。灵堂不大，30来平方米的样子，中间停放着灵柩，围着一圈的松柏和鲜花散发出塑料的味道，两侧靠墙摆放着花圈，可能是前面那位还没收拾干净，有个花圈上竟然还贴着女儿某某女婿某某敬挽。正面墙上的投影幕上播放着李否的照片：两三岁时穿着肚兜坐在小自行车里的，七八岁时站在秋千上缺着牙齿咧着嘴大笑的，十五六岁嘴巴上一圈胡茬穿着背心短裤倚着篮球架的，来北京后以未名湖、博雅塔为背景的……他的一生，便被打包在这一组不到200兆的幻灯片里了。人群还没有站定，幻灯片循环播放，两颗虎牙频频出镜，每一张都笑容灿烂无邪，是他们印象中李否的样子，只是与此刻低沉的哀乐格格不入。应该放什么呢？陈宇想到了那首琼·贝兹的*Donna Donna*。或者，哪怕是李否曾给大家唱过的那首《清白之年》也可以啊。陈宇又瞟了一眼莉萨，她正攥着一叠纸巾在拭擦眼角，这让陈宇有些意外，说起来，他们这群人里最晚认识李否的就是她了。

女神莉萨

莉萨并不属于“玉渊潭咖啡馆”，她一开始的身份是寒冰的小说日文版的责编和翻译。那是六月底的一次聚会，寒冰把身后一位长发披肩的姑娘拉了出来。“给你们介绍一下，”他有些得意扬扬，“这位是青年翻译家莉萨，也是我的……合作伙伴。”莉萨彬彬有礼地伸出手来，一边点头一边跟他们几个握手，显得像一个货真价实的“合作伙伴”。她的手真美啊，葱白一般，纤细柔嫩，没有涂指甲也没有戴戒指，透着从容和自信。陈宇捏住这只手，像捏住一块和田玉一般，脸颊竟然感觉有些发烫。

“陈宇，你脸红什么啊！”

“啊！有吗？还真是。”大家起哄道。

易菲菲盯着他，“扑哧”一下笑了出来，陈宇的脸就更加红了。

“喝点吗？”郝晓松推了推眼镜，笑眯眯地问道。

莉萨扭过头去看了一眼寒冰，见寒冰笑着点了点头，莉萨才回过头来，轻轻鞠了一躬：“那就喝点吧。多谢了！”

那是六月的最后一周，天渐渐热了，玉渊潭咖啡馆里倒是如世外桃源一般自在、清凉。它坐落在一个戒备森严的机关大院深处，每次进门都需要咖啡馆主人向岗哨打电话确认，并押上来访者的证件，如果是开车更麻烦，身份证、行驶证、驾驶证扣上之外，还要打开后备箱接受防爆检查，手续繁琐到让人对这里肃然起敬，也让每次来咖啡馆聚会充满了隆重的仪式感。咖啡馆其实是王海豚的起居室兼创作室，位于一幢笨重的苏式建筑的三层，20来平方米，狭长，东西两面墙被各种书堆满，南边的窗台上和墙角里挤满了滴水观音、龟背竹、常春藤、发财树、鸭掌木、绿萝、小叶玫瑰、洋桔梗……一个盆里甚至还种着小葱和芫荽。房间里还放了一张宜家的书桌、一架二手雅马哈电子琴、一台梵尼诗黑胶唱片机、一个装酒的玻璃橱柜，剩下来的空间只摆得下一张三人沙发和四五把折叠椅。为了使“玉渊潭咖啡馆”显得不那么名不副实，王海豚用他给别人写一个音乐剧的全部稿费买了一台德龙意式全自动咖啡机，不过除了刚拆封时大家用商家赠送的“上好”咖啡豆磨了几杯，后面这东西就跟那台黑胶唱片机一样成了纯粹的摆设——大家更喜欢那个仿桃木的酒柜。寒冰喜欢白酒，易菲菲喜欢红酒，郝晓松喜欢单一麦芽威士忌——郝晓松喜欢威士忌是最近一年的事，在他完成第一个署名热播作品之前，他最喜欢的还是代号“怂人乐”的某牌啤酒。

“啤酒、白酒、红酒？还是威士忌？”王海豚打开酒柜，伸出左手指着里面高高低低色彩斑斓的瓶瓶罐罐，炫耀似的冲莉萨问道。

“啤酒吧。”这么爽快的答案很快赢得大家好感。郝晓松推了推眼镜，细细端详了一下莉萨。王海豚从小冰柜里拿出一瓶“麒麟”，又煞有介事地表演了他的“单指开瓶术”，然后躬身放在她面前。莉萨看了看瓶子，略带赞许地点点头：“不错哦！怪不得寒冰说这里是人间福地、世外桃源。”

郝晓松笑道：“寒冰没说这里是伊甸园吧！”

莉萨瞟了一眼郝晓松那粗短肥胖的身材，笑着说：“亚当，你的肋骨可不好找啊！”

大伙儿又哄笑起来。

“来，欢迎新成员。”郝晓松举起手中的方杯，摇了摇冰块，“干杯！”

“干杯！”

“开始吧？”

“开始。”

郝晓松把那副捏在手里很久的扑克拿了出来，寒冰开始俯在莉萨耳边讲解杀人游戏的规则，不过还没两句就被莉萨打断了。“知道了，”她微笑着说，“玩过的。”

她的耳廓很薄，覆着浅浅的金色汗毛，耳垂却很饱满，像某种多肉植物一般充满童趣。

“第一把我当法官哈。”郝晓松先把自己的牌亮出来，大家看好自己手中的牌。

陈宇翻开一看，红桃K。Bingo！

“天黑请闭眼，”郝晓松命令道，“杀手出来杀人。”

陈宇抬起眼，与郝晓松短暂对视了一下，环顾四周，把食指指向了莉萨。

郝晓松那双躲在厚镜片后面向来“懒惰”的眼睛瞬间瞪得极大，让人无端想起“决眦入归鸟”这句诗来。

他又冲陈宇皱了皱眉，意思是：“你确定？”

陈宇点点头，一脸的大义凛然：“确定。”他仿佛听到“铛”的一声枪响，看到一颗罪恶的子弹从他的食指射出，命中了她的左胸（她的胸也很美，似乎大一分便显得轻佻，小一分便有失性感），鲜血飞快地染红了她的白色丝质衬衣。她抬眼看了看陈宇，眼神疑惑又幽怨，眉头拧成痛苦的“几”字，最终阖上了眼睛。

“杀手请闭眼——杀手请闭眼。”郝晓松再一次提醒道，“警察出来找人。”

“天亮了，”郝晓松说，“莉萨，把杯中酒干了吧！你被杀了。”大家的脸上都是错愕，陈宇也极配合地瞪大了眼睛，一脸的惊诧。

“莉萨，你有什么临终遗言吗？”郝晓松笑着问道。

“有句话叫作相爱相杀，我想杀我的一定是爱我的吧。”这个“遗言”真是叫人刮目相看啊！

“哟嗬！”大家共同起哄，“那一定是寒冰了。”

寒冰哈哈大笑起来：“我是爱她，但真不是我杀她。”

李否嚷道：“肯定是王海豚。”

“就因为她喝的是啤酒吗？”王海豚说，“我好不容易有个跟我一起喝麒麟啤酒的，我怎么可能舍得让她死。”

“那就是陈宇了，刚才他的脸都红了。”

“怎么可能是我！”根据游戏规则，陈宇为自己辩解，“莉萨这么美，我怎么下得去手。”

大伙儿又起哄了，陈宇的脚踝忽然被踹了一下，还挺狠。陈宇抬头看了看对面的易菲菲，她正煞有介事地端着一本《抱朴子外篇》在翻看，陈宇笑着轻轻吸了口气。

那场游戏从下午一直玩到天黑，好像是陈宇打开了潘多拉魔盒，几乎每一局都是莉萨最先被杀死，然后大家哄笑，似乎莉萨被杀死成了一种祭祀，只有完成这一步才能启动后面的程序。所幸莉萨开得起玩笑，当听到被杀死的消息后，总是自觉地端起手中的玻璃杯，一饮而尽，然后饶有兴趣地看着大家轮番表演。她的身边堆了七八个瓶子，但让人吃惊的是，她不仅没有任何喝多的迹象，甚至连洗手间都没去。陈宇后面就特别好奇，那七八瓶啤酒是怎么装进她那修长纤细的身体里的呢?

玩到后面，易菲菲有些兴趣索然，显然今天的女主角不是她，她拿着手机接了个电话，然后就再也没有回来了。陈宇在一轮被“杀”之后，借口上厕所跑了出来，易菲菲正在走廊对面的小卧室里撸猫呢。小东西叫玛雅，一只纯种雄性暹罗猫，据说是王海豚的某个前女友留给他的“遗产”——除此之外，还有周庄的油画、丽江的印花桌布、三星堆的青铜器仿品、鼓浪屿的贝壳等，各种女友在不同时期留下的“遗产”，某种程度上成就了玉渊潭咖啡馆的琳琅满目。在找女朋友这件事情上，王海豚像一个刻苦钻研、富有挑战精神的科学家，孜孜不倦地寻找和研究不同的样本，采集数据，留下各种“标本”，然后迅速转身投入新的研究对象。而无论这算是优点还是缺点，朋友们早已适应。

“怎么跑出来了？”

易菲菲噘着嘴，没理他，兀自举起玛雅的双爪，说道：“玛雅，你说他们凭什么把你的蛋蛋割掉啊！怎么不把自己的蛋蛋割掉啊？他们发起情来，不也是原形毕露吗？”

陈宇哈哈大笑起来，叉开五指轻轻揉了揉易菲菲的脑袋。

她的头发已经不像过去那么柔顺了，陈宇心想，她那时多么朝气啊，长发飘飘，脸上素净得如同刚从水里捞出来的白色鹅卵石，一双新百伦的慢跑鞋从冬天穿到夏天。他们像所有恋爱中的学生一样，整天整天待在一起，不知疲倦，一提百威啤酒能让他们坐在研究生楼的楼顶上数着星星到天明。

王海豚突然闯了过来，半身倚靠在门框上，贱兮兮笑道："我要不要把门给你们带上？"

陈宇笑着说了一声"滚"。

"走了，吃饭了。郝晓松请大家吃烤羊腿。"

郝晓松的局

郝晓松是他们当中最阔绰也是最大方的，他热衷于张罗各种饭局酒局，大家吃得喝得也心安理得——谁让他是一集15万的编剧呢——尤其是在他们这群千字三五百的穷作家面前。那次聚会之后大概一个月，郝晓松请客在五棵松喝啤酒，庆祝他又签下一部"烂片"。已经是盛夏了，女孩子都穿得很清凉，各种色别和规格的腿在华熙商城斑斓的灯光下穿梭，如同雨后的彩虹里长出的各种色泽鲜艳的蘑菇，有毒与否不得而知，但诱人是肯定的。郝晓松由衷地感慨："我喜欢北京的夏天。"陈宇没有说出来，私底下却深以为然。北京的夏天的魅力不仅在于有原始森林一般茂密的腿、沙漠一般起伏的胸，更有一种释放自我的气氛、一种青春洋溢的格调，这几乎与严肃古板的政治形象阴阳调和，形成默契。这个时候的北京更加可爱，让人心怀憧憬。郝晓松最先到，然后是王海豚带着李否，然后是易菲菲、陈宇，寒冰和莉萨最后到。寒冰依旧是水洗牛仔裤加圆领白T恤，胸前有个最近两年烂大街的标志“champion”。莉萨穿了条牛仔短裤加超大的圆领白T恤，露出半个肩膀，既像是为了搭配寒冰，又像是为了赴这个酒局而精心准备的。相较之下，易菲菲的瑜伽裤就略显逊色了。

偷偷打量完莉萨的腿后，陈宇发现她的手正挽着寒冰的胳膊，动作很自然，倒是寒冰，胳膊像被一根无形的绷带固定了一样，进退两难地吊着。

“哎哟，寒冰，不说点什么吗？”

寒冰笑呵呵地说道：“大家好，这是我的女朋友莉萨。”

莉萨笑了笑，为了印证这句话一样，她特意把寒冰的胳膊箍得更紧了。剩下几个迅速交流了一下眼神，他们都知道，寒冰的太太是个中学老师，在北京一个很牛逼的中学里教英语，每年夏天都会回东北老家待上两个月，学生放假走，学生开学回，像候鸟一样准时。这个时候寒冰便会找个女孩陪他度过漫长的夏天，然后在九月到来之前分手。在找女朋友这件事情上，他不像王海豚那么精通，也不如他那么执着，但以他的性情、人品和文学成就，找个女孩并非难事——毕竟热爱文学的小姑娘还没有绝迹。

聚会的地点是一家叫“牛啤堂”的酒吧，郝晓松那天出手阔绰，把店里最贵的几种酒和小吃挨个点了一遍。易菲菲八卦道：“晓松，你这是赚了多少钱，这么烧包？”郝晓松推了推鼻翼上的黑框眼镜，眯着被肥厚的眼袋挤得睁不开的眼睛笑了笑，举起杯子跟易菲菲重重碰了一下。寒冰也端起杯子，开玩笑说：“算了我也不写小说了，给你当枪手吧。”

“你不行，”郝晓松有些醉眼迷离，“你以为谁都能当编剧吗？”

所有人意识到郝晓松已经喝多了，寒冰的酒还没喝，就这样尴尬地举在空中。陈宇赶紧拿起酒杯跟他碰了一下：“干了哈。”

“你肯定以为我喝多了。但我没有。”郝晓松笑了笑，又说，“你体会过人家一口一个老师，却把你关在宾馆里，找人在门口看着的感受吗？你尝试过甲方说‘这个逻辑有点问题’，你就得废掉10万字重写一遍的痛苦吗？你知道老板说‘给她安排个角色，台词不能太少，但也不能太复杂，还不能跟任何男人有情感交流’，你内心奔跑过一万只羊驼，却还在点头哈腰的感觉吗？关键是——当你面对一帮花不出去钱的煤老板、一心想睡18线演员的公子哥、挂着文化公司总裁头衔却连黄段子都讲不好的甲方爸爸，去讲述故事梗概或剧本大纲时，他们从鼻孔里喷出来的不屑你都得当成金点子恨不得用笔记下来，那种为了钱把尊严踩在屎里的罪恶感，您能忍受吗？”

郝晓松端起一杯酒，而这时寒冰的杯子已经空了，他几乎是很郑重地碰了一下桌上的空杯，说道：“寒冰你不会，你做不到，你们都做不到。”

郝晓松干了杯中酒，长叹一声：“你知道我为什么想跟你们在一起吗？只有和你们在一起，我才好意思想起我是学中文的，我过去也写过小说。”

寒冰望着莉萨，莉萨望着易菲菲，易菲菲望着陈宇，几个人面面相觑，气氛骤然有些冷，好在来了一个歌手，唱起了荒腔走板的《孤独的人是可耻的》。这时，一直在桌子一角的李否跟着哼哼起来，开始声音很小，后面声音渐渐大了点，感觉比台上那个流里流气的歌手还唱得好一点。郝晓松叫过服务生，冲他耳语一番，然后推了一把李否：“去试试！”

李否一开始还有些扭捏，却架不住郝晓松的一顿劝，上了台，跟键盘手聊了两句，随后音乐起——《清白之年》，李否的歌声像是从天上徐徐降落下来：

故事开始以前，最初的那些春天
阳光洒在杨树上，风吹来闪银光

甫一开口便把人震住了，酒吧里的人纷纷放下手中的杯子，停下正在交流的话题，扭过头去，似乎想确认是不是朴树亲临了现场。李否双手捏着话筒，眼神有些空灵，要不是一张娃娃脸，那做派跟朴树都有几分相似。酒吧里安静下来，只有李否那风吹麦浪一般的嗓音：

心里像有一些话，我们先不讲
等待着那将要盛装出场的未来
……

一曲唱罢，掌声和口哨声响起，有姑娘高喊着，“小哥哥，再来一个！”李否笑着没有理会，在众多男男女女追随的目光下走过来。

“可以啊李否，一鸣惊人。”

“以前练过吗？”

李否咕嘟咕嘟灌了半杯啤酒，说：“也就是在学校组个乐队唱着玩，下次学校有演出请你们去看啊！”

“好啊好啊！”大伙儿真心实意地响应。

寒冰说：“要不我们干脆去唱歌吧？”见识李否的功力之前，寒冰一直自诩作家里面歌唱得最好的，主打歌曲是《吻别》，声音模仿张学友挺像那么回事。没人响应，郝晓松已经有点喝多了，闭着眼睛嘴里嘀嘀咕咕的语焉不详。易菲菲面露难色，陈宇知道太晚回去可能不好交代。他善解人意地说：“不如今天先到这里，我们明天还要加班推稿子。”

“那就散了吧，海豚你送送晓松。”寒冰有些兴趣索然。

易菲菲和他的孤独情事

出了酒吧，华熙商场的南面，就是享誉全国的某总医院，气派方正的建筑顶上，鲜艳的领袖题字点亮夜空、傲视苍穹。时值深夜，医院的大门早已紧闭，广场上却三三两两地打着地铺，有的垫着一床草席，有的干脆是报纸。从外地慕名而来的病人或家属为了一个号，连夜在这里排着队。那些手里提着标记着全国各个医院的CT、核磁等片子的病人们，在广场上游荡着。

“看啥呢？车来了。”易菲菲拍了拍陈宇的脖子，他赶紧拉开车门，把易菲菲安顿在后排，自己便要往副驾驶去。

“你过来！”易菲菲的语气有些重，不容置喙。陈宇便老老实实地坐到后面来。易菲菲伸出手来，捉住他的手，把五个指头插进了他的手指缝里。陈宇扭头看看她，笑着没说话。

车上了西四环，陈宇把车窗按下来，扫视着夜色下的北京。自他10年前考上人大的研究生，到两次从省里的宣传部门借调过来，兜兜转转在这个地方待了五年。相比他从小生长的那座阴雨绵绵的南方小城，这里粗犷又细腻，傲慢又包容，人与人之间距离更远，却无论什么样的角色都能在这里找到同类。在古板严肃的政治面孔背后，它像热带雨林一样富有层次感，物种的丰富性构成这座城市最可亲可敬的特点。

他喜欢这座城市。

“看啥呢？”

陈宇回望了一下，易菲菲正笑盈盈地看着他。或许是易菲菲比他大了一两岁的缘故，她看他的眼神通常都是怜悯的、包容的，带着母爱的慈悲。

“没啥，想起咱们毕业时的一些往事了。”易菲菲说了这一句，把他的手攥得更紧了，头也偏过来倚靠着他的肩膀。

深夜的路上很通畅，车从紫竹院路拐了个弯，便是中关村大街。这条路他们俩是多么熟悉啊！左手边就是国家图书馆，他们一有空就过来蹭网、吹空调、看小说、写论文、躲在角落里接吻，如痴如醉；往北是魏公街，有易菲菲最爱的地铁奶茶和陈宇钟情的童心厨屋，站在街口可以看到对面的解放军艺术学院，里面有穿军装的身条很好的姑娘；再往北到了魏公村地铁站，西边有两家咖啡馆，一家叫“雕刻时光”，还有一家名字不详，门脸极小，里面破破烂烂更像个旧书店，一只眼神不怀好意的加菲猫总喜欢趴在窗台上晒太阳，易菲菲给那只猫取了个名字叫巴别尔，每次过去总是巴别尔巴别尔地叫着，还给它带进口的金枪鱼罐头，为此陈宇还有些耿耿于怀。

易菲菲的电话响起，陈宇瞟了一眼，来电显示“老公”。陈宇赶紧把头向窗外扭去。这时两个人的手指默契地分开。易菲菲用那个腾出来的手捂住电话，尽管这样，陈宇还是没有办法听不到。幸好此时陈宇的手机震了一下，是先前添加莉萨为微信好友，她的验证信息——我这么美，你怎么下得去手。

陈宇禁不住笑了一下，回了四个字：相爱相杀。

“笑啥？”易菲菲已经挂了电话，回过头来问他。

“哦，没啥，一个朋友发来的段子。”

“我看看。”

“别看了，三俗。”陈宇搪塞道。

“女孩子吧？”易菲菲瞟了他一眼。陈宇忽然之间有些恼怒，没说话，再次把脸转向窗外。易菲菲挽住他的胳膊，八卦道：“上次你说你们领导安排你去相亲，你到底去了没有啊？”

“去了。”陈宇很诚实。

“怎么样？”

“不怎么样。”给他介绍对象的，有副局长、巡视员、处长、副处调，也有部里面其他局的领导。出于礼貌，能见的他都会遵照指示见一见，然后吃顿饭或者喝杯咖啡，礼貌地告辞。与领导介绍的对象相亲，构成陈宇业余生活的重要组成部分。所幸陈宇供职的部门算是手握“权柄”，领导的整体素质应该属于这个体制里比较优秀的，所以哪怕是在介绍对象这个问题上，也是有板有眼，极少出现“不靠谱”的状况。

印象深刻的只有两个，一是某领导安排与一个姑娘在五道口的“漫咖啡”见面，年龄与陈宇相仿，长相大方，谈吐优雅，彼此聊得还算欢畅。聊天快结束的时候，女孩主动加完他的微信，问道：喜欢孩子吗？陈宇下意识回答“当然啊”，随后便反应过来。陈宇体面地结束了那次谈话，并在回去的路上向那位领导致以诚挚的感谢。

还有一次，陈宇受命与一个女孩相见，地点在后海边上，时间是晚上七点，但他等了40分钟女孩还没来。他看了看表，准备把手机中的一局游戏打完，就撤。这时女孩过来了，穿得很清凉，脸上被手术刀雕琢得像一件动漫作品。

“你就是陈宇？”

陈宇忙退了游戏起身：“你好！我就是。”陈宇招来服务员，问她：“喝点什么？”

“不了。我还有事，坐几分钟就走。”

“嗯。”

“首先我申明一点，”女孩从包里掏出小镜子和口红，补了补妆，“不是我要来的，是家里逼着我来的——我有男朋友。”

“哦，”陈宇笑了笑，“我也是受人之托，忠人之事。”

女孩似乎愣了一下，看了看他，然后继续打开她的小镜子，给睫毛刷了两下。陈宇在心里骂道，到底是从哪一年起中国人的审美就被日本动漫给带跑偏了？

“这样的话，咱们就算是完成任务喽。”陈宇起身，稍微点了点头，“有缘再见啦！”

过了银锭桥，陈宇沿着后海往北走。此刻酒吧还不算喧闹，太阳也没有完全掉下去，霞光投射在这座繁华都市最负盛名的水域里，让人产生一种宁静安详如世外桃源的错觉。

“嘿，嘿。”如此几声之后，陈宇才意识到有人叫自己，他回过头去，见女孩正夹着一支爱喜香烟摇头晃脑地走过来。

“我叫陈宇。”

“嗯，这次记住了。杨阅微。”

“阅微草堂那个？”

“对对对。我爸喜欢掉书袋，他取的。”

“好听。”

“好看么？”

陈宇回过头来很严肃地看了看她。此时落日余晖恰好打在她脸上，给她那张锋利的脸蛋涂上了好看的红色，陈宇惊奇地发现她的鼻梁有一段是透明的。

“好看。沉鱼落雁。”

女孩扑哧一下笑了：“请你喝一杯？”

“我请你吧。”

那天晚上后来发生的事情，构成了陈宇人生经历中屈指可数的几次One night stand。事后，陈宇一遍又一遍地回味那天晚上的来龙去脉，迷幻如一场夏夜春梦。酒精在血液里左冲右突，陈宇像一个听到紧急集合哨却找不到装备的新兵，笨手笨脚地剥下对方的衣服，后面的过程很顺利，就像一把质量可靠的钥匙打开一把质量可靠的锁。女孩趴在他身上，如一个经验老道的驯兽师。河流湍急，浪花拍打着他，把他朝岸上推去。潮水退去，陈宇醒来，女孩已经消失不见了。要不是看到床头的“智选假日”，陈宇更愿意相信这就是一个梦——和他过去许多个寂寞的夜晚做的梦并无二致。陈宇有些忧虑，如果让给他牵线的领导知道他相亲当晚就把人睡了（其实用被动语态更准确），他为留在北京所做的努力很可能就会前功尽弃。所幸后面再没人找他，陈宇又感到有些失落，他开始怀念那天晚上女孩像个驯兽师一样骑在他身上威风凛凛的模样，可是，她连微信都没有给他留下。

“又发愣呢！傻子。”这是他们谈恋爱的时候，易菲菲对他的昵称。每次从睡梦中醒来，易菲菲总喜欢撑起一只胳膊，伸出另一只手来拍着他的脸蛋，不厌其烦地喊他：“傻子傻子傻子，我的陈傻子。”

“哦，没啥。”

“说说你喜欢什么样的。”

莉萨那样的。陈宇就差脱口而出了。美，知性，温柔，善解人意。可惜她是寒冰的女朋友。她怎么能做寒冰的女朋友呢？就因为他小说写得好吗？她不知道寒冰已婚吗？想起这个，陈宇又有些愤怒了。

陈宇说：“照着你这样的来一份就好了。或者克隆一个你也行——我不介意复制品。”

这话易菲菲果然受用，搂着他的脖子猛地啄了一口。停下来后，她又面露忧伤，关切道：“相亲还是要相的，万一有合适的呢。”

陈宇笑了笑：“我的相亲故事，够出个短篇小说集了。”

“你知道么，等你正式调过来了，你会更抢手。体制内的适龄未婚男青年在北京可是香饽饽。”

“嗯，奇货可居。你到时在我背上插根草，把我扔在新中关那里叫卖就行了。100万起，价高者得。”

易菲菲咯咯笑了起来，拍着陈宇的脸喊道：“你这个傻子啊！”

司机点了点刹车，沉闷地说，到了。左边的车门打不开，于是陈宇先下车，易菲菲再下车。她抱了抱陈宇，说：“按时吃饭呐，少喝点酒。遇上不错的，就试着交往一下。”

陈宇笑着应道：“好嘞。”

司机探出头来，瓮声瓮气：“走吧。”陈宇回到副驾，放下车窗向后面摇了摇手。

后视镜里，易菲菲的影子一点一点变小，却始终站在那里。陈宇蓦地有些感动。

王海豚的“样本”

秋季开学后，有北大戏剧节。李否在“玉渊潭咖啡馆”里发了一个话剧信息，问谁有兴趣。群里响应寥寥——寒冰随中国作协采访团去了广东、福建，郝晓松被剧组关在青岛写本子，易菲菲跟他老公去了札幌，只剩下陈宇和王海豚。陈宇原本是想去798看一个展的，但一想到李否第一次邀请便是这种局面，有些不落忍，便应了下来。

“太无聊了，”王海豚私下发了个信息，“我带个姑娘一起去。”

陈宇发了个“请便”的表情。

“要不你邀请一下莉萨？”寒冰并没有把莉萨拉进群里，原因不得而知。陈宇正有此意。这是一个周五的下午，近期没有出差调研，没有集体政治学习，也没有发函发通知，甚至也没有领导安排他相亲，这样的清闲甚至让陈宇产生一种不踏实的错觉。他把一堆理论学习材料摆在前面，却半天没有看进去一个字，于是打开莉萨的微信，字斟句酌半天，最后还是选择单刀直入：明晚有空？北大有个话剧上演，可否邀请你一起？

陈宇刚把手机装进裤兜，微信提示音就响起：好哇！

她甚至没有问什么剧，还有谁一起！陈宇抑制不住兴奋，抬头向窗外望去，目光越过和他同一个办公室的“副处调”那营养不良的脑袋，投向湛蓝的天空和连绵的白云。“我要是温柔起来，像一朵穿裤子的云。”他无端想起马雅科夫斯基的那一句来。他觉得他此刻的心中，也像被云朵塞得满满当当的。

周末，七点半的演出，他六点半就抵达北大东门站。这个时节的北京依旧有些溽热，陈宇躲在地铁出站口，一边听着歌，一边等着莉萨和王海豚他们。

“嘿。”一只手伸过来，摘掉了他的耳机。

“咦，你什么时候上来的？”陈宇看见莉萨颇感意外，“我一直盯着自动扶梯都没见你。”

“哈哈哈哈。”莉萨笑着指了指旁边，“那是因为你没看楼梯。”

“为啥不搭电梯？”

“减肥啊！“

陈宇退了一步，冲她浑身上下扫了一眼，略微做出夸张的表情：“你这身材还减肥啊！好歹给其他女生留条活路嘛。”

“哈哈哈哈，”莉萨再次哈哈大笑起来，“可以嘛陈宇，之前怎么没见你这么会哄女孩子。”

“你也没给我机会展示嘛。”

“怪不得。”莉萨笑着歪脑袋打量着陈宇。

“怪不得什么？”

“怪不得寒冰说你是闷骚男，哈哈哈哈。”莉萨又大笑起来。

“我就知道寒冰不会说我什么好话。”

“不不不不，”莉萨收住笑容。“他说你好。你们这群人里，他对你评价最高。”

“我开玩笑的。”

“我是严肃的，”莉萨说，“他说你就是帕慕克所说的那一类感伤的小说家。”

“嗯，他肯定把自己归类为很傻很天真的小说家。”

莉萨这次没有被逗乐，她说：“我觉得他说得有道理。”

陈宇笑道：“咱们别大庭广众之下表扬了，你都没看过……”

“我看过。”莉萨说，“你写得不多，但我大多看过。”

“那完了。”陈宇挠挠头，“早知道你会看，我就再写好一点。”

“你的问题在于……”莉萨一本正经，“写得太少了。”

“嗯，”陈宇叹了口气，“没办法，机关太忙了，我又是个借调的，周末加班都是常态。”

“我知道的，”莉萨说，“我一个亲戚好像就跟你一个单位，忙起来几天都不着家的。”

陈宇有些失神，没有搭腔。

“期待你后面的作品，”莉萨又笑了起来，“话说我今天还参加了一个作家的发布会，在言几又书店。”

莉萨说起那个作家的名字，是当代作家里陈宇为数不多熟悉并敬重的。

“早知道你去他的发布会，我就跟过去了。”

“嗨，怪我怪我，”莉萨伸出指头撩了撩头发，“还想着你们或许不感兴趣，邀请你们吧，恐让你们为难。”

“也是，”陈宇附和道，“他的东西我基本都看过。不是所有人都感兴趣。我喜欢他的，也就是其中一两部作品。”

“是啊，相对小众，”莉萨笑了笑，“今天在言几又的二楼，主持人、作者、嘉宾加读者，一共20来人，其中好几个还是我们请过去的媒体。太尴尬了。”

“文学嘛，本来就是自说自话，都是呓语。”

“都是啥？”

“呓语，”陈宇换了个词，“梦话。”

莉萨逆着光，再次仰头端详了他一下，点点头。

“所以，你是提前从那边退场赶来这边的？”

“倒也没有，那边刚好结束。本来我们出版社安排了一个小饭局，我就没参加，直接赶过来。”莉萨从帆布包里掏出一本书来，正是那个作家新书的签名版，很厚，皇皇40多万字，“送给你吧。”

“呀！谢谢！”陈宇仓促接起，“你自己不是没有了吗？”

“没关系，我们社出的嘛，要多少有多少。”

“嗨，”正聊着，王海豚牵着一个女孩的手从扶梯下面缓缓升了上来，“你们先到了哈。”

那女孩看上去像刚刚成年，瘦，骨架伸展着却没多少皮肉，似乎等着时光慢慢填充，穿着松松垮垮，脸上写着满不在乎。

“嗨。”陈宇和莉萨回应道。女孩没啥反应，攥着王海豚的手扭头看向外面。陈宇和莉萨交流了一下眼神，礼貌地闭嘴了。李否已经在校门口等着，把他们接进去了。

当晚演出的是一部法国的先锋剧，五幕，名字不好记，大段大段的法语台词，字幕翻译过来依旧佶屈聱牙。灯光像花洒一般从上倾泻下来，照在角色头顶显得阴森恐怖，舞台中间摆了一根巨大的树干，这似乎是吸引观众的最大噱头。看完第三幕，王海豚嘀咕了一声：“走吧。”大家迫不及待地响应了。

走出剧场的时候，李否一脸歉意，像是要为这部糟糕的话剧买单一般，说：“我请大家喝酒吧。”大家热烈地响应了，似乎好好喝一场，才是此行的真正目的。其他的，都是前戏，是铺垫。

陈宇记得刚来北京的时候，路边摊还有，油迹斑驳的聚丙烯材质的桌子，放着同样油迹斑驳的卷纸筒，几个红色的腿脚残缺的凳子彼此拴成一圈，地上到处是竹签和卫生纸，空啤酒瓶作为战绩码在桌子一角，形成可笑的攀比，猜拳的声音和京骂此起彼伏，大号电风扇在烧烤摊前方鼓着风，把孜然辣椒味的烟吹向远处。

现在文明了，室内规规矩矩坐着，每人发上一件塑料围兜，一双手套，每一桌头顶上还安着一根排风管，确保吃完之后衣服上不会残留气味。李否扫码点餐，这家烧烤店名曰“小骆驼”，除了烧烤之外陕西小吃十分地道，红油汪汪的凉皮、香甜浓稠的枣糊粥、表皮烤得酥脆的腊汁肉夹馍等都是网红菜品，服务员攥着刚烤好的串在大堂里走来走去，想吃啥就拿啥，最后数签子就行。烤串上来之后，王海豚旁边一直沉默的姑娘脸色终于活泛起来。她瞅了一眼王海豚，似乎是得到许可后才拽起一根鸡爪啃了起来。陈宇和莉萨又对视了一眼，默契地笑了。

李否从冰柜取来“泰山7天”啤酒和白色搪瓷缸子，给每人倒上一杯。姑娘挥舞着已经被咬残的鸡爪子义正词严地拒绝了，王海豚好脾气地让服务员给她拿了一瓶冰峰汽水。陈宇有些赌气地端起搪瓷缸子，提议大家干一杯。缸子有点大，陈宇坚持喝完了，然后盯着王海豚，把自己的缸子倒过来，说：“海豚，你这次的标准有些低啊！”

李否和莉萨都听明白了。王海豚翻了翻白眼，没说话，端起搪瓷缸子把剩下的那点全喝完了。李否赶紧岔开话题，说没想到这部剧的效果是这样，让大家扫兴了。

“没有没有。”莉萨和陈宇打着圆场，开玩笑道他们来的真正目的是喝一顿。

陈宇的手机“嗡”了一下，低头一看，是寒冰。寒冰知道今晚莉萨跟他出来了？陈宇扭头，莉萨正在剥一个毛豆。“怎么了？”

陈宇看她一脸无辜的表情，摇摇头，打开手机。寒冰问：忙不忙？

陈宇拍了张烧烤的照片发过去。

寒冰回了个贪吃的表情，说，方便回个电话。

寒冰的围城

陈宇打了个招呼便出了店门，拨通了寒冰的电话。寒冰在电话里，声音有些颤抖：黄文怀孕了。陈宇反应了大概五秒，才想起黄文是寒冰的太太。陈宇下意识说了一句："那恭喜你啊！要当爸爸了。"

算起来，寒冰和黄文结婚七年了。是的。研究生毕业那一年的"五一"，陈宇的导师带他和易菲菲去参加的婚礼。那时寒冰、郝晓松是人大首届创意写作班的学员，他们的班主任也是陈宇的导师。两个班次的课程多有重合，正是因为如此，他们才彼此认识，成为好朋友。

婚礼是在贝聿铭设计的香山饭店举行的，那是陈宇第一次参加草坪婚礼，浪漫奢华自不必说，新娘子也很漂亮，只是寒冰像个赶鸭子上架的新郎官，西装紧巴巴地套在身上，胡子也没刮干净，致辞的时候竟然还磕磕绊绊，完全没有谈论文学时候的从容自在，好在大家都没有计较这些。婚礼进行曲响起，陈宇感到易菲菲攥着自己的手在轻轻颤抖，易菲菲咬着陈宇的耳朵说：以后我们也要在这里举行婚礼。

一晃竟七年过去了。

寒冰的太太，陈宇只在他们结婚的头几个月见过两次，印象中她是一个温顺沉默的女人，坐在寒冰身边，看他喝酒，看他抽烟，看他高声跟人谈论文学，她只是偶尔笑笑（或许谈论文学本身就是一件可笑的事情），只有在寒冰喝多了开始缠酒的时候，她才会轻轻地说，"别喝了"。后面寒冰就不带她了，或许在她看来，没有比一群自以为是的作家在一起喝酒谈论文学更幼稚可笑的事情了。

“我的婚姻就像一堂英语课。”寒冰说，“我既听不懂，也不愿意听，但还是得规规矩矩坐着，因为这是一个学生应尽的义务。”他把他们婚姻的问题归咎于两个人的志趣不一样，比如他喜欢烧烤、啤酒、美剧和纳博科夫，而她喜欢的是烘焙、奶茶、综艺节目和易烊千玺，寒冰热衷于群居生活，隔三岔五总要和大家混在一起，而黄文更喜欢有距离的生活。作为一个作家，寒冰对他们婚姻的分析未免过于庸俗。而事实上，婚姻的本质就是庸俗，就是家长里短，柴米油盐。每一个躁动的灵魂不甘囿于婚姻的牢笼，这是大多数婚姻让人焦虑的本质。

对此，郝晓松或许看得更准。他说，寒冰的婚姻岌岌可危，最根本的原因是他们没有孩子。

寒冰无疑是喜欢孩子的。有一次聚会，有个朋友戴着五岁的儿子参加，寒冰的眼神几乎从头到尾没有离开过小男孩，他差不多把那家店能做的甜点都点了，又专门去外面给孩子买了酸奶，而且在郝晓松点烟的时候几乎是暴躁地制止了他，把大家搞得有点不自在。陈宇也记得，寒冰的小说里好几次写到孩子，有些千篇一律，无外乎都是天使般的模样。陈宇有印象，在他的小说里不止一次说过：孩子是救赎，是宽恕。

可是，他们就是没有生。据寒冰说，一开始是黄文不愿意，等到几年后黄文愿意了，却发现怀不上了。求医问仙方法用尽，就是没动静。两人有些气馁，更加貌合神离。太太一到暑假便躲回东北避暑，一到寒假便跟爸妈去海南过冬，周而复始，像一只候鸟。

“一只候鸟和一只留鸟怎么会生活在一起呢？”寒冰喝多了自嘲道。每年夏天，寒冰总是带来不同的女孩子和他们聚会，然后一到秋季来临她们便像被施了法术一样消失了。陈宇开始以为莉萨也是扮演这样的角色，后面越来越发现不是那么一回事。就在这次北大聚会的前一周，在广渠路的郝晓松工作室，寒冰郑重地和陈宇、郝晓松探讨离婚的可能性。

“你想和莉萨在一起？”

“是。”寒冰把一只手放在桌上，神情肃穆、端庄。

“坦白说吧。我过去以为婚姻也就这样子了，凑合过吧。直到——我和莉萨开始交往。”寒冰咽了口唾沫，像一粒小石子扔进深潭一般发出清晰的声响，“你们也能感觉到，她和我过去找的不着四六的女孩是不一样的。”

“所以，是她跟你提出来的？要跟你在一起。”郝晓松推了推眼镜。

“没有。”寒冰摇摇头，“她从来没跟我提过。越是这样，我越是想有个……结论。”

“她愿意跟你在一起吗？”

“我想应该是的，”寒冰说，“我们相处得很愉快、很默契，简直像——太极图一样吻合。”

陈宇不动声色，轻轻叹了口气。

“她是挺好的。”陈宇由衷地说。

郝晓松意味深长地看了陈宇一眼，点了点头，表示认同。

“所以，我要离婚。”寒冰斩钉截铁。

“我支持你。”

“我也支持你。”陈宇说这句话的时候，隐隐感觉到一阵钝痛，像被一把榔头迟缓却精准地砸中了自己的心脏。

“嗯，你要好好给我参谋。毕竟你离过婚，有经验。”寒冰突然冲郝晓松开了个玩笑。

郝晓松笑着骂了一声。

“喂——陈宇你在听吗？”

“啊？”陈宇从过去的纷繁中缓过神来，“在呢，在听。”

“造化弄人啊。”寒冰在那头叹了口气。尽管是叹了口气，陈宇却听出一种老来得子的喜悦。陈宇明白了，说：“跟莉萨解释清楚吧。”

“可是……”寒冰变得婆婆妈妈起来，“莉萨确实挺好的。”

陈宇忽然有些愤怒，他讥诮道：“可是不能三妻四妾么？”

寒冰在那头没作声。陈宇说：“你现在最应该做的，是飞去东北你老丈人那里，好好陪着你太太。至于莉萨……”“小骆驼”外面就是一座天桥，陈宇不知不觉地走上了天桥，刚好可以平视二楼坐在窗边的那一桌。莉萨靠窗坐着，长发垂落在肩上，轻轻抿着一杯啤酒，时不时被李否和王海豚逗乐一下。“她那么好，你以为会吊死在你这棵又老又不值钱的除了会写几篇破小说其他啥都不会的歪脖子树上吗？”

陈宇挂了电话回到桌上，李否正在结账。“怎么去了那么久？我还以为你开溜了呢。”陈宇看了一眼莉萨，说：“接了一个朋友的电话，被甩了，要死要活的，劝了半天。”

王海豚带着姑娘去开房了，李否步行回北大，陈宇坚持送莉萨回望京。这时地铁已经停了。莉萨直到出租车来了还在婉拒，陈宇却不由分说坐进了车里。

上车后，莉萨问：“刚来电的是寒冰吧？”

陈宇的眼睛一下子瞪大起来：“他跟你说啦？”

莉萨笑笑：“没有。我猜的。”

陈宇松了口气：“第六感。”

“嗯，第六感。”莉萨说完扑哧一声笑了出来。

陈宇想起“第六感”是个安全套的品牌，或许莉萨的笑点在这里吧。他故意问：“你笑什么？”

莉萨笑着说：“没什么。”

“威猛先生和太太乐。”陈宇心情好，决定“开个车”。

“嗯？”

“听过这两个品牌吗？”

“听过啊。洁厕净和调味用品。”

“有人说，这两个牌子其实听上去更像是情趣用品。”

“哈哈哈哈。”前面的司机爆笑起来。这一笑彻底把莉萨逗乐了。莉萨捂住嘴笑了差不多一分钟，偏过头来说：“你还真是个蔫儿坏。”

“这也是寒冰说的？”

“我说的。”

“好吧。你的形象已然坍塌了。”

“对了，寒冰这么晚找你，是有急事吧？”

“没有。”陈宇搪塞道，“你知道的，他一喝多了就喜欢拉着人聊文学。”

莉萨又笑了起来：“对对对，感觉他扛着当代文学的大旗。”

陈宇试探着问：“你觉得寒冰怎么样？”

“挺好的啊！小说写得确实很不错，可惜还没长篇出来。我一直等着他的长篇呢。”

“我是说，”陈宇打断她，“你觉得他人怎么样？作为一个男人。”

莉萨扭过头来盯着陈宇的眼睛，似乎想从他眼神里寻找什么线索。跟莉萨一对视，陈宇两秒便败下阵来。他把脸扭过去，看着驾驶位置。

“他是个优秀的男人，宽厚，善良，幽默，古道热肠。有点文人的放浪，也有点侠士的风范。”莉萨说完，征询似的再次看着陈宇。

陈宇的嘴唇张合几次，却最终忍住了。

“陈宇，我知道你要说什么，”莉萨低下头，“我不想、也不会为难任何人，但我也不希望每个人拧巴地活着，毕竟，生命何其短暂。如果有选择，那就听从内心的想法；如果没有选择，那就听从命运的安排。”

“这句话是谁说的？”

“嗯？”

“讲得真好！”陈宇由衷地赞叹。

莉萨脸上的表情又活络起来：“我还一直想八卦一下，你和易菲菲呢。咋回事？听寒冰说，你们也曾一度谈婚论嫁啊。”

“嗯，”陈宇叹了口气，“毕业之前，我们俩都在她现在的报社实习。后来那里只要一个人，她比我优秀，就留下来了。”

“我怎么听寒冰说，本来留的是你，后面你主动退出了。”

“寒冰还挺八婆的，”陈宇说，“他还跟你说啥？”

“说你回去后考了你们湖南的公务员，进了省里的宣传部门。”

“然后呢？”

“易菲菲一直等着你。你当时对调过来没信心，又怕耽误她，就骗她说有了对象，快结婚了。”

陈宇的嘴角泛起一丝苦涩。他调动着脸上的肌肉，笑着说：“结果她一气之下，闪婚，嫁了个卖止咳糖浆的。”

“哈哈哈哈，看来是真的。”

“止咳糖浆这个梗，千万不能在易菲菲面前提哈，不然她会泼你硫酸的。”

“为啥？”

“因为事实就是这样啊！”

“真的吗？哈哈哈哈，笑死我了。”

“不要小看止咳糖浆，人家现在身价过千万。”

“不不不，”莉萨止住笑，“我有复发性的支气管炎，一到冬天就离不开这玩意儿，所以我对止咳糖浆肃然起敬。哈哈哈哈！”

莉萨笑起来原来也是如此豪放！

清白之年

“一鞠躬——二鞠躬——三鞠躬。”司仪像个树懒一般指挥着大家鞠躬、默哀。默哀毕，大家排队绕灵柩一周。陈宇走在队伍里，从远到近，从右到左看着李否。他的脸依旧水肿，看上去有些变形，可能是护理需要，头发剃得光光的，脖子似乎也大了一圈，这让他看起来很陌生，不像是他们认识的那个一笑就露两颗虎牙、喝一杯啤酒就满脸通红的小兄弟。直到此刻，陈宇才真真切切地意识到，李否离他们远去了，一个比自己还年轻的生命终结在这个冬天。陈宇悲从中来，眼角一阵酸胀，却忍住了泪水冲出眼睑。队伍缓缓行进着，陈宇突然想起，假定躺在那里的这个人是自己，带着无数没有了却的心愿，忍受着冰棺彻骨的寒冷，像充了气一般肿胀着脸和脖子被人从头到尾端详，还要抓紧点时间为后面的尸体腾位置，这该是一件多糟践的事情啊！如果意识到自己将面临如此的境地，他将该如何反抗命运的安排？死神到来之前，他会抓住最后的机会去完成什么样的心愿？弥留之际，他会拟定一份什么样的遗嘱？

李否想过吗？

他肯定没想过。

李否的病来得很突然。看完话剧之后那一周，李否和他的乐队正在排练，为九月底的迷笛音乐节做准备。一首歌唱到高音的时候，李否突然卡住了。“你们先练，我有些头晕。”这是李否说过的最后一句话。大家一开始还调侃他发挥失常，后面见他没动静也就不管他了。直到排练结束去叫他，才发现他已经不省人事了。

王海豚拉着陈宇去北大医院看了他。他躺在那里，气色尚可，却毫无知觉，心电监测仪上，那条红色齿状线均匀而单调。李否的妈妈从山西忻州过来了，这个瘦小、黝黑的女人看上去还算年轻，只是眼睛红肿着，对周遭的环境还有些陌生。尽管医生说了凶多吉少，在陈宇他们的意识里，还是坚信他一定会好起来，而且肯定是某天忽然醒过来，就像周末睡了个懒觉一般，伸伸懒腰，元气满满地坐起来，洗脸刷牙，换上干净的鞋袜去吃豆浆、油条或者咖啡面包，然后约他们喝酒、看电影、吹牛，直至放倒在桌上。至于医生的话，向来危言耸听，让它见鬼去吧。

陈宇第二次去医院，是寒冰从东北回来（接回了已经显怀的黄文），大家约着一起去的。李否的妈妈坐在病房里，她看上去已经适应了这里的环境，也接受了李否躺在这里的事实。她似乎很久没有跟人说话了，看到他们过去竟然有些兴奋，拉着寒冰的手喋喋不休。李否依旧躺着，神色和十多天前无变化。郝晓松牵头，大家凑了五千现金交到他妈妈手里。他妈妈千恩万谢接过了，一直把他们送出医院大门。

此刻，在拥挤的散发着塑料气味的殡仪馆里，在低回的哀乐声中，陈宇又见到了李否妈妈。只是过了三个月时间，这个热情亢奋、说话带着浓厚鼻音的山西女人，像被诅咒过一般，苍老得不成形了。她头缠白布，被两个年轻的女人架着立在一侧，不出声，眼眶肿肿的。陈宇走过去，握了握她的手，轻声说道："节哀。"

他妈妈像是从梦中惊醒一般，直愣愣地看着他。

从殡仪馆出来后，每个人都深呼吸了几次。寒冰掏出一包烟，郝晓松和陈宇都过去要了一根，莉萨从包里掏出小镜子，给自己上了一点口红，易菲菲的眼眶依旧红着，陈宇赶紧掏出一张纸给她。

"接下来去哪儿？"易菲菲问道，"王海豚估计还得跟着去八宝山，等遗体火化了才能回。”

“找个咖啡馆待会儿呗。”寒冰说完，看了莉萨一眼。

莉萨礼貌地回绝了：“我中午还约了人，失陪了。”扭头的时候似乎瞟了陈宇一眼，又像是瞟了寒冰一眼。陈宇目送她一直到她消失在医院大门外。跟寒冰分手后，莉萨就淡出了他们的视线，像一只蝴蝶翩翩而来又翩翩而去。

莉萨走后，易菲菲向着寒冰“八卦”道：“就这样分了？”

寒冰白了她一眼：“不然怎么办？”

“你老婆肚子应该很大了吧。”

“五个月。”寒冰长吸了一口烟，把烟头掸进灌木丛里，“呸呸呸，这会儿能不能不讨论这个，不吉利。”

这下轮到易菲菲白了寒冰一眼。

几个人晃荡着，沿着西海北沿走到后海，经过宋庆龄故居，穿过银锭桥，又沿着后海南沿往回走，竟然没有找到一个像样的咖啡馆。此时的后海，已经上了冻，冰层不厚，所以也没有滑冰的人。这个时间点，后海萧条寂寞，难得清闲。

“看，那个二楼，”郝晓松用手指了指左手侧的一个酒吧，“记得电影《老炮儿》里面，许晴和冯小刚那什么的一段么？就在这拍的。”

“咦，真的么？”易菲菲的湿眼眶早就被吹干了，很快恢复了往日的脾性。

“后海这一圈，有多少被拍进影视剧中啊。”郝晓松慨叹，“我第一次对北京心生向往，就是因为年少时看了一部叫《北京的夏天》的电视剧。曹颖演的，蓝天鸽哨、胡同校园、青春男女，啧，真是美好啊。”

“所以从那时起你就立志要写电视剧。”寒冰笑道。

郝晓松笑笑：“没有，不过从那时起我就立志考大学，考北京的大学。”

“然后遇到一个像曹颖那样的……女演员呗。” 大家都笑了，好歹从殡仪馆沉闷的气息里摆脱出来。“女演员”也是一个梗，郝晓松的前妻便是一个女演员，是他北影表演系的小师妹，毕业后跟着他混了两个小角色，两人早早把婚结了。后面郝晓松始终不温不火，既没写出一炮走红的热播剧，也没写出能捧红她的好角色，她一怒之下跟一个大导演跑了。

“讲真，晓松，”易菲菲继续八卦，“你现在也是知名编剧了，后面难道就没有遇到不错的女演员？我是说可以结婚的那种。”

郝晓松推了推鼻梁上的黑框眼镜，一本正经地回答：“从演员角度来说，当然有一些不错的。但跟结婚扯得上什么关系呢？接下一个剧本，就会有女演员过来找我，‘晓松老师，能不能帮忙给我安排一个角色’，我说‘好的’；定下角色，演员又会跑过来找你，‘晓松老师，能不能多给我一些台词和镜头？能不能让我跟男一号多安排一些对手戏？’我说‘好的’。她们这些人，有些是发微信文字、暧昧信息，装嫩，有些深更半夜给你发些嗲声嗲气的语言信息，有些直接晚上来敲你房间门。你觉得我会从这里面找到适合结婚的人吗？”

寒冰笑了：“无产者失去的只是枷锁，得到的却是全世界。”

“对了寒冰，你长篇写得怎么样了？”

“不顺利。”寒冰叹了口气，“最近糟心的事太多了。”

“因为莉萨？”

“嗯，我很想她。”寒冰实言相告，“每次跟黄文在一起，我脑子里全是她，我感觉莉萨简直就像是上天为我量身打造的一般。相比之下，黄文简直像卫生纸一样无趣！”

“嗯，英语老师是要比日语翻译无趣一些，”郝晓松又忍不住卖弄起来，“寒冰你说你英语四级还是买答案过的，你干吗非要找个英语老师呢？日语嘛，大学时看的那些小电影好歹培养了你的兴趣。”

寒冰没有搭理他，倒是易菲菲伸出手作势拍了郝晓松一把。

“你没有缠着人家吧？”

“没有。给她发过几次信息，没回。只有这次，送李否，她才回了信息。”

“挺冷静的一个女孩。”易菲菲由衷感慨，“寒冰你也别骚扰人家了，放过这个姑娘，让人家开始一段新的生活吧。她也不小了吧？”

寒冰郑重点点头。

寒冰和她分手后，有那么一次，陈宇遵照领导指示坐在一家哈根达斯里等候一个相亲对象，陈宇照例到得太早，而女孩又千篇一律地迟到了。百无聊赖中，陈宇给莉萨发了一个搞笑的表情，莉萨很快回了一个笑脸。

“干什么呢？”莉萨的回复很快。

“说出来别笑我，我在相亲。”后面跟了一个吐舌头的表情。

“这么巧，我也是。”陈宇笑着回复道，“我相亲的档期已经排到了明年三月。”

莉萨回了一堆大笑的表情，陈宇还想说点什么，一个长得像樱桃小丸子的姑娘坐在了他对面。

寒冰从牛仔裤掏出一包皱巴巴的“荷花”，抽出一根，捋顺，点上，吸了一口，长叹了一口气。胸腔中的烟雾随着这口气喷向后海，消失在铅灰色的天空下。“我有种很悲观的预测。”

“嗯？”

“我觉得我的写作生涯很快就要终止了。”

“为啥？”

“我感觉我到现在已经完全被困住了。每天按照孕妇食谱给黄文炖各种汤羹，有空就上网研究胎儿的生长发育、第几周该注意什么，时不时送她去海淀妇幼做产检，黄文不能弯腰，我还承担了家里的洗洗涮涮……总之，我一天忙到晚，发现自己根本静不下来看书写作。”

“结婚七年了，你其实到现在才算是正式步入家庭生活——普通人的家庭生活。”

“是啊！”寒冰又叹了口气，“我真正担心的是，一旦孩子出生后，家庭琐碎更多。奶粉啊尿片啊营养啊辅食啊……想想就很害怕。”

“没办法，你想要享受天伦之乐，就必须付出围城之苦。”易菲菲说。

“这就是你丁克的原因吗？”郝晓松问道。

“关你屁事。”易菲菲怒气冲冲。在陈宇面前不谈家事不谈老公，这几乎是易菲菲给他们定的规矩，大家也都遵循着这个规矩。今天郝晓松不知是抽风了还是怎么回事，屡屡触雷。

“好吧好吧。”郝晓松叹了口气，像寻找台阶一般转过来问陈宇：“你怎么样？一直不说话。”

“就那样呗，”陈宇告诉大家，到12月底，他在京借调的时间就算是满一年了。按照规定，不能再借调，要么正式调入，要么发配回原地。不过从现在的形势看，留下来的可能性更大一点，一是大家对他的工作还算认可，二是他们部门缺人是不争事实。

“你也别大意，你这都是‘二进宫’了，再留不下就麻烦大了，回湖南你原单位都不一定要你。”郝晓松拽住陈宇的胳膊，“我觉得你还是跑一跑，送一送，打点一下，这样稳妥点。我给你拿点钱，十万够不够？”

陈宇笑着拒绝了：“放心吧，都新时代了，谁还敢搞这一套。”

郝晓松还要说什么，寒冰停了下来。几个人跟着他的脚步也停了下来。歌声从一家餐吧里飘来：

此生多寒凉，此身越重洋

大风吹来了，我们随风飘荡

几个人停下脚步，愣愣地盯着那个蓝底红字的“后海时光”的门头有些出神。五个月前的盛夏夜，长着一张娃娃脸的李否在酒吧里唱着这首《清白之年》，惊艳了所有人。五个月后的此刻，他已经化作一具冰凉的尸体——或者如果够快的话，此刻已成为一抔骨灰。歌毕，几人回过神来相互看看，都是泪水婆娑。郝晓松骂了一句：“刚在那里忍了半天，想着也老大不小了不该掉眼泪，没想到在这里还是给掉了。”

陈宇的自白

过来一年多了，我还是第一次坐在局长办公室的沙发上。这是一张黑色皮质的折叠沙发，摊开便是一张单人床。许多个点灯熬油搞材料的夜晚，局长就睡在这小小的沙发上，他总是提倡“5+2”“白+黑”并率先垂范，状态饱满得似乎随时迎候着从正厅到副部的跨越。此刻，我坐在这里，坐在局长的“卧榻”之上，有一种坐在审判席上的感觉。我小心翼翼、如履薄冰，屁股只敢挨上一半，像一只感恩节等待被赦免的火鸡。

局长却不紧不慢，一脸的和蔼慈祥，他甚至还亲自接了一杯水，用两个纸杯摞在一起泡了杯西湖龙井，我就更忐忑了，又把屁股往外挪了挪。他这么隆重，不会是向我宣布借调结束，回原单位报到吧？想到这里，我的额头上和背上的毛孔全部张开了，像老家春天回潮的土地一般往外渗着汗珠子。

我热爱北京。我不想回去。我谈不上热爱这份工作，但我尽心尽力，给处长取快递、接孩子，帮副局长搬家、拆洗抽油烟机，为局长打好每天的开水、送上每天的报纸、倒完每天的垃圾，承包了全局几乎所有的节日值班，甚至卫生间堵了也是我赶在物业之前修好，只为领导们那句“小陈挺能干”的表扬。工作之内工作之外我都是最努力的，我只是想留下。

“别紧张，喝杯茶。”局长露出久违的笑容，这笑容让我想起希腊神话里的美杜莎——见过她眼睛的男人都会化作石头。

“局长，我有些愚钝，有什么做得不对的您批评就是。”既然这样了，不如主动点吧。

“不不不，”局长摆摆手，“别误会，你干得挺不错的，局里上上下下有目共睹，文字材料也很不错。今天找你聊呢。第一是你过来也一年了，一年来忙东忙西，也没好好跟你谈谈心，没有过问你的生活，是我的失职啊。”局长云遮雾罩说了半天问了半天， 终于转到了“第二”。

“第二呢，你的考察期即将结束。我呢，向党委极力推荐，局里上上下下也都很认可。而且，印象中你这是第二次借调过来了吧。所以我们共同努力，还是要力争留下。”听到这里，我轻轻喘了一口气，生怕重了会破坏这美好的气氛。他说这些是什么意思？暗示要送点？郝晓松说要送一送，要是听他的就好了。

局长喝了口茶，突然问道：“我记得你没女朋友吧？”

嗯？他问我有没有女朋友！他是单纯客套一下，还是关心我的个人生活？我如实相告：“没有。”

“真没有？”

“真没有。”我把头摇得跟招财猫的手一般。

“哈哈，那就刚好。”局长放下茶杯，“我有个亲外甥女，叫黎胜男，也在北京，比你略小一点，她也是个文艺青年，你们接触接触，或许聊得来。”

“哦，”我长吁一口气，做出兴高采烈的表情，“太好了！”看来正厅级干部也不能免俗，也扮起了月老红娘的角色。相亲我已经轻车熟路了，多一个也不多，还怕你一个亲外甥女吗？

“她有工作，自身条件也很好，但没户口，他爸妈就想给她找一个有北京户口的，这样老两口也很安心。你看你，如果正式调过来了，明年就能落户了，以后结婚生了孩子，也就是北京户口了，岂不是刚刚好？”局长热烈地介绍着，仿佛已经成就了一桩好姻缘一般。

我算是明白了。他牵线不是因为我优秀，只是不想浪费一个宝贵的北京户口指标。易菲菲说得对，等正式调过来了，自己会更抢手。“感谢局长从工作到生活无微不至的栽培，我一定好好珍惜这次机会。”

局长得到了满意答案，大笑起来，说：“那你去吧。我随后把见面时间和地址信息发给你。”

“明白。”我起身的时候，下意识擦了擦额头上的汗，手拂过额头的时候，发现局长那双被肥硕眼袋包裹的眼睛正盯着我，如同草丛里盯着瞪羚的狮子，我没敢再逗留，端起桌上一口没喝的一杯龙井茶，欠着身子向门口退去。

“陈宇，”一只脚要跨出门的时候，局长又叫住了，表情严肃得如同开民主生活会，“记住哈，组织随时在考察你，哪怕你正式调入了，也必须保持好状态。我们既可以把你调入，也可以把你凋出。”

如果前面还有些冠冕堂皇的意思，后面一句感觉更像是要挟了。我的汗水顺着眉毛从眼角流进眼睑，把眼睛灌得酸胀。“一定的，局长。请您放心。”我就差举起右拳宣誓了，局长这才心满意得地摆摆手道：“去吧。”

出了局长办公室，我才意识到自己的衬衣已经汗透了。天灰蒙蒙的，窗外飘起了雪花，这是北京的第一场雪，下得很不成气候。喜鹊在光秃秃的枝丫间跳跃，间或“哇”的一声，声音粗野听起来像是在骂人。一股冷风吹来，我打了个寒颤，感觉脚下有些虚浮，便借口感冒发烧，跟处长告了假。处长从转椅后面回过头来，意味深长地看了看我，说了声：“去吧”。

回到单身宿舍，才发觉自己一语成谶，身体真有些发寒发紧。刚在局长的办公室被拷问得大汗淋漓，出来后寒风一灌，我的上下颚便像装了小马达一般敲得咯咯作响。手机在床头柜响起：“晚上七点，五彩城二楼字里行间。黎胜男，电话……”

“黎胜男”，这个名字——真难听啊。想都不想便知道，这肯定是哪个重男轻女的家庭生了一串闺女后不得已取了这么个庸俗恶心的名字断了念想。就这，居然也“文艺青年”？好吧，这年头文艺青年和网红一样，似乎是点外卖就可以赠送的标签。这种人热衷去书店、去画廊、去咖啡馆，然而如果你以为她们喜欢看书、欣赏油画、喝咖啡就大错特错了，她们热衷的只是在那里拍照，然后用一些软件修饰成性冷淡风图片放在朋友圈或者微博里，配上两句莫名其妙、无关痛痒的诗文，美其名曰“打卡”。现在这样的女孩像得了传染病一般满大街都是，而这个“黎胜男”只是刚好也染上了而已。

可是局长为什么说她“也是个文艺青年”呢？或许在他眼里自己已经和她们合并同类项了，娶一个“文艺青年”应该就像茶壶配壶盖一般妥帖。易菲菲开玩笑说奇货可居。说到底，自己不过是领导“居”的“奇货”，一直在等着最好的时机出手。如果这个“黎胜男”真是他货真价实的外甥女的话，那都不叫出手，叫自产自销。想到这里，我仿佛预见到自己未来10年的人生轨迹：在一个后宫一般复杂的部委机关里熬到腰椎间盘突出、头发掉光，娶一个矫情的女人搭伙过日子，然后生上两个孩子，分别给他们上北京户口，然后为各种学区和辅导班焦虑。

我的头愈发痛了，浑浑噩噩的。我定好六点的闹钟，和衣躺在床上，准备睡上一觉，然后去落实把我的前途命运攥在手里的局长的指示——见那个叫黎胜男的女人。我没有挑选的权利，如果她不幸看上我，我必须娶她为妻，否则将会打回原籍。想到自己北漂了两年，兢兢业业、如履薄冰，最终还是要通过这种“买一赠一”来拿到大机关的入场券，我感受到了真真切切的寒意，把被子裹得更紧了，昏沉沉睡去。

“砰”的一声把我震醒。紧接着又是“砰”的一声，随即“砰、砰砰、砰砰砰……”节奏由慢变快、一声比一声紧，是隔壁宿舍的大嫂剁肉的声音。五点半，各家开始准备晚饭了，哪怕是只有一个房间，他们也在楼道里支起煤气灶，用个从办公室淘汰下来的破茶水柜当调料台，米面粮油菜胡乱堆在地上窗台上，对付着一日三餐。

这一层宿舍名曰单身宿舍，是给尚没正式调入的京外公务员周转用的，住的却大多是夫妻甚至一家子。一间小小的房子，放着安身立命的全部家当，有的一住就是六七年。隔壁的那位仁兄，听说还是北京奥运会结束的时候就过来了，到现在还没正式调入，丈夫上班就在陈宇楼下一层，妻子在房屋中介上着班，一天到晚往各家门缝里塞小广告。孩子都上小学了，户口也迁不过来，只能跟着爷爷奶奶在老家上。

想到这里，我又觉得自己是足够幸运的。既然这样，是不是又该庆幸自己这么快调入呢？既然这样，见一个“黎胜男”又有何妨呢？

大嫂开始擀面了，开始烧水了，开始炒菜了，我索性起床，头发都没梳衣服都没换就出门了。

雪下大了，一坨一坨地往下掉着，地上很快铺上薄薄一层，脚踩上去，留下大大小小的印子，像过往的时光，一层一层地覆盖着。

这个冬天的北京似乎更冷，我把羽绒服的拉链拉到头，又把帽子扣下来，还是感觉冷，牙齿不听指挥地上下敲击着，鼻涕也兀自流了下来。耳机里响起了京剧《野猪林》的唱腔：

大雪飘 扑人面

朔风阵阵透骨寒

应景。此刻我就像落魄的林冲，那五彩城就像破旧的山神庙，于是这趟相亲的行程便具有某种悲壮的意味了。我胡思乱想着，头也就不那么疼了，身上也暖和了一些。脑子里一番自编自导自演后，五彩城也就到了。

二楼，字里行间书店。或许是天冷没人愿意出来，或许图书本来就一天不如一天受待见，总之，书店清冷得如同包了场一般。我步履维艰，好歹走进了书店，去寻找那个叫黎胜男的女“文艺青年”。阅读区只有一个人，却是熟悉的面孔。这是一场梦么？还是发烧把脑子烧糊了？我晃晃脑袋，又捶了捶，还是不敢相信自己的眼睛，我像个帕金森患者，颤巍巍地掏出手机，找到那条短信，拨通了上面的号码，显示的却是“莉萨”。苹果手机的铃声响起，莉萨回过头：“欸，陈宇！”

哦！莉萨，真的是你！

“你不舒服吗？脸怎么这么红？”莉萨冲过来，伸出手，捂住了我的额头，“呀，真烫”。

她的手真凉、真美啊！

后记

这是一个歌者众多、听者寥寥的时代。网络铺天盖地，每个人都可以是写手、主播、话题制造者、意见领袖，或者杠精。众生喧嚣，文学倒更像是躲在角落里喋喋不休的呓语。

话说在我启蒙的90年代，文学还是个崇高的话题。《活着》《平凡的世界》《白鹿原》等皇皇巨著如闪耀的群星一般深远影响了一代人，《萌芽》杂志社发起的新概念作文大赛点燃了万千少年的文学梦。在西安上军校的时候，学员队教导员会上特意交代，说市面上有一本《废都》情趣不健康，大家千万不要买，结果这本书一时洛阳纸贵，许久成为我们深夜“卧谈”的内容。

发轫于少年时代的文学梦，在我大学临近毕业的时候付诸现实。为了不“浪费”精彩的军校生活，我尝试以自己的经历为线索，写下了17万字的长篇小说《一地烟灰》，随后又在部队基层担任连队指导员期间，写下长篇小说《斑斓：毕业了，当兵去》。尽管这两本书里的文字现在来看已经稚嫩和肤浅得不忍卒读，但我还是会感动于自己的勇气和坚持。

文学之门是一扇窄门，文学之路是一条窄路，当下尤其如此。自2014年起，我以每年一两个中短篇的速度蜗行，这些作品要么起笔在出差途中，要么成稿于假期结束之前。我既非耕耘文坛的勤快人，更无让人称道的作品，我想我拉拉杂杂写下那么一些拙诚的文字，讲述那么一些平凡的故事，更多的是出于一种倾诉的本能，就像微信群里的文艺青年打卡了某个景点，试吃了哪家餐馆，然后发出照片，写下让人摸不着头脑的话，无非是喂养自己内心的需要。因着这些需要，我攒下了前面这薄薄的一册，算是对文学之路的一个小结。作为一个“文化干事”“作家”“编剧”“父亲”……在每一个身份可能都需要你全力以赴时，按照“第一性原理”，我的第一性还是军人，这既是作品中军旅题材居多的原因，也可以算作自己写得少的一个借口罢。文学于我，既是困境，也是烛光，既是遥远的星辰，也是必须攥住的苇草。